当代中国最具实力

西元中篇小说

U0690211

界 碑

西 元 著

中国言实出版社

图书在版编目（CIP）数据

界碑：西元中篇小说选 / 西元著 . -- 北京：中
国言实出版社，2016.4
ISBN 978-7-5171-1866-4

Ⅰ. ①界… Ⅱ. ①西… Ⅲ. ①中篇小说—小说集—中
国—当代 Ⅳ. ① I247.7

中国版本图书馆 CIP 数据核字（2016）第 089568 号

出 版 人：王昕朋
责任编辑：胡　明
文字编辑：张　丽
封面设计：水岸风创意文化

出版发行　中国言实出版社
　　　　　地　址：北京市朝阳区北苑路 180 号加利大厦 5 号楼 105 室
　　　　　邮　编：100101
　　　　　编辑部：北京市海淀区北太平庄路甲 1 号
　　　　　邮　编：100088
　　　　　电　话：64924853（总编室）　64924716（发行部）
　　　　　网　址：www.zgyscbs.cn
　　　　　E-mail：zgyscbs@263.net
经　　销　新华书店
印　　刷　阳谷毕升印务有限公司
版　　次　2016 年 6 月第 1 版　　2022 年 1 月第 2 次印刷
规　　格　710 毫米 ×1000 毫米　1/16　14.75 印张
字　　数　215 千字
定　　价　43.00 元　　ISBN 978-7-5171-1866-4

目录

界 碑

一

吃午饭的时候，九连指导员王大心草草地往嘴里填了几口饭，没半点味道，索性不吃了。太阳又高又小，显得冬日的天空冷冷清清，让人忍不住向碧蓝的天空里深望一眼。营区里长了几十年的高大杨树落光了叶子，尖利的枝杈在寒风里嗖嗖鸣响，越发显得这个世界空空荡荡。

王大心沿着小路慢慢走，仔细地打量着角角落落。整个营区被那件即将到来的事情统摄着，像只钟表一样焦急而又精确地向前运动。战士们已吃过饭回营房去了。不过，这个中午他们都不会睡觉，每个人床上的被子都是一件艺术品，棱棱角角如刀刃一般闪着寒光。炊事班的战士们紧张地把锅台上每块油迹都认真蹭去，把玻璃擦得一尘不染，饭堂里散发着清新的水汽和洗衣粉的味道，一丝一缕冬日阳光射进来，到处泛着光线照在湖面上那样透亮的水光。一排一排工程推土机、挖掘机、装载机按编号停在数条百米长的直线上，从这一头眯起眼睛瞄向另一头，每辆车头都顶住那条看不见的线，像盖摩天大楼那样精确。王大心从地上捡起一根枯树枝，小心地揣进兜里，眼前的路面镜子一样光洁，光洁的如同一张超现实主义的画，哪怕蚂蚁在上面吐了口痰，你都会觉得刺眼。

王大心来到一处围墙根儿下，这里缺了道口子，里面有个黄土堆，外面是一条干枯的河沟。王大心站在土堆上，从那块缺口向外望。多年生活在营区的围墙里，他觉得自己观察世界的窗口就是这墙上的缺口。

再往远处，有一条进城的马路，不太宽，勉强能让两辆卡车错车而过。路两边是高大的杨树，使这条路再无法拓宽了。王大心听老兵们说，这里原来是大片大片的桃园和葡萄园，还有大片的玉米地，到了秋天，花上五块八块就能买回一脸盆葡萄或一麻袋桃子、玉米棒子。现在，这里变了，一大块地、一大块地被围墙圈了起来，有的盖起了厂房，有的成了职业学校，有的成了高尔夫球场。村里的人盖了不少三层或四层的简易房，钢骨架，外面包了保温板，成本很低。这些房子租给在城里打工的年轻男女，比起城里高得吓人的租金，还算便宜。王大心每天晚上八九点钟时要到营区外的一处油库查岗，此时，正是那些年轻男女坐了一两个小时出城公交车回来的时刻。路灯下，显得熙熙攘攘的小吃店、麻辣烫摊子里满是人，脑袋挨着脑袋，热气腾腾的。早晨六点来钟，王大心照例要提前起床，在营区周围转一圈，此时，这些和自己差不多大的年轻人正一大堆、一大堆地挤在路边，一脸睡意，等着进城的公交车。

如果再往远处望去，隐隐已在视线之内的是几座塔吊和一排正在建的住宅楼。

王大心觉得自己一直生活在世界的一角。他在西北戈壁滩上的一个军事试验基地里长大，印象最深的就是基地的围墙。围墙以外，是茫茫无际、一马平川的戈壁滩，围墙以里，却是一个自给自足的世界，有沙漠里根本长不活的大树、草坪，有饭馆、学校、商场、电影院等等城里应有的一切。小时候，王大心过得无忧无虑，外面的戈壁沙漠亘古不变，自己的童年如世外桃源，他时常站在一个围墙缺口处，或是一个歪倒在地的铁栅栏后面，出神地望着戈壁滩，想象着戈壁滩之外还有什么。

大概是六七岁的时候吧，爸爸答应他第二天骑自行车去看胡杨。可第二天却刮起了大风，天空变成了褐色。妈妈说风太大，不要去了，会有危险。爸爸却带着点冲动问王大心，儿子，你跟我去吗？大概因为都是男人吧，小男人也是男人，总有些东西是相通的。王大心一下子感到爸爸和平常不一样了，不是那个冷冰冰、干巴巴的军医，好像有一股又热又壮的气体从他身体里冒了出来，只觉得浑身的血液都往脑袋里涌，脸热辣辣的，他一下子就站在了爸爸的跟前，骄傲地说，我跟你走！爸爸拍拍他的头顶说，这才是我的儿子！

那天风很大，眼睛看不到几米远。爸爸把王大心放在车前梁上，弓着腰，像顶大帐篷一样一边骑车一边保护儿子。王大心从爸爸的怀抱里望着漫天的风沙，听着沙砾打着车铃铛的声音，伸出一只手，像举着旗子一样张嘴大吼道，冲啊！杀啊！浑身扭动着，脑袋一伸一伸向前蹿，把自行车弄得歪歪斜斜。可爸爸却没像平时那样，说一些诸如老实点，认真写作业，听老师的话之类让男孩子驯服的话，而是努力保持着车子的平衡，不说一句话，任由王大心胡乱折腾。

没骑多远，风太大，不知道到了哪里，爸爸喘息着停了下来，两个人坐在土路边的一个木桩上。爸爸眯着眼，咳嗽了几下，大声说道，知道吗？这里就是当年汉武帝的军队打败匈奴人的地方，他是个了不起的人。那一刻，爸爸的眼睛里充满着某种异样的光芒。

那时，出基地的路俗称搓板路，顾名思义就是高低不平，坐在车里能把人颠得七荤八素，你要是还晕车，简直生不如死。王大心喜欢坐吉普车和爸爸到点号出诊，如果刮起风沙就更是兴奋得不得了。他把头伸出窗外，觉得自己正骑在一匹筋肉强壮的大马上，尽管沙子把额头和脸打得生疼，可是自己却像支响箭那样一往无前，那感觉真不错。他眯起眼，望着无边无际的风沙，倾听着震耳欲聋的风暴声，嗅着、尝着沙尘那发苦发咸的味道，有点心驰神往地想，如果此时从风沙大幕的那边闯出一支大军，他们会是什么样子？

王大心慢慢长大了，知道历史其实并不像小时候认为的那样简单。但他有自己的认识，他觉得历史就是一个无边无际，没有时间空间的苍茫世界，没有路，没有向导，没有人告诉你应该怎么走。前人会留下一些东西，比如一句话，一支竹简，一块碑，或随便什么，你可能永远不理解那是什么，但或许会在某一时刻一下子就与前人遭遇。比如，王大心小时候住的三层红砖楼上写着一行两米高的大仿宋字：死在戈壁滩，埋在青山头。那时，王大心不明白这话是什么意思，也没听爸爸妈妈说起过这话，这句话似乎仅仅是墙上的十个大仿宋字。后来大了一些，王大心还嘲笑过这话，觉得这话又糙又土。再后来，知道说这话的是基地第一任司令员，开国中将。不过，这也未能使王大心对这句话更有好感。直到自己已经离开长大的地方多年，上了军校，当了排长、副指导员、指导员，了解了更多自己生活过的地方的事，才在某一时刻突然明白，这个人，在当年说这句话时是下了多大的决心，也有多少人为此做出了牺牲，自己其实就是"献了终身献子孙"的那个子孙。那一瞬间，王大心觉得千言万语、百感交集，仿佛自己一下子就站在了前人留下的界碑前，一切一切难以言传。

这时，下午起床号响了，连队正在紧张地集合，迎接即将发生的大事情，王大心回过神，赶快跑回连部。

二

也是这个中午，特种工程旅文化俱乐部的白洁刚刚睡醒，昨晚录了大半夜曲子，凌晨三点多才回来。下午，她要见唱片公司的人，晚上还要一起吃饭。这是一张很重要的唱片，或许会改变她的命运。

白洁从单人床上爬起来，认认真真、仔仔细细地洗脸，每个毛孔都不放过，当温水抚过脸颊时，有几滴泪水融进了水中。她轻轻拍着自己的额头、眼皮、嘴唇，就像拍着自己的孩子，尽管她不是个母亲，连家也没有。白洁希望自己有一天可以光芒四射地站在舞台上，征服台下所有人，被他们认可，被他们承认，被他们赞扬。可是，她的脸在无情地老去，离那命悬一线的梦想渐行渐远。擦干了脸，她盯着挂在墙上的军装，用手指尖爱惜地摸了摸少校军衔。明年，自己就是中校了，又要加一颗星，对于女军人来说，多一颗星就意味着她又老了一些。她不由得想起自己刚戴上少尉军衔时的那股兴奋劲儿，忍不住又流泪了。

白洁在镜子前坐好，把化妆盒打开，像呵护珍宝一样小心地擦上眼霜，然后是粉底，又拿起眉笔精心地画了几下。半个小时以后，镜子里的女人不再显得憔悴，好像重新回到一个坚硬的壳里，变得有了生气。白洁对着镜子勉强地笑了笑，猛地站起来，伸手去拿墙上的军装。想了想，又放下了，虽然平时不大穿军装，但要自己穿着军装和几个满脸油光的男人去喝酒，心里却说不出的腻歪。她从衣柜里挑出一件黑色吊带低胸礼服裙子，很漂亮。看见镜子里重又光彩照人的自己，白洁既有点脸红，又很骄傲。犹豫了一下，她下了决心，就穿这件！然后，她把头发挽起来，用一只大红色漆木夹子固定住发髻，露出修长雪白的脖子。她又挑了条黑线挂着的金黄色水滴琥珀坠子，让它垂在胸前，自觉很有女人味。最后，她戴上自己唯一的，也是最贵重的家当，一只很细的银色镶钻小表。收拾妥当，她又对着镜子看了看，心想，这要是去相亲该多好！

开门时，外面有战士在打扫走廊，同时又是一股冷风硬硬地吹进来，白洁一阵心慌，忙关上门，拿出一件黑色毛衣披在身上。绕到宿舍楼后，她匆忙钻进自己的别克车里，发动了车子，来到大门口。那里已经有几百名战士整齐地列好队，而且有好几个戴着钢盔、红袖标、白手套，拿着指挥旗的哨兵笔直地站在路中央，管制来往车辆，气氛很紧张。带队军官认识白洁的车子，快速挥动旗子示意她马上出去，有非常重要的车子要进来了。白洁觉得几百名战士在盯着她看，想到自己的样子，不觉有些尴尬，于是使劲低下脸，有点慌张地加了油，不想车子却熄火了。她隐隐听见军务科长在远处吼着什么，赶紧打着火，快速出了营区大门。

时间还早，白洁放慢了车速，在进城的公路上缓缓地开。她抽出一张碟，放在音响里慢慢听。那是前些年白洁录的几首歌，碟子封面上印着她穿军装的照片，化的妆很重，照片像是小照相馆照出来的，经过工匠一般千人一面的后期制作，几乎认不出是她了。几年过去，这张唱片像扔进大海里的一只石子一样无声无息。记得唱片刚灌好时，白洁兴致勃勃地送给每个认识的人，旅里的领导，每个连队，包括熟悉的同事、战士、家属。有人说唱得好，白洁惊喜地期待那人细说说，可他们客气的眼神让她明白，那不过是些恭维话。有一次，白洁坐同事的车进城办事，发现同事车座后面的网袋里有自己的唱片，她装作满不在乎地问他，里面的歌怎么样？同事尴尬地笑了笑，说，挺好啊！白洁不再问了，她悄悄抽出那张碟子，发现上面的塑封还没拆开，遂眼睛一红，大概没有比这还让人沮丧难受的事了。现在，白洁有些恐慌，这次费尽心血录制的唱片会不会也是如此的命运？

唱片公司在一座旧式洋楼里面，外表老旧，里面却花里胡哨，到处贴着各种曲子的宣传画。白洁进楼时，一个压低帽子，戴着墨镜的年轻女人正往外走，十几个红男绿女围住那女人让她签名。这让白洁有点自惭形秽，看看那些二十出头，或许也就十七八九，有点疯疯癫癫的花样女孩子们，再看看自己，就像个老派的落伍女人。她昂起头，打量着走廊里的宣传画，想看看最近都在发行什么样的曲子，可越发有种惶恐的感觉，觉得自己唱的歌简直就像只怪物，淹没在这些曲子的海洋里，无人听，无人闻，没准还会被嘲笑一番。

与白洁见面的杨助理是个瘦弱的男人，多年前从部队转业。一个大屋子被隔成几十个小空间，小隔间里乱七八糟，贴满了小纸条。杨助理似乎很疲惫，直了直腰，挺坐在椅子里，又推了推白色厚框眼镜，很文艺的样子，问道，录得还好吗？制作费没问题吧？白洁说，这个你放心，我在部队有很多朋友，他们会帮我把唱片下发到连队。你能不能给我做个推广？杨助理继续盯着屏幕，有点不耐烦地说，我在这个行当混了快十年了，你那点钱，打个水漂都不够，你别抱哪怕一丁点幻想了。白洁眼睛红了，低着头，小声抽泣。杨助理转过身，用两根指尖从盒子里夹出一张纸巾，带点无奈，说道，不错，我是部队出来的，我听着你的那些歌很舒服，可光我觉得好不行啊！你知道这世界有多少媒体吗？你得通过这些媒体让别人听到你的歌，听到一次还不行，还要听过几次才记得住你。你觉得你有这么大力量吗？你觉得满大街挂着耳机的小男生小女生会愿意听你的歌吗？我跟你说句实话，现在，最小规模的推广也得七八十万，我给你算算，你先得做个MTV，这个就得几十万，然后，你得有个小团队帮你策划，得给各大媒体版面费，播出费，上榜费，还要开几个媒体见面会吧？还得有访谈节目之类吧？这一套下来，得不少钱。你要是下决心搞，就得先把钱筹到，不过，我当你是自己人，跟你交个底，依我看，这些东西都是自娱自乐，一点用处也没有。你想想，那些有实力的公司，光花费在推广上的钱就几百万上千万，不管多烂的歌，多烂的人，都能弄得铺天盖地，你怎么比得了？

白洁愣了，泪水薄薄地盖在眼睛里。杨助理叹了口气，道，先别想这事了，晚上不是有饭局吗？我们公司老总也来，有机会当然好，没机会也混个脸熟。

饭局在一个五星级酒店里，从寒冷的街上来到金碧辉煌的大厅，一下子很暖和。一进大厅，白洁就脱掉了罩在外面的毛衣，又借上洗手间的工夫补了补妆，让客人看到自己时是最完美的样子。走在大厅里，很多男人在看白洁。白洁暗暗得意，也渐渐有了自信，微微挺起胸，昂起下巴，深深吐了口气。

包房不大，墙壁和灯都是金色的，有点刺眼。白洁踏着红色的厚地毯走进去时，正中站着一个穿白衬衫、黑西裤的中年男人。一左一右站着两个年龄显然要大一些的男人，一个很高很瘦，脸稍黑，眼睛看人很有力量，另一个则嘻嘻哈哈，披着一件挺随意的白西装。那一刻，穿白衬衫的中年男人很意外地愣了一下，好似什么出乎意料的东西打断了他的思绪，转瞬之间，他又恢复了，挺直了腰，等待和白洁一起来的杨助理给他介绍。就是这一瞬间，却仿佛改变了房间里的形势，另外两个男人一下子变得特别热情，不吝言辞地夸奖白洁的气质和品位。当听到白洁录过一张唱片的时候，竟然说听过，非常好，非常好，原来在这里碰见了大艺术家！白洁知道他们根本就没听过自己的歌，但听着这些明显是虚假的恭维话，她还是不由自主地感到高兴。

还有两个客人没来，大家便站着聊天。穿白衬衫的中年男人是市里某个局的局长，看起来不过四十出头，白洁心想，这个男人真是年轻，在她的印象里，能熬上局长的都是些糟糠一样的老头子。另外两个男人，穿白西装的是唱片公司的副老总，另一个好像是承包城市绿化业务的私营公司老板。白洁想与唱片公司的副老总谈一谈，不过，这两个男人好像都有意与白洁保持着距离，除了一个劲儿地恭维，没有别的话。倒是穿白衬衫的中年男人，很客气地与白洁聊天，言语之间，似乎对白洁唱的那些歌很能理解，这让她很放松。

落座时，中年男人坐主宾。承包城市绿化业务的老板做东，坐在中年男人旁边。他又一招手，指了指中年男人的另一侧，对白洁热情地说，我们的歌唱家坐这里吧，谁让今天只有你一个女士呢？其他人随声附和，白洁也就做出落落大方的样子坐了过去。

倒酒的时候，中年男人轻声却又很坚决地说，最近我身体不大好，只能喝红酒，你们喝白的吧。做东的老板说了几分钟，算是开场白，然后连续喝了好几杯。

在做绿化生意的老板给中年男人敬酒的时候，白洁小心地留意他俩的对话。老板弯着腰，竭力显得自己比中年男人要矮，满脸笑容，道，说句心里话，您能来，我很感激，我们是家快倒闭的小公司，要不是您，恐怕想请您吃饭的机会都没有了！中年男人打断了他的话，说道，你的公司怎么回事我不知道？那树种了死，死了种，浪费多少财力？今后再这么弄，你就别干了！老板腰弯得更低了，诚惶诚恐地说，是，是。

这当口，唱片公司的副总也起身向中年男人敬酒，他看了一眼杨助理，杨助理马上倒上酒跑了过去。但副总的意思还不仅如此，见杨助理没有领会，便亲自说道，白姑娘，既然你在我们公司出唱片，自然算是我们公司的人了，来，来，咱们公司一起敬局长一杯！说罢，满面春光地向中年男人举起杯。白洁受宠若惊地走了过去，举起酒杯，有点不好意思地看着中年男人。说也奇怪，中年男人的表情一下变得温和了许多，对着白洁笑了笑，体贴地问，还能喝吗？白洁仿佛大受鼓舞，小声说，没关系。副总看在眼里，大笑着说，到底是军人嘛！白姑娘还真有点花木兰的风采！说罢，他带头喝了一口，杨助理也喝了一小口，白洁自然也跟着喝了一口。副总笑着说，白姑娘的心不诚嘛，只喝这么一小口怎么行？将来，你是要当大歌唱家的呀！我看出来了，咱们局长也不是等闲之辈，今后肯定还要有重用，你们两个有缘在此见面，也是我们公司的荣幸嘛！白洁知道他这吹捧的话说得简直离谱，可心里还是挺受用，而且自己的唱片还要在他手下做，这杯酒不喝怕是不行了，心想，既然要喝，就喝个大的吧。她拿起一只新的高脚杯，大概有三两，倒满了，对中年男人说，感谢您的关心，今后还请您多多照顾我们呢！闯这行当不容易。说着，一饮而尽。

副总接着道，您看白姑娘心意这么诚，您怎么也要多喝一点，中年男人打量了一眼白洁，把杯中的红酒干掉了。副总看到突破口已打开，又道，白姑娘的曲子录得怎么样了？白洁不知是什么意思，道，录得很好，下了很大功夫。副总又笑道，要做就往大里做，小打小闹没意思，下步我们好好推一推！白洁有些惊呆了，醉意中竟没回过神来，难道七八十万的事情就这样成了？这是真的吗？副总笑道，局长对我们公司这么照顾，而你又是公司的人，你看应该怎么办呢？

白洁又给自己倒了满满一杯，副总老练地接过酒瓶，在桌上取了只高脚杯，倒了半杯递给中年男人，说，白姑娘可是个女孩子啊，她喝了这么多，领导您怎么也得表示一下吧？中年男人接过杯子，微微一笑，爽快地喝了。白洁费力地喝干了，身体微微有些摇晃，不知是因为酒，还是因为别的什么，她暗自思量，这中年男人倒也不坏，而且，他能帮助自己呀！有了他，自己就能干成过去想都不敢想的事。

三

还是这个中午，刚退休不久的李高工睡不着觉。李高工高高瘦瘦的，手指甲又黑又大，好像总是蒙着一层黑油洗不干净。那天晚上，旅长拿着一杯酒，紧握李高工的手，说道，老李大哥，从明天起你就退休了，我和政委希望你能把退休生活安排好。李高工的酒差不多已经到位，眼睛也红了，用大手掌很沧桑地抹了一把泪，说，老弟啊，咱们旅在新疆成立的时候，我就是新兵了，红领章、红帽徽，那叫威风！一晃四十三年，就跟喝了碗酒那么快，舍不得啊！话还没说完，李高工一把抱住旅长，哇哇大哭起来，一把鼻涕，一把泪。旅长拍着他的背，说道，老营长，你一直就是咱们旅的一面旗帜，有你在工地，多难的活儿大家都有信心。退休之后，你也要快快乐乐的，要不大家心里不好受。李高工说，老弟你放心，明天早上酒一醒，我就到早市买鸟买花去，像其他老头一样，好好过退休生活。说完，李高工晃晃悠悠地来了个立正，给旅长、政委敬了个礼，说，在这里表个态，虽然我李大个子今天光荣退休，但如果工地上需要我，只要党一声令下，我马上打起背包跟你们走！

第二天一早，李高工睁开眼时，天还没亮。他起了床，仔仔细细地叠好被子，打了一洗脸盆水，扯开一条旧毛巾当抹布，打算把里里外外都清理一遍。床头柜上摆着老婆的黑白照片。十多年前，她得胰腺癌没了。李高工打量着这张照片，觉得照片上的人已经有点陌生。照片上的女人还是她吗？另一端的床头柜上摆着女儿和女婿的照片，两个人念书念到国外，拿了博士学位，在跨国公司当技术人员，定居不回来了。女儿在城里有个小家，空着，让李高工住过去。他不愿意，觉得还是自己在部队的家好。人家都说他女儿学习这么好是李高工教出来的，其实，他知道，除了遗传给女儿一个脑袋瓜子，其他什么都没给她。他小学没毕业就当了兵，从扛水泥包、捆钢筋干起，然后学会砌砖头、拆零件，三十五六岁才当上连长，后来，鼓捣明白怎么看工程图纸，怎么指挥高空作业。要放在现在，这个高工肯定评不上，因为连英语单词都认识不了几个。但是，虽说是个土八路，工地上的事离不了他。李高工只要在工地上转一圈，闭上眼睛吸口气，就能嗅出哪里要出事儿。

他撅着屁股擦地，连墙角里蟑螂拉的芝麻粒大的屎都擦出来。床下边有个厚板条箱子，用大洋钉子钉起来，上面写着毛笔字：北京九里渠——新疆马兰，是以前他去工地托运行李用的，板子很厚，松木的，没刨过，木茬子扎手，还有几个硬东西磕出来的坑。几根捆钢筋用的粗铁丝拦腰绑住箱子，并深深地勒进木头里，使得这箱子越发显得坚固。李高工拽出箱子，里面都是他几十年在西北戈壁滩、西南深山老林、中原荒山沟里干工程时留下的东西。比如有个锃亮的精钢铁球，是他刚学车工时做的第一个零件。有块白色大石头是他在新疆戈壁滩上捡的，自认为是和田玉，但从不给别人看，怕识货的人告诉他这就是块普通石头。还有几支用红绳扎着的雪莲、人参，没想过要泡酒，纯粹为了留个纪念。他还有张毛笔字，是几十年前一个科学家在工地上给他写的，现在，这个搞原子弹的科学家已经家喻户晓。但在李高工的脑子里，这个科学家可不是在人民大会堂受勋时满脸谦恭安详的模样，而是当年穿着露棉絮的旧军大衣，顶着戈壁滩的沙尘暴，眯起眼睛，仰脖望着原子弹爆塔顶端，长袖子里还藏着块吃了一半的大饼子的样子。

翻开几副带油污的粗线手套和一套破了洞的旧式迷彩服，下面是一只铁皮盒子。李高工开了盖，里面是一些更小的东西。有他当新兵时发的红领章、红帽徽，有打靶后偷偷留下的子弹壳，金红色的毛主席纪念章，十几张布票、粮票，还有一个淡蓝色布面硬壳记事本。李高工坐在地上，背靠床，漫不经心地翻看。里面记了他刚当兵时的事情，比如抗美援越、反苏防修，比如批林批孔，庆祝第一颗人造卫星上天，当然也记了另外一些内容，比如哪一天扛了多少袋水泥，砌了几千块砖，哪一天班务会被班长表扬，哪一天受了连嘉奖，哪一天在工地上火线入党。还比如有一天工地上出了事故，吊车的钢丝绳绷断了，打瞎了一个战友的眼睛，还有一个战友在罐子里刷油漆，晕头晕脑地点了支烟，结果被严重烧伤。等他当了班长，记的内容就更琐碎了，每天从早到晚，吃喝拉撒睡，事无巨细，比如今早轮到谁扫地，谁帮厨，工地上缺几袋水泥，还有几百个钢构件没做完，都记在了那个本上。

看着看着，李高工觉得自己的思绪被这些东西拖拽着，向很久远的地方走。他生出一丝困惑和失落，心想，难道这一切就这样结束了？他发现那些活生生的记忆好像正在被一块巨大的混凝土墩子封起来，从此与自己再没半点关系。这个现实真的是太残酷、太可怕了，他不能，也不敢接受。

晚上，李高工给自己摊了盘鸡蛋，油油黄黄的，还炒了尖椒肉丝，又洗了几根葱、黄瓜、萝卜，切好，水灵灵地摆在盘子里。他就着小菜，美美地喝了三两酒，然后关了灯，晕晕乎乎地靠坐在床上看电视，看着看着，就睡了过去。再睁眼时，已是后半夜两点，电视开着，演着一个老电视剧，桌上的盘子、酒瓶还摆在那儿。他揉揉眼睛，打量着黑洞洞的屋子，心里突然说不出的凄凉。

李高工努力地适应退休生活，比如他去家电商场特意买了一个砖头大的收音机，还买了一顶灰色遮阳帽、一副象棋，外加一只能折叠的小马扎和一把长雨伞，让自己更像个退休老头。他搬进了城，住在女儿的家里，这样就可以每天早早起床，到附近河边的小公园里和老头老太太们一起做做早操、扭扭秧歌、下下象棋。

刚开始的几天，日子过得倒也飞快，可过得久了，那慌慌的感觉却越发严重起来。他小心翼翼地不去触碰过去的事，可与过去丝丝缕缕有关的东西却总是出其不意地撞在胸口，撞上了，就好长时间喘不过气来。他六十了，还没怕过什么，连队里最调皮的兵都被他收拾得服服帖帖，可这回不一样，他搞不清是怎么回事。

今天，他在床上躺了一上午。下午两点的时候，外面响起起床号，他趴在窗口向外望。几个营正在迅速地集合起来，一支支整齐的队伍正向大门口走来，营区大门里外布起了警卫哨，大概有什么人要来了。

四

王大心扎好武装宽腰带，双手抓住金色皮带扣，使劲左右扭了扭，又把衣服后摆拉平，对着军容镜正了正领带和大檐帽，很满意。从二楼连部跑到一楼，他停下来，进了一排一班，扫了一眼床上的被子，又打开衣柜和床头箱，检查里面的东西是否已按《内务条令》摆整齐。楼外连队已经集合完毕，连长正讲着什么。连长讲完又问王大心有什么话要讲，王大心走出队列，问道，这几天布置背的内容都记住了吗？下面没人回答。王大心也不需要回答。他叫修理班的一个下士出列，大声问，当代革命军人核心价值观是什么？下士道，是……王大心怒道，谁规定你这么回答问题的？下士挺胸立正，吼道，报告首长，是……报告，回答完毕！王大心又问，斯太尔十六吨载重车多少个月一保养？下士挺胸立正，吼道，报告首长，是×个月，报告，回答完毕！

军务科长拿着对讲机，略带焦急的口气道，各点号听到请回答，首长将于二十分钟后到达，各点号立刻就位。他又向四周扫了一圈，看部队是否已经列队完毕，突然，他指着队伍二排的一个新兵，吼道，你的领花是怎么戴的？谁教你这么戴的？那个连队的连长回头看了看，一扬下巴，一个中士班长跑过去，迅速把那个新兵的领花卸了下来，比了比位置，又重新装上。那个新兵苦着脸，急得要哭的神情。连长小声骂道，炊事班的兵就是迷糊！他又对那个班长说道，让他到最后一排站着去！

过了一会儿，军务科长操起对讲机，大声道，各点号请注意，首长已过××桥，约十分钟后进入营区，各点号原地自查。这时，王大心看见一辆地方牌照的别克车从院子里拐出来，在出营门的大路上犹豫着，不知该立刻出去，还是把车倒回去回避一下。军务科长像抢铁锹一样大幅度挥着手臂，远远地向观察哨吼道，让这辆车赶快出去！王大心看到这是俱乐部白洁的车子，她低着脸，有点慌张，把车子开出去时还熄了火。旁边有战士小声笑，说道，她这车要是突然坏在这儿可就热闹了。另一个战士接着说，热闹啥？这又不是坦克，五个人就给拖走了，着急了直接掀沟里边去。

不久，外面传来汽车的声音，一辆迷彩越野车打头，后面跟着一辆奥迪，一辆米黄色考斯特中客，缓缓向营区办公楼前的大操场驶去。每个人都挺直了腰板，紧张得有点窒息。

钟旅长站在办公楼前，默念着报告词，他身后站着政委和其他旅常委。首长是军委委员，从前当过北方某大军区司令员，钟旅长去总部开大会时，在主席台上远远看见过他。

车子在操场中央缓缓稳住，首长下车走了几步停下。钟旅长远远望去，这首长个子不高，腰偏粗，脸圆，但五官很大很浓重，像头老虎，老远就能让人感到杀气腾腾。钟旅长觉得偌大操场被一股巨力压缩变小，中间凹了下去，他是从山谷跑到山顶，然后才跑到首长面前报告。

他停下步子，立正站好，敬礼，然后拼尽全身力量吼道，首长同志，特种工程旅……请您指示，旅长钟××。首长抬了抬手，轻描淡写地说，去你们仓库看看。钟旅长脑袋一片空白，上级通知的视察计划完全不是这个样子的！他愣了万分之一秒，拼尽全力答道，是！然后来了个标准的向后转，跑到部队前面，吼道，按原计划进行！

特种工程旅不是作战部队，仓库里放的都是工程装备，比如一人高的橡胶轮胎，堆积如山的脚手架钢管，未开封的装载机、起重机，还有应急抢险用的冲锋舟、救生衣、灭火锹镐等东西。在高大、冰冷、阴暗的仓库里，首长随手打开一扇门，掀开一只箱子，看得兴致勃勃。

在走廊拐角处，有只嵌在墙砖里的铁梯子通到上面一层。首长抬头望了望，问，这上面是什么？钟旅长蒙了，看着梯子上大片的锈渣，决定赌一下，说，上面是通风口。首长说，上去看看。有人迅速拿来了安全帽和粗线手套，首长第一个攀上了梯子。上面是个落满灰尘的小房间，四面是窗子，一半玻璃都碎了，房间正中有个大机器，实际是一台小型发电机，看样子有年头没用过了。发电机旁边，扔着两只盖了厚厚灰尘的塑料餐盒和一只歪倒的空啤酒瓶。

寒风从窗玻璃里吹进来，呼呼作响。首长掸了掸衣角上的灰，呵呵一笑，大喊道，我是作战部队来的，我到哪里就先看他们的仓库。我要看他们的仓库是井井有条还是乱七八糟，他们的干部、战士对自己的仓库熟不熟悉，爱不爱护。从一个小小的仓库，我就看得出来，他们是不是在时刻准备打仗！你们把营区收拾得溜光水滑，对不起，我不看，打起仗来，这些没有用！旅长同志，你这旅长当得还不到家呀！把发电机房说成是通风口，让人笑掉大牙！钟旅长觉得天昏地暗，身体微微一摇，但还是全力答道，是！我坚决整改！首长不置可否，说道，去会议室，听你们念稿子。

钟旅长把汇报稿念完，首长用铅笔尖点着稿纸，又仔细地看了看其中的某几段话，问道，你们现在有多少人在家？钟旅长答道，不到两百人，其余千把号人都分散在全国十几个国防工程上，大的有两三百人，小的有几十人，还有的小点号只有几个人。

首长自言自语地说，虽然我刚到总部工作，但你说的工程我都去看过了，尤其是那些个撒手锏武器试验工程，全都建在没有人烟的地方，咱们的战士辛苦了。

他突然身体前倾，瞪圆了眼睛看着钟旅长，道，我的父辈是打过大仗的，我虽然也算个高级将领，但跟他们比，我是有愧的。那个时候，我们的武器不如人家，唯一能跟人家比的就是我们的泥腿子战士。二十世纪五十年代，我们跟美国人打了个平手，说句良心话，那一仗是我们的战士用血肉之躯换来的，感动人啊，也让人心疼！有时想一想，像刀割的一样疼。所以今天，我们中国的军队要有最好的武器，要有跟世界一流强国打一仗的实力，跟你们讲，我都恨不得把十年干的活儿一年干完！我是个粗人，不大讲儿女情长，我脑袋里想的，就是保卫国家，就是怎么打仗。你多少岁当旅长？三十九岁！很年轻嘛！我当新兵的时候，团里组织看过一个电影，叫《甲午风云》，就是李默然演的那个，不知道你们看过没有？当时，我们是一边看一边哭，不光新兵哭，老兵也哭，连长、指导员都哭。那时不知道自己为什么哭，一是觉得感人，二是觉得憋屈，想大哭一场，现在我想，但凡是个军人，你都能理解，邓世昌被逼得没办法，最后只能驾着一条破船去撞人家铁甲旗舰的时候，他的心情该有多无奈，多难受！一战而倾国呀！我要是邓世昌，我也没有脸面回来了。

钟旅长看到首长的眼珠子瞬间充满血色，随后又褪去了颜色。首长一根手指向下，指着桌面，清脆地点了几下，死死盯着钟旅长，缓缓问道，你们能理解我的心情吗？

理解！众人大声回答。

首长突然提高嗓门，道，从战略上讲，中国现在不应打仗，但如果有那么一天，这个仗不得不打，人家逼着你打，国家要我们出手的时候，你们都能拍着胸脯说这一仗一定能打胜吗？你们都不要怪我心狠，如果仗打起来的时候，我们还没准备好，或者我们打输了，我们军人就对不起中华民族！我们就不配叫作中华民族的钢铁长城！所以，我要你们工作工作再工作，每时每刻都要把打仗放在心上！每件事情，每个细节都要为打仗做准备！一丝偷懒、一丝苟且、一丝侥幸之心都不能有！

钟旅长站了起来，嘴角微微有点颤抖，说，特种工程旅绝不辜负首长重托！

首长摆摆手，说，旅长同志坐下，先别急，这只是我想说的第一层意思。

首长突然呵呵笑了一下，又说，不知道你们了解不了解我，我到哪里是从来不空手的。钟旅长没反应过来，只得跟着笑了笑。首长说，我这不空手可不是给你们送礼，而是带了任务来的！

首长严肃起来，道，军委决定，在西北某地建某型号撒手锏武器的毁伤效应工程，通俗点讲，就是看看这东西的爆炸威力怎么样，三个月完成，明年春天开始测试，多一天也没有，你们能不能完成？

钟旅长腾地站起来，大声说，能！然后才想，好家伙，又在戈壁无人区干工程，苦活儿来了！接着，他又开始琢磨这个工程需要多少人，需要什么专业的人，从哪里抽人，暗暗算计了四五秒钟，才有了眉目，便说道，但是……

顿时，会议室一片寂静。

钟旅长道，为了特种工程旅的长远发展，我们还需要一些特种工程机械装备。

首长的眼光豁然开朗，嘿嘿一乐，道，咱们搞装备的不能没装备，做咸盐的不能喝淡汤，你说吧，都需要啥？

钟旅长开始背诵事先做好的清单：××吨塔吊×架，××吨载重车×台，××吨挖掘机×台，××装载机×台……

首长用手掌往下一压，道，好了，别背了，你们赶快给工程局打个报告。首长站起来，走到门口时，拍拍钟旅长的肩，说，旅长同志，我不光要听你口头保证，还要看你们干得怎么样，三个月后，咱们西北见！

五

王大心走进连部，坐下，把文书叫过来，说，你把上官飞飞叫过来！

别看上官飞飞这个名字听起来挺轻盈，实际上却是个一米八五,二百二十多斤细皮嫩肉的白胖子。上官飞飞站到王大心面前，双腿夹紧，两手并拢，盯着王大心头顶上方，大气不出一声。王大心哀其不幸、怒其不争地暗自叹口气，道，飞飞，你先把裤裆大门拉上，然后把鞋带系上，放松点，搞得我都很紧张。飞飞艰难地蹲下来，喘着粗气，衬衣一下子从裤腰里挣脱出来，露到冬装外面。打理好衣装，飞飞重新站好。王大心停了停，说，飞飞，你回去跟家里人说一下，你转上士的事没问题，今年肯定能留得下米。上官飞飞的脸上也没有太多的表情变化，憨憨地嗯了一下。王大心又道，命令还没下，你心里知道就行了，别到外面说去。你先回去吧。

上官飞飞走了，王大心叹了口气，心情很是沉重。明天晚上，就要宣布退伍命令，能晋升军衔的士官继续留队，其余的退伍回家。按道理，能留队的当然都是那些人品好、技术强的骨干，可实际上，每年一到这个时候，王大心就脑袋疼得要命，各种打招呼的电话特别多。

前几天，营长打来电话，阴沉沉地问，上官飞飞能留下不？王大心想都没想，说，留不下，他虽然是塔吊手，但谁敢让他开塔吊呀？每次都让他离得远远的，出了危险，就他那脑袋瓜子，躲都不会躲。营长又道，上边有电话，必须留下。王大心愣了愣，道，连里边塔吊手就剩李钢钉了，飞飞留下，钢钉就得走，要不你再要个名额。营长吼道，我想留的兵都他娘的留不下，我哪有名额，你们连里边自己解决。王大心也不客气，道，让钢钉走也行，下回再有任务，我就让飞飞去开塔吊，塔吊倒了我可不负责！

王大心听见营长在电话那头喘粗气，知道他真的生气了，缓了缓，说，真的是不行啊，钢钉是个好兵，不能走！营长的口气也软了，说，不行啊，飞飞是啥关系你知道，从新兵到中士，快十年了，不都一路留下来了吗？王大心讲，营长你再顶一顶，你是营长，你不顶雷谁顶雷啊？电话那头沉默了一会儿，营长说，这样吧，你现在马上打一张留队人员公示表，贴出去，我就说你们连已经公示了，飞飞不在上面，硬留下不好办。

大概过了二十分钟，旅政治部干部科长打来电话，又问飞飞留队的事情。王大心马上说连里已经公示了。科长心平气和地答道，这个我知道，但你们一定要想想办法，这是旅首长交代的事情，必须落实。王大心还要说什么，对方已挂了电话。

王大心看着桌上那张刚打印好的公示表，不知道是该难受，还是该庆幸没贴出去。他想着钢钉牛犊子一样的身材，感叹几年辛辛苦苦干工作，竟不如一个电话管用。还有，自己晋了职，就可以当营领导，将来结婚家属就可以随军，就有房子，要知道这里的房子有多贵！王大心不敢往深里想了。

王大心走到连长屋里，说，今晚到家属临时来队房来，咱们两个，加上两个老士官，给钢钉送个行。连长一愣，说，钢钉今年不是得走吗？喝多了不会出事吧？王大心说，没事，人心都是肉长的，话说到了就不用怕。连长没说什么。王大心和连长是两条光棍。连长是名校建筑学硕士，不过这年头名校硕士也不好找工作，所以来了驻在郊区的部队，好歹也算是留在了大城市。

王大心对通信员说，到炊事班拿个肘子，做条鱼，拌两凉菜，再拿两瓶大二，全送家属临时来队房去。李钢钉坐在小桌旁边的小马扎上时，王大心端起一杯二锅头，一口干了，狠了狠心，说道，钢钉，今年你得走！

钢钉愣了一愣，拿着酒杯，问，我只想知道一件事，飞飞走不走？王大心很艰难地说，飞飞留下。钢钉缓缓点点头，一仰脖，把一杯酒干了，说，你们放心，我这就回去收拾行李，老老实实地走，不给你们找事儿，到哪里我也饿不死。但我要说一句话，九连完了！说罢，他把酒杯抡过头顶，猛地砸在地上，转身走了。

王大心和连长默默坐在屋里，桌上的饭菜一筷子未动。王大心觉得脸火烧一样的烫，那只砸碎的玻璃杯碴子飞溅在空中，打在脸上，疼在心里。好一会儿，连长低下头，扯下眼镜放在桌上，双手捂住通红的脸，无遮无拦地哭起来。王大心脑袋里空荡荡的，因为他遇到了连队干部最怕的事情，一个连队什么都可以失去，就是不能失去战士的心。失去了他们的心的连队，看上去还是那百八十个脑袋，还是整洁的营房，还是光鲜的军装，却经不起一点小事情，稍稍一折腾就落花流水，溃不成军。

屋里四个人半晌无语。突然，外面传来紧急集合号的呜呜声，响彻营区。

王大心飞身跃起，冲回连部，扎上武装带，戴好大檐帽，在楼下等待连队集合，清点人数。黑暗中，他看见钢钉倒也穿戴整齐，站在最后排的队尾，只是站得没有平时那么直，那么精神了，一举一动间都透露着吊儿郎当的做派。

队伍跑到操场时，旅长、参谋长和军务科长、参谋几个人正威风凛凛地站在正中间。参谋长口头宣布的命令，告诉大家在西北要建一个撒手锏武器试验阵地，同时要求所有已经确定退伍复员的战士停止离队，和现役士兵一起去西北。

宣布命令之后，是钟旅长讲话。他的面前，站了不到二百人，其中一半是马上退伍准备走的，另一半，说得不好听点，是老弱病残：要么是像飞飞这样的，脑袋不灵光，没技术，上了工地怕出危险；要么是比较捣蛋的，哪个工地也不愿要；要么是受了伤的，在家休养，一时半会儿还去不了工地。别看特种工程旅千把号战士，也就是春节前那段时间能聚齐，显得特别壮观，平时，只有百八十号人看家，其余的都在工地上。

钟旅长运足了劲，喊道，现在，我们有了紧急的任务，而且人手不够，所以，我们要求所有退伍的、复员的战士们不要走，再为部队做一回贡献。这样的情况，我们有十年没有遇到了，但是任务来了，我们特种工程旅的军人就义不容辞。我钟某某不想说感谢你们的话，因为现在，国家需要你们，军队需要你们，需要你重新穿上迷彩服，到西北戈壁滩再走一遭！

就在钟旅长慷慨激昂地说到最后一句"到西北戈壁滩再走一遭"之后，有那么两三秒钟的停顿与寂静，有人在队伍后面，使劲地咳了一声，然后很大声地吐了口痰。借着宿舍楼的微光，王大心能看到钢钉在帽檐下，直愣愣地瞪了钟旅长一眼，又满脸冷笑地低下头，夸张地向地上吐了口痰。

钟旅长愣了一下，但显然对眼前的形势有所估计，他缓和了一下口气，道，我知道有人心里有气，特种工程旅的兵嘛，有气压不住，任你是多大的官儿。我钟某某也不想压你，但我希望你看一看咱们营区围墙上那句话，"祖国的国防事业高于一切"。这句话可不是我钟某某，或是咱们政委，或者是哪个秀才想出来的，那是咱们特种工程旅的军人干出来的！我当新兵的时候，这句话就在那儿，二十多年风吹雨淋日头晒，重新粉刷过无数次，但从未变过一个字，我只想说一句话，在急难险重任务面前，特种工程旅的军人从来不讲条件！

钟旅长讲完话，又问大家有没有信心，听到大家齐声喊道，有！就结束了讲话，此时，已经快十二点了。

王大心坐在床边洗脚，总觉得有什么事让他忐忑不安，所以，他洗完了脚没有睡下，而是穿好了袜子，穿上鞋，除了军装上衣一切穿戴整齐，屋里开着灯，躺在打开的被子上。

快一点时，钢钉推开门，坐在王大心桌子对面。王大心说，钢钉，有什么事吗？

李钢钉道，我腰不行了，我要去医院看病。王大心道，在一起都六七年了，你的心思我明白，这个时候，我不能批你的假。钢钉眼睛通红，怒火难捺，道，我是腰椎间盘突出，开吊车开出来的，你们要弄死我吗？

王大心叹了口气，道，你能不能开我清楚，现在，九连不能没有你。

这句话把钢钉激怒了，他跳了起来，把桌子拍得山响，道，现在想起我来了，赶我走的时候你们想过吗？上官飞飞都留下了，我辛辛苦苦干了这么多年倒是要被一脚踢走，你摸一摸胸口，你们的心是肉长的吗？现在跟我说国家需要我们，军队需要我们，可是我需要你们的时候你们到哪去了？

王大心平静地说，当过特种工程旅的兵，就是特种工程旅的人，现在任务来了，我就不能放你走。

钢钉虎视眈眈地看着王大心，问，你到底批不批假？王大心道，不批。钢钉抓起王大心的绿搪瓷缸子，猛地摔在桌上，道，那你们就抬着我走吧！

六

给杨助理打完电话，白洁看了下时间，还不到六点，屋子里黑蒙蒙的。她挣扎着爬起床，脱下黑色礼服，洗完澡，穿好军裤、毛衣，又在外面裹上迷彩大衣，走出屋子。

六点半刚过，是个阴冷的冬日早晨，天蒙蒙亮，空中飘着细雨，看不到雨滴，只是慢慢地把头发、脸颊打湿，车场上停着的一排排工程装载车上，布满了水滴。湿冷的风吹在白洁脸上，寒彻心扉，她向天空望去，一片灰白，又厚又沉，毫无生气。

这时，各个连队开始出操了。白洁打量着队伍里的战士，有的新战士还睡眼惺忪，跑起步来摇摇晃晃，老兵则像头世故的老骡子，动作很小，跑三圈是这个样子，跑十圈也是这个样子。那个带队的连长吼道，我怎么看到有人闭着眼睛跑呢？来，大家喊几个番号，清清肺！这下，新兵来了精神，眼里也有神了，扯着脖子，脸涨得通红，像头年轻的叫驴一样，把番号喊得又响又难听。而老兵呢，面无表情地张了张嘴，听不到声音，好像这种事情是新兵才该干的。

队伍绕着操场慢跑了三圈，带队连长道，现在不按队形跑，谁先跑够五圈谁先休息！听到命令，队形一下子散了，几个体形健壮的新兵一马当先，脸朝天，闭着眼睛，上身后倾，两条腿倒像是跑在了身子前面。有班长在后面喊道，谁跑到后头谁刷碗！这下，新兵们跑得更拼命了。

转了一圈，白洁又走到了车场。她站在巨大的载重车旁边，看着挡风玻璃和保险杠上的一串串雨珠，禁不住伸手抚摸这个钢铁庞然大物。这一刻，她有种很安慰很踏实很熟悉的感觉，这个冷风冷雨的早晨，她觉得外面的世界在超乎想象地剧变，但这里，总有种顽固不化却又坚硬无比的东西一直存在着。白洁心生暖意，想道，我或许还是属于这里。

转了许久，浑身冻僵了，正赶上食堂开饭，白洁去喝了碗粥，她发现自己已经很久没来吃过早饭了。身上有了暖意，白洁的心情好多了，她又记起了昨晚唱片公司的那个副总说要给她做推广的事情。焦急地等到九点多，白洁拨通了副总的电话，电话那头一直在打哈哈，说得过段时间，还是和公司的头儿再商量商量。她又给杨助理打了电话，杨助理说，圈子里这种事哪能说得准呢？搞推广也是给那些能挣着钱的唱片搞，你这歌，能收回个制作成本就不错了。我看你呀，心别太大了，老老实实地把这张唱片做完就不错了。

白洁呆了半晌，恍恍惚惚地走到办公楼前，徘徊了一会儿，狠狠心推开了钟旅长办公室的门。钟旅长正在打电话，面带愠色，看到有人不敲门就进来，更是眼光不善，但看见是白洁，又立刻流露出惊讶，用手指了指办公桌前的椅子，示意她先坐下。

钟旅长放下电话，微微一笑，问，稀客啊，最近有什么大作啊？白洁听后很气馁，却还是强撑着脸上、身上的硬壳子，装作很有信心地说，在录一个唱片，录好之后想拿去评奖。钟旅长很高兴地说，春节前咱们要搞一台晚会，你又有新节目了？白洁点点头，叹了口气，道，算是有几首了。这时，钟旅长的电话又响了，匆忙说了几句，挂了电话，他瞅了一眼白洁，问，有事情吗？白洁不知怎么回答，只好浑身不自在地坐在那儿。

钟旅长问，旅里帮你买些唱片？白洁摇摇头，沉默不语。钟旅长又问，生活上有事？又沉默了一会儿，钟旅长问，你们艺术家好难缠，有啥事讲嘛！

这时，计划科长敲门进来，见白洁在，便犹犹豫豫不说话。钟旅长一摆手道，说！计划科长一脸难色，道，我们连夜拟了一份从各个工地抽人的单子，今早打了一圈电话，各个工地都不放人。钟旅长问，二营副营长他们放了没有？计划科长摇摇头。

钟旅长抓起电话，道，你们为什么不放人？工地上没人盯着？你不是工程指挥长吗？现在新疆的任务十万火急，你们必须，马上，不讲条件的，现在就放人，让二营副营长立刻交接，明天要飞到新疆！李指挥长，我不客气地跟你讲，现在，没有营长你要去当营长，没有连长你要去当连长，没有班长你要去当班长，平时你可以安安生生当你的指挥长，现在，哪个位置缺人，你都得自己顶上去！

放下电话，钟旅长正色对计划科长说，马上通知各个工地，抽调骨干支援新疆的工程任务是命令，是命令！懂吗？必须执行，有天大的理由也不行，哪个工地不放人，哪个工地的指挥长就地免职。计划科长猫着腰，一路小跑出去了。

钟旅长嘴里念叨着，缺人，缺人，缺人啊！让我上哪里找人去呀？他又抓起电话，道，老李大哥，是我，钟××啊，呵呵，退休的日子怎么样啊？当然是又有任务了！钟旅长不好意思地说，是呀，是呀，您不愧是老工程旅的人，一听就知道是怎么回事。谢谢，我代表全旅官兵感谢您！

钟旅长放下电话，用铅笔在纸上划拉着，按编配要求，还缺一名政工干部。他拨通了政治部张主任的电话，谁知，张主任告诉他，政治部现在抽不出人来，大部分科室只剩下科长一个光杆司令。钟旅长道，我不信你们连一个干部都抽不出来了！张主任呵呵一笑，道，俱乐部还剩下一名女干部你要不？钟旅长怒火中烧，早已不能理解其中的幽默感了，道，现在十万火急你知道吗？实在不行，你给我去！电话那边不吱声了。

这时，钟旅长反倒是灵光一闪，放下电话，问白洁，照相、摄像、出黑板报，做现场鼓动这些个事情，你都行吗？白洁还有点迷糊，道，都干过啊！钟旅长一乐，道，如果到一个没人烟的地方，你能给大家组织个像样的文艺晚会吗？白洁道，可以啊！

钟旅长站起来，道，白洁同志，我现在严肃地，把一件很重要的任务交给你，你必须无条件地完成好……

白洁走后，钟旅长还剩下一个最重要的事情，那就是这个任务的指挥长由谁来当。谁来当这个家非常重要，可想来想去也找不出一个合适的人选。突然，钟旅长记起个人来，又认真权衡了一番，两只拳头一碰，下了决心，自言自语道，就他吧！

他走进政委办公室，道，就让魏大骡子去负责这个任务吧。政委听了之后有点犹豫，说，他技术这块不行啊，而且，从长远看，他也不属于重点培养对象。钟旅长说，魏大骡子是没什么文化，但他有他的长处，现在人手不够，那个地方环境恶劣，意外情况非常多，他能压得住阵脚，如果觉得他技术不行，就给他配个技术负责人。政委点头同意了。

这个魏大骡子和钟旅长是一个连出来的，同一年生，一起当排长，不同的是，魏大骡子是士兵提干，虽说档案里写的是初中毕业，后来又混了个函授本科，但用他自己的话说，也就小学学的还能记得住，脑袋里那些管点用的东西，都是自己后来琢磨出来的。而钟旅长是大学生，建筑专业毕业，三十九岁当旅长，现在两个人都是四十出头，一个副师，一个技术九级，相当于副团，差距就这么大。

魏大骡子这个外号肯定是东北人给起的，因为在东北话里，家里装泔水的木桶叫喂大骡，估计是用泔水喂大骡子的意思。魏大骡子长得黑，头发不多，又矮又粗又壮，还真的有点像木桶。见到不熟的人，他通常都是收着下巴，从下方仰视着你，憨厚得不能再憨厚地笑，而且见谁都笑，话也不多，看起来不太会说话，给人感觉是个老实巴交的家伙，不会威胁到自己，也不会留下太深的印象。可是，到了他的一亩三分地，他一瞬间就变成黑老虎，气场强大。

魏大骡子从新兵开始，被人叫过小魏，魏班长，叫过魏排长，直到叫魏连长、魏营长，干每一级都超过年限，但领导总舍不得让他走，大家好像都有个共识，某某班、某某连、某某营有他在，那就没事，他要不在，或者换了个人，还真的挺让人担心。他当三营营长的时候，是事业的巅峰期，营区周围流传着一句话，叫，三营有个魏营长，听起来像句废话，可仔细体会一下，你就能听出不少意思来。

钟旅长当副旅长时，魏大骡子还是三营营长，这个营主要负责工程机械，施工技术含量不高。而且，他已经在这个位置干了四年，再让他干下去，领导们都不太好意思，但魏营长有个最致命的问题，就是没学历，不懂技术，看不得图纸、文件、材料，看见就两眼发黑，最后，旅首长狠狠下了次决心，让他当副参谋长，专管部队管理，别的不碰，可是你想想，特种工程旅的干部、战士常年在外，在家的也就百十来号人，部队管理其实也没什么事可做。干了两年副参谋长，闲得没事，又有新的干部等待提拔，得腾出位置，领导还是不舍得他走，干脆，让他转成了专业技术干部，在工程处资料室整理整理图纸、打打杂，现在，别人叫他魏工，就是魏工程师的简称。

这天上午，魏大骡子把资料室的桌子擦干净，打了壶开水，闲坐了两个多小时，从铁皮柜里找出本砖头厚的《现行建筑质量安全管理规范大全》，硬着头皮读了不到半页，深感绝望。他望着窗外，有一丝气馁，心想，部队这地方看来是留不下了，唉，走吧。待了一会儿，他浑身不自在，就到勤务连转悠去了。墙根儿底下，几个新兵蹲在那儿拔草，他走过去，把新兵拢成一圈，道，来，我教你们打拳。新兵道，首长，我们可不敢，班长让我们把墙角的草拔干净。魏大骡子说，别听他扯，他是怕你们闲着没事干，那草能拔干净吗？拔完了不还得长？我这拳脚可是强身健体，学会了，一辈子受用，你们看看自己，一个个跟豆芽菜似的，来，来，来，先学几招最管用的。

于是，魏大骡子在几个新兵面前认认真真地打了一套拳，稍感神清气爽。还没打完，钟旅长来了电话，道，你到我办公室来一趟。

七

后半夜两点，地窝子，手机响。

现在，已经到了西北某地戈壁滩上，所以，有两点得先交代一下。照理说，这地方方圆几百里无人烟，是没有手机信号的，但为了国防建设需要，基地与移动公司协调，在此地架了座基站，实际上就是一只锅盖状天线，这样，工地三分之一可以被信号覆盖，剩下三分之二怎么办？多数靠嗓子喊，特别重要的才用对讲机。尽管如此，还是代表特种工程旅的官兵向中国移动表示敬意（注：此非广告）。再说说地窝子。戈壁滩上地势平坦，一眼可望出几十里，但风沙大，所以，特种工程旅的兄弟积几十年施工之经验，在地下挖出两米深的长方槽，上面铺上防水层，盖上沙土，留出门，就可以住人，冬暖夏凉，不惧风沙。这些年，施工装备好了，不再用人力挖，改用挖掘机，想住哪里挖哪里，想挖几条挖几条，防水材料也耐用，不必担心渗水，进出地窝子都有砖铺的路，而且，会些书法、能写几笔颜柳的战士还会在门上贴对联，虽说全是豪言壮语，言词粗粝，意思直白，全无意境，但猛然在戈壁荒滩上见到，倒也陡生几分震撼。

好了，交代完毕。魏大骡子本来就睡得如游丝，手机一响，浑身一哆嗦，头和脚先翘起，然后翻身坐在床沿，边揉眼睛，边摸手机。

周围的大地在震动。这个地下挖出的小空间像只音箱，把各种响声搅和在一起，有柴油发电机的轰轰声，有挖掘机挖基槽的吭吭声，有载重车运砂石的哗哗声，有打桩机向地底下打水泥桩的嗵嗵声，这些力大无穷的声音像混凝土一样沉闷、压抑，又让人慌张，而魏大骡子身下的床，就像音箱上的振动膜，是所有巨响会合的地方，也是所有力量较劲的地方。

一切看似杂乱无章，实则失之毫厘，谬之千里。举个最小的例子，一载重车砂石质量如果不过关的话，比如含盐碱过多，或者大石块过多，这一车砂石进了搅拌机，再浇进基槽里，那么，这个基槽就废了，就得打掉重来，混凝土可不是说打掉就能打掉，报废的混凝土它也是混凝土，如果出现这种情况，工地上的指挥长把自己枪毙了的心都有，更何况，这回工期铁定三个月，少一天都不行。对特种工程旅的人来说，工期比命重要，最最痛苦的事，不是工程干完了，自己的命没了，而是工期耽误了，自己还活着。

可是，魏大骡子对工地上的事不说一窍不通，基本上也不懂，他觉得工地像个活火山，不知从哪里就会喷出岩浆，而这一切全都不在自己可控范围内。他慢慢吐了口气，接通电话，由于在地下，信号不好，嗞嗞啦啦，时断时续。是载重车驾驶员小张，那边道，营长，不，指挥长，民工跑了！

魏大骡子愠怒道，怎么跑的？小张吓得声音有点哆嗦，道，他，他们说要到市里洗澡买东西，我就让他们上了拉钢筋的车，结果到了这边他们就直奔长途汽车站，我一个人怎么拦得住啊？魏大骡子问，跑了多少？小张说，加上另外两台车，差不多二十多个吧。魏大骡子缓和了口气，道，连行李都他妈的不要了？这事不怪你，拉上钢筋就赶快回来吧。

魏大骡子知道民工跑了是件很严重的事情，但不知道严重到什么程度。他闯出门外，寒风唰的一下，卷带着沙子迎面扑来，猛然间让人不知是何年何月。他勒好迷彩大衣，脑袋前倾，像只顶着大风前进的水牛，一把推开二营杨副营长的门，站到他的床前，道，快，把一班集合起来，扎上武装带！杨副营长现在是工地负责人兼技术负责人，他一声不吭地起床穿衣服，把通信员叫了过来，交代二营的一个连长办去了。魏大骡子现在最急着想问的是，民工跑了会有什么后果？可他又必须忍住不能问，因为这样一问，就显得太外行了，慢慢地，这个指挥长就让人看轻了。现在，就是火燎了屁股也不能问，必须让别人主动说。

直到这时，杨副营长才问，出了什么事要搞这么大动静？魏大骡子绷着黑脸，道，民工跑了，咱们把包工头老崔抓起来！杨副营长心里也咯噔一下，因为他太清楚这事的严重程度了，但又暗觉好笑，人家民工兄弟不想干就走了呗，又没犯法，咱不是公安，怎么能抓老崔呢？他看魏大骡子满脸杀气腾腾，也就没多说话，一起去老崔住的地窝子。

老崔披着衣服出地窝子时气焰还挺高，见到一脸怒色的魏大骡子和十几个穿迷彩服的战士，先是被震住了。他蹲在地上，问，你们要干啥？魏大骡子示意杨副营长先答话。杨副营长道，你也太不讲义气了吧？这个时候你让他们走，工地不完了吗？

老崔道，他们要走，我拦得住？杨副营长道，证件全押在你那，你不给他们，他们能走？老崔道，我真的拦不住，这回不是钱的事。魏大骡子暗想，只要你说不是钱的事就好办，你要挟我一下，我就给你涨，今后还了得？他绷住脸，示意杨副营长继续问。老崔说，他们说，怕死在这儿。

魏大骡子的神色从愤怒到疑惑，又慢慢露出笑意，因为这个理由他相信。他向前走了一步，道，老崔你过来。老崔刚走到他跟前，魏大骡子大黑手按住老崔的肩膀，缓缓道，哥们，我不是秦始皇，这里也不是山西黑煤窑，你们不要怕，要死大家一块死。不说这话还好，当说到"要死大家一块死"的时候，倒真的把老崔吓了一跳。魏大骡子说，况且也死不了，这都是新社会了。周围的人都给逗笑了。

魏大骡子又道，既然跟着特种工程旅干活，那就是特种工程旅的人，我魏某某把你当自己人，从今往后，不许再提走的事情，否则我可不客气！我也是农村苦孩子出身，你们心里想的我清楚，给你们一天三百还嫌少，你知道我们的战士一个月拿多少吗？你们虽然是民工，但也要跟着我们长长觉悟，给国家干事不能总讲条件。

老崔点头称是，魏大骡子看到基本把他镇住了，便轻描淡写地说，不是我信不过老哥，这回你得把证件押在我这儿。看到老崔还在犹豫，他又道，没人稀罕你那玩意儿，三个月后活儿干完了，保证还你，你要不信，可以给你立个字据，盖上红章子。老崔只好答应了。

魏大骡子往回走，其实他更担心的事情还没解决。他想让杨副营长说说这事情的后果如何，下步该怎么办，但他不能低声下气地去问。走到半路，魏大骡子突然停下来，气势汹汹地看着杨副营长，说，民工走了，我们自己干！

此时，杨副营长也没什么头绪，别看民工兄弟又黑又瘦，衣着破烂，那个顶个都是干活的好手，走掉一个，补上十个新兵都不管用，就拿砌砖这活儿来说，一个民工兄弟一包烟、一暖壶热水，加上自己老婆当小工，一天轻轻松松砌一万块砖，换了个生手，累得脸红脖子粗，砌得歪歪扭扭，没准还能把墙砌倒了。

魏大骡子往死里瞅着杨副营长，问，行不行？

杨副营长说，大概有五六年了吧，咱们旅铆足了劲往高技术含量方向转型，现在，大部分战士都在干工程预算、测绘、安装，像砌砖、捆钢筋、浇铸混凝土这些粗活儿、累活儿倒是没人会，都交给民工干去了。这下，民工跑了，咱们傻眼了。

魏大骡子胳膊抡了一个大圆圈，愤怒地吼道，我就说嘛，你瞅瞅现在的兵，一个个白白净净、细皮嫩肉，哪有个兵的样子？

杨副营长没吭声，他是建筑专业毕业的大学生。魏大骡子感觉到了，却不愿说软乎话，只是停顿一下，又说道，是骡子是马拉出来遛遛，就这么定了，咱们自己干，不再要一兵一卒。杨副营长平静地说，要打硬仗就马上开始，那不是刚来十几车水泥吗？民工跑了，咱们自己卸，我有好些年没扛过水泥包了。

打桩机的油锤从高空落下，嗵的一声，力蕴千钧地砸在下面的混凝土桩子上，只觉得大地猛的一颤，有股很骇人的力量从土地深处涌出地面，钻进脚心，顺着大腿，冲进脑子里，让你觉得自己很渺小。在深夜里，这种感觉尤其强烈。你站在架在工地上的探照灯下，这一切仅仅发生在碘钨灯光的范围里，但你从灯光向外望去，面对夜色茫茫的大戈壁滩，却可以发现那是一片更加巨大的寂静，永恒、无边，超乎你的想象，让你恍然间觉得自己正在月球荒原上。

　　钢钉抱住一只水泥包，大叫道，飞飞接住，水泥包来了啊！说罢，把水泥包摔在了上官飞飞的背上。此时，上官飞飞头朝前，背朝上，正以猪八戒背媳妇的姿势等着那只水泥包。只见他高大肥胖壮硕的身躯一震，水泥灰四起，那只水泥包服服帖帖地趴在了他的背上，显得有些小，竟然像片膏药。钢钉狠狠地说，别走，再来一包。说罢，又将一只水泥包摔在了飞飞后背上。上官飞飞身体一倾，又稳稳站住，大口罩后面的脸色不变，一声不吭。王大心走过来，喝道，钢钉你在干什么？钢钉略带不屑，又压抑着怒气，说，他明年就是上士了，这个熊样不锻炼锻炼能行吗？王大心道，每人一包，不许多扛。

　　王大心已经做好钢钉不跟九连来戈壁滩的准备，对于一个死了心的兵，你还能有什么办法？但连队集合出发时，钢钉还是打好了背包，吊儿郎当地站在队伍尾巴上。王大心挺感动，走上去想说几句话，但看到钢钉冷冷的眼神，又打消了这个念头。现在，钢钉开八十吨起重机，上官飞飞是他的徒弟，学学技术，打打下手，但连队干部也知道，飞飞出师的可能性基本上等于零，宁可不动吊车也不敢给他开。

　　上官飞飞费力地扭过头，闷闷地说，师傅让我扛，我就扛。王大心有时也很奇怪，在连队里，有的人有个人魅力，有的人就没有，这个东西打死了也学不来。有个人魅力的人当班长、当排长、当连长，他的兵就跟吃了迷魂药似的，怎么都会跟着他干，喝个酒大家都高兴，而那没有个人魅力的人呢，同样的事，大家跟着他干就提不起兴趣来。而李钢钉就属于那种有个人魅力的人，虽然你可以通过权力让他走，压制他，但他的魅力却是活生生的，长在每个人的心里，到了某个时刻，大家就会情不自禁地想起他，拥护他。所以，王大心对这种人总是格外敬重，轻易不招惹。

你可以看到一个很有趣的现象，上士以上的老兵扛水泥包，是先马步蹲好，一手叉腰，将水泥包稳稳放在肩头，然后像小媳妇一样，一溜小碎步，说跑不是跑，说走不是走，来上几十米，一挺腰，将水泥包不轻不重地掀在地上。

魏大骡子就是这么个姿势，只是他的腰像水桶，夜里看他扛水泥，就像有只装汽油的铁桶在移动。而且，他也不光在扛水泥，在途中，或在放下水泥包拍拍身上的灰的时候，那口罩后面的牛眼珠子会虎视眈眈地四处扫视，看看有谁在偷懒。

而二十世纪八十年代中期以后出生的兵们就嫩多了，那姿势，基本上是猪八戒背媳妇，跑起来摇摇晃晃，说得不好听一点，有点像只乌龟驮着个大盖儿，又费力又难看。九十年代以后出生的新兵们就更嫩了，虽说有冲劲，急着想把活干完，有背着水泥包的，还有抱着的，水泥包上了身，马上小跑起来，生怕落了后，有的跑到中途，就一头栽在地上，腾起一大片灰尘，等他浑身白灰站起来时，简直有点像齐天大圣出世了。

王大心想像魏大骡子那样肩扛水泥包，扛过几袋，发现肩头火烧火燎，好似有个红烙铁贴在那里，事后掀开迷彩服，发现肩头像刮过痧一样。而且，要用这姿势扛水泥包，胳膊一定要有力量。

王大心扭头看了眼连长，刚有一包水泥搁在了他的肩头。可以肯定，名校硕士从前肯定没干过这活儿，刚毕业时，说他是仙风鹤骨也不出格，这几年，大口喝酒，大碗吃肉，身板壮了些，但也只能说是摆脱了营养不良的水平。

连长扛水泥包的姿势是旧社会苦大仇深的煤矿工人扛煤包的姿势，就是把水泥袋墩一墩，让一角空出来，然后把袋子的一角揪成长条，以便可以双手紧握，这样，整个水泥包的重量大部分在背上，小部分在肩上，身体前倾，两只手虽然力气不大，但也可以控制水泥包。

连长有三副眼镜，一副干活时戴，这一副经常落灰、沾水泥点，经常擦，早就磨花了，一副平时戴，还有一副备用。现在，他的眼镜上蒙了厚厚的水泥灰，扛一趟水泥包，就用手指头抹一下。

其实，在基层连队当干部也挺简单，你要么是有威慑力，要么是有人品，反正两个得占一个。有威慑力者，像魏大骡子，一举一动都牵动着营里每个战士的心，黑手一挥，三四百号人就可奋勇向前，但这个威慑力一般不是短期学得来的，尤其是刚毕业没几年的大学生们。所以，即使没威慑力，但你这个人实诚也行，不玩花活儿，不忽悠大家，给大家办事，战士们跟着你心里踏实，连长基本上属于有人品的那一类。

李高工和白洁也加入了扛水泥包的队伍，他们两个算指挥部的人。李高工和魏大骡子一样姿势，很标准的老工程兵，但扛了三趟，步子明显不稳，身子打晃，魏大骡子不敢让他再扛了。白洁只扛了一趟，半路上水泥包就从背上滑了下来，没办法，弯腰拖着水泥袋子倒着走，没走出几米，水泥袋子就给石头磨漏了，撒了一路灰。白洁不甘心，还要背，卸车老兵半是嘲笑地说，求求你，别再扛了，你再扛，水泥包就要哭了。

五点钟的时候，十几车水泥卸得差不多了，魏大骡子大吼一声，哪个连先卸完哪个连先回去睡觉，后卸完的打扫现场！这下，筋疲力尽的百十来号人像快报废的破车，给狠狠地踩了一脚油门，看似快趴窝了，却又冒着黑烟突突突地跑起来。这样，又用半个来小时，水泥全卸完了。

戈壁滩上天亮得晚，冬天的时候差不多八点钟天才亮。魏大骡子宣布部队可以再睡三个小时，九点钟准时上工地。回地窝子的路上，他骂骂咧咧地说，豆芽菜们就得好好锻炼锻炼。

部队往回撤时，炊事班抬了一锅大饼和几箱火腿肠，每人一张饼子一根肠，当夜班加餐。连长把夜餐塞进迷彩大衣里，又回了工地。王大心见他不睡觉，也就坚持不睡了。两个人坐在基槽大坑里，旁边是刚浇好的混凝土柱子，锯成半截的铁桶里生着火，头顶上是塑料薄膜。混凝土这东西其实挺娇贵，凝固的时候温度不能太低，否则就报废，这样做是为了给它保温。

连长从迷彩大衣里摸出一只扁瓶二锅头，拧开递给王大心。王大心喝了一口，觉得脸热热的，浑身被铁桶里的火苗烤得麻酥酥。王大心用牙扯下一块饼子，慢慢嚼，道，你发现没？现在的兵和以前的兵不一样了，以前的兵，都是像魏大骡子那样的，现在的兵，就是咱们手里的这样，也包括咱俩。连长道，我来部队没多少时间，没什么概念，但像魏指挥长那样的人，现在是不多了，说句心里话，我是很佩服他的，他身上好多东西我没有，而且打死我也学不来。

王大心道，是呀，照着他的标准，咱们都不能算是好兵，我有个感觉，他们那代人恐怕是从心里看不上我们这代人。连长笑了笑，说，每代人都有每代人的活法，成了什么样的人，也不是我们说了算的。王大心喝了口酒，说，你有没有个感觉，我心里有时慌慌的，说不清怎么回事，也说不定什么时候就会来那么一下子。

连长问，你家不是基地的吗，对这地方应该很熟悉的吧。王大心道，我说的不是这个，基地有不少科学家，比如研究核的，还有一些是保密的，不能说。我觉得他们心不慌，因为他们干的都是大事，有会议，可以坐上飞机去北京、去国外，基地就是他们的大办公室。我是说我这样的，干不了什么大事的小军官。我刚到咱们旅的时候，整整八个月没出旅大门一步，老老实实地当了八个月排长，每天打扫厕所、整内务，跟着老兵学车辆维修。那时，心里美滋滋的，想咱也是首都的人了。到了第八个月，连里终于给了我一整天假，让我进城买东西。那是个冬天，快过春节了，天很晴，阳光是那种暖暖和和、金灿灿的。我坐上进城的车，第一件事想去天安门看看，顺便到周围转转。没想到，先坐黑中巴车，再倒两趟公共汽车，又在地铁里挤了一个小时，越往城里人越多，尤其是地铁里，那叫一个挤，又闷又热。我和一个姑娘挤在一块，挺漂亮的，我就多看了她几眼，她下地铁时冷冰冰地瞅了我一下，不知为什么，我心里就咯噔一下。

连长呵呵一笑。王大心问，那眼神我一辈子忘不了，却不知道为什么？连长道，在漂亮姑娘眼里，你我这样的，基本上就不能算个东西。王大心道，好像就是这么回事。后来，到了天安门，都快中午了，我在广场上转了一圈，人太多，没啥意思，就到图书大厦、西单、王府井兜了一大圈。那地方真是太大了，大得我就觉得自己像只蚂蚁一样，尤其是逛王府井的时候，有些很豪华的店，我稀里糊涂地进去转转，一看，吓了一跳，衣服都上万，手表、首饰什么的，就更别提了。营业员倒是挺漂亮，但都不搭理我，就像看着什么似的，看着我。连长又是一笑，接了句，道，是像看着傻子一样看着你吗？王大心道，对，对，就是这个眼神。我迷迷瞪瞪地逛了几个小时，天快黑了，我才往回走，越走人越少，越走越荒凉，等我到村里的时候，黑压压的一片，连路灯都没有。那一晚上，我眼睛瞪了一宿没睡着，心慌得不行，过了好几天才缓过来。

连长叹了口气，道，其实都差不多。我毕业之后，有很长一段时间，都没着没落的，大概一两年前吧，我一个人回学校转了转，在我们系的楼前面站了很久，有不少学生老师进进出出，我突然发现我再也不是这里的学生了。我们系有很多院士，即使不是院士，就是普通的教授在全国也很有名。楼里面的灯很暗，也很冷，楼道里挂着那些著名教授的照片，我突然间就特别的慌张，因为我觉得我这辈子再也不可能成为他们那样的人了，我不过是一个离城里很远的村里的小排长。那天下午，我坐在学校里的荷花池边，整整坐了一下午，恍恍惚惚的，我在想，要不走吧，别在部队干了，这样下去不行。可是，天快黑了，我也下不了决心，我没有勇气，当初，我不就是因为能留在北京而去了部队吗？其实呢，我的人生追求也不高，我没那么大志向。那天晚上，我灰溜溜地回到了旅里，垂头丧气地躺在床上，却睡不着。后来，每当我的心特别慌张的时候，我就对自己说，其实，我要求的不过是老婆孩子热炕头，何必要去当什么院士、名教授，我的心没那么大，我累了，我承受不了。那段时间，我经常受刺激，都不是一般的刺激。我的同学，一半到北美大学读博士去了，将来，在那边留下没问题，一小半进了跨国公司，一开始年薪就几十万，最差的，在国内读博士。我还有一个最牛逼的同学，跑到新疆做生意去了，在那边包了一大片棉花地。那段时间，我的抽屉里放着一本 GRE 书，每天背百十来个单词，想着有一天也能出去。后来，就扔在那里很少碰了。

连长自嘲地一笑，看了一眼王大心，说，你看，我就是这样到了今天。现在，我经常要告诫自己，别总去想不着边的大事情了。有句话说，上者安于道，中者安于事，下者安于利。我属于中者，能把这个连长当好就挺满足了。

王大心说，你好像有点那什么。连长呵呵一笑，说，是啊，这样下去很危险，人不可能自暴自弃地活一辈子。过去，我不愿跟原来的同学联系，因为每次见面之后，那感觉都特别不好，现在，我有免疫力了，受打击少了。我想，既然当了连长，就好好干下去，将来有了机会，也一定会争那个副营长的位置，毕竟我付出了啊。说到底，人还是为尊严活着。

七点多钟的样子，天还很黑，两个人有点昏昏欲睡，头顶上却有人在走动，一男一女，南方口音。王大心钻出基槽，原来是民工队的泥瓦工老赵和他媳妇，一个腰里别着泥瓦刀，一个手里拎着塑料泥浆桶，边走边往嘴里塞馒头，并且低声聊着什么。

到了一根刚浇好的混凝土大梁下面，两个人停止了说话，打开碘钨灯，拉起吊锤线，开始砌砖，周围静悄悄的。老赵摸出一支烟放在嘴上，手上却没闲着，一块又一块砖轻飘飘地，却又稳稳地砌起来。老赵像只老瘦猴子，一声不吭，只是歪了一下脸，他的胖媳妇掏出打火机，给他点着了。老赵深深吸了一口，还是悄无声息，从他的眼神里你什么也看不出来。

王大心回到基槽里，有点感慨地对连长说，老赵开始干活了。连长点点头，说，你别看民工一个个都不起眼，要是他们成了咱们连的老兵，那就是最有战斗力的。王大心深有感触地说，是啊，一个连队光是生龙活虎还不够，还得有韧性，经得起折腾，这样的连队才能做到打不垮、砸不烂。咱们的战士，尤其是新兵，也包括你我，冲锋一次可以，怎么也能憋口气顶住，可要连续干，几个月几年地这么干，火候可就不到了。

天亮了，王大心和连长回地窝子，老赵那边墙起得神速，已经站在二层脚手架上。王大心又一次被触动了。

八

现在，李高工不光要看着工地上的技术问题，而且还管着一块墙体的砌砖的活儿。李高工的腰不行了，砌砖的时候只能稍稍蹲下马步，腰直挺挺的，魏大骡子让人给他钉了个木头架子，有肚子那么高，小工把砖头堆在那上面，这样，李高工不用弯腰就能够到砖头。李高工砌砖的速度也不慢，从塑料桶里铲出巴掌大的一团水泥，往砌好的砖上一拍，另一只手紧接着就把砖头砌上，又晃一晃，整个动作行云流水，不到一秒钟。给他递砖头的新兵可不轻松，只觉得几十块砖头唰唰唰地就砌到墙上去了，一点歇口气的时间都没有。

还有个女的给李高工递水泥浆。这女的，头上裹着一条暗红色头巾，已经落满了泥灰点子，上身穿了件鼓鼓囊囊的旧式军棉袄，横里勒了条迷彩武装带，下身是一条草绿色旧军裤，里面有条厚棉裤，同样沾了不少水泥疙瘩，脚上是双旧帆布大头鞋。

这女的就是白洁。按照魏大骡子的想法，白洁来了也就是体验体验生活，便给她买了只单反相机和小DV，留一点影像，日后有个念想，又弄了块黑板和一些油彩，没事出几期黑板报也就可以了。但没过几天，这活儿也干得没意思了，尤其是大家都很累，你端着个相机照来照去，很别扭，好像是个局外人。这样，白洁便要求和李高工一组，干点活。

别看就是一锹水泥的事，却不是个轻松活儿。李高工一上午能起一堵墙，你想想得运来多少砖，多少水泥？最让白洁发愁的还不是运水泥，而是和水泥，平时没太注意这种平头大铁锹，真正用起来，上下打转，左右直晃，更不提用它翻水泥了。白洁和老赵媳妇一起和水泥，各和各的，有时碰到一块儿，老赵媳妇说，姑娘，你可不会干活。白洁低下头，不好意思看老赵媳妇，说，我这是干着玩的。老赵媳妇一乐，说，你就铲我的水泥吧，看你怪累的，没事，我多和几袋就够了。白洁没说话。老赵媳妇又道，我看你们都是娃娃官，娃娃兵，干活儿嫩。白洁呵呵一笑，没言语，往两轮手推车里装水泥，装满了，倒着拉车，把手推车拖到墙下面，姿势别提多难看。工地上还有那种单轮手推车，白洁试了几回，翻了几车水泥，也就不敢用了。

一车用完了，白洁回来推，老赵媳妇也在那儿。白洁问，你有多大？老赵媳妇道，五十多了。白洁惊讶地问，那还出来干这个？不累吗？老赵媳妇笑着道，累啊，可是每天晚上数数挣来的钱就不累了。老赵是大工，每天三百，我是小工，每天一百，一天可以挣四百块钱呢，想一想，就不累了。老赵媳妇面带微笑，很是幸福，让白洁很羡慕。白洁有点怅然若失，她想，快乐很难吗？

快吃午饭时，白洁累得发飘，又很饿，和战士们到炊事班那里打饭。这里生活虽然苦，但伙食不差，大鱼大肉敞开吃，只要新疆有的都会想法搞来，伙食费不够从工程款里补，这是特种工程旅的老传统，听说几年前，有的工地上还喝过王八汤。过去，看见打到饭盒里的肉块鱼块，白洁是不敢吃的，有种本能的排斥，现在，特别能吃，而且吃得特别香。

白洁像其他战士一样，抱着饭盒，坐在刚打好的混凝土柱子下，沿着墙根儿坐一溜儿。今天没风，天很蓝，太阳晒得地面很暖和。白洁望着远处没有边际的戈壁滩，心里有一丝甜味。这种很柔和的感觉像一剂药，非常有效，慢慢驱走她心里的疼痛和不安。她仰头小心地靠在还很棘手的混凝土柱子上，闭上眼，体会着心里慢慢涌上来的暖流。那暖流突然涌到眼睛里，竟让她的眼睛有些湿润。这时，旁边坐着的两个新兵在说话。一个说，你看看我这手，烧烂了。另 个说，你咋不戴手套呢？白洁猛然睁开眼，把那个新兵的手抓在手里，细细看起来。这只手很红，关节磨破了，结了痂，很硬很粗，在手背的地方，有处被水泥灰烧坏的地方，久没愈合，现在发白了，在流脓。

白洁看了眼这新兵，十八九岁，不知道叫什么，一脸水泥灰，张着嘴，显得牙齿又白又大。那一刻，白洁百感交集，突然哭起来。她坐在墙根儿下，把脸堆在膝盖里，忍住不让自己哭出声来，却又尽情地流泪。那一刻，她觉得自己真的是很软弱，很肮脏。泪水告诉她，终有些东西是不能割舍的，为了这些东西，她会不顾一切。

魏大骡子过来找白洁，他做出很油滑的样子，道，哟，白干事这是怎么了？白洁用手指尖抹了一下眼角，道，没事，不是你想的那个样子。魏大骡子继续一副油腔滑调的口气，其实他不知道该怎样和白洁这样的女人打交道，生怕一不小心，自己倒先乱了阵脚。他说，这回有大事了，得你出马。白洁问什么事，魏大骡子道，喝酒。

白洁道，陪酒的事我可不干。魏大骡子叹道，基地工程处请吃饭，说是请咱们吃饭，其实是咱们请他们吃饭，这个饭能不去吃吗？白洁沉默不语，心里刚刚有点崇高感，现在又得回到现实中来了。魏大骡子道，你现在去喝酒，比你在工地上铲水泥作用大。白洁怒气冲冲，又很无奈地说，这种脏事烂事能不能不叫我去呀？魏大骡子生气地答道，我还不想来这破地方呢，这不也来了吗？现在喝酒就是正事，就是打仗，咱们特种工程旅的人，在任务面前不讲条件。

白洁回了地窝子，打了盆清水，认认真真地洗了把脸，有十来天没这样仔细地洗脸了。待洗过脸，她有些担心地拿来镜子，小心端详，还好，只是脸比从前胖，皮肤晒黑了。她又脱下沾满水泥灰的旧军棉袄、棉裤，扔在凳子上，换上一套很显身材的黑色衣裤，束起马尾辫，略略化了淡妆，年龄一下子从五十回到三十。

白洁走到绿色的勇士吉普车前时，魏大骡子正黑着脸向杨副营长交代工地上的事情，旁边站着工程会计老左。魏大骡子看到白洁，略显惊讶，马上拉开吉普车前门，把最好的座位让给白洁，要知道，在工地上，这个座位，除了他没人敢坐。

勇士吉普在戈壁滩上枯燥地开了五六个小时，慢慢有了绿洲，然后有了城市。城市不大，楼基本上都是四五层，显得街道很宽，路人稀少。天色已经黄昏，一大块一大块火烧云飘在街道上空，让人很舒服。某个街道旁的社区楼上，竖着巨大的牌子，某某油田宿舍区，让人猛然记起，当年在小学课本里学过的那些故事的主人公，原来都住在这儿。听人说，油田社区里也没男人了，男人们都在沙漠里采油。

酒店的名字叫沙漠绿洲，是这个城市最好的地方。经过一个多月戈壁滩生活，白洁走进酒店，有点恍如隔世的感觉，那些富丽堂皇的金色很不真实。包房里站着基地工程处的副处长和一个年轻参谋。副处长戴眼镜，黑壮黑壮，但和魏大骡子不同，魏大骡子黑得粗犷，黑得有气势，而副处长黑得精明，板寸剪得一丝不苟，金丝眼镜一尘不染，和你说话又亲切又周到，又好像什么都没说，过后你一句话都记不住。还有个人，是什么公司的老总，魏大骡子这个工地的材料供应商，钢筋、水泥、砖头等东西统统都得在他那买。

走进酒店大堂，魏大骡子对会计老左道，你先把押金交了，这个账得咱们结。然后，魏大骡子换上憨厚的表情，略带尴尬笑容走进包房，双手握住对方的手，一边弯腰点头，一边嘴里"好好好"地说感谢话。

老总坐主宾位，副处长和魏大骡子各坐一边，然后依次坐下去。副处长拘谨地一笑，道，今天这个酒，一是感谢特种工程旅的兄弟们，在戈壁滩上干活辛苦了。他停了停，显然下一句才是重要的，说，二是把两家请到一起坐一坐，这个工程把两家人变一家人了嘛！呵呵，从此都是朋友。

老总穿着件米色的夹克，不知从哪里买的，是20世纪90年代的风格，浑身没什么太招摇的东西，除了手腕上那块金表，表链子很长，郎当在手腕上，随时都有掉下来的架势。他双手挂在桌沿，身体向后倾，很有气势，哈哈一笑，道，对，对，一家人。说罢，他对自己的助理道，叫司机小孙把酒搬进来。

老总看不出多大岁数，脸上多少带着戈壁滩的粗糙劲儿。他笑道，我这个人，从小是个苦孩子，干过的事情也多，也杂，什么都干过，全国各地没有没去过的地方，看看我这胳膊，是年轻时在山西挖煤时给砸的，万幸捡条命回来。我是个粗人，说话直，容易得罪人，我老哥总是劝我，要低调，我粗放惯了，改起来不容易。

副处长把话接过来，谦虚地笑道，魏指挥长可能有所不知，老总是咱们基地某某领导的表弟，亲叔伯辈的，呵呵，今后多合作，来，咱们来第一杯。魏大骡子一笑，学着文化人的口气道，失敬，失敬，多有得罪，心里又想，早就听说是哪个领导介绍的，现在知道是谁了，不知又要干什么？

白洁抿了一小口就放下了，老总笑道，姑娘是哪里人？看脸色在戈壁滩上待过些日子了，怎么喝酒还这么秀气？不像西北人。白洁微微一笑，道，你怎么和一个女人一般见识了？这话倒把老总说得哈哈一笑，便不再提了。

副处长提了三个酒之后，酒桌上就开始自由发挥了。由魏大骡子带领，先敬老总。几个人端着酒杯，说着敬酒的客气话。不知道说起了什么，老总也不知是故意的还是怎么回事，突然冒出一句，你们当兵的出来干活，怎么还带着女人啊？口气既带点疑惑，又带点不屑，其中的味道怪怪的。

魏大骡子一笑，道，老哥你有所不知，白干事那可是艺术家，对，对，歌唱家，来这里体验生活的。老总微微一笑，脸上不屑的神色更加明显，好像告诉对方，别拿什么艺术家吓唬我，以为我是没见过世面的山炮。他又不客气地说，是不是和艺术家们待得时间长了，慢慢地就没脾气了？你们喝酒一点不像当兵的。

魏大骡子眼中凶光一闪而过，马上又憨憨一笑，道，怎么会呢？特种工程旅的牌子可是响当当的。白洁拿过一只高脚杯，能装三两多酒，倒满，不客气地说，老总，我敬你一杯酒。老总面露惊讶之色，又很高兴，道，好啊好啊，我就说嘛，能来戈壁滩的女人可不一般。

白洁又道，我一个女人能喝一杯，你个大男人是不是得喝两杯？老总一愣，脸色慢慢地阴沉下来，又老练又世故，琢磨了片刻，道，既然白姑娘敬酒，岂有不喝之理？来，给我倒两杯！他转头示意站在一边的助理，助理刚要张口劝他，他不耐烦地说，别啰唆，倒上！老总慢慢把酒喝掉，一看这喝酒的架势，就是老江湖。

他呵了一口酒气，把两只杯子底倒了一下，表示喝干了。白洁也受触动，一口气把杯中白酒喝干了。喝完之后，脸上迅速抹上一层红潮。老总笑了笑，说，白姑娘是好样的，佩服。他又说，我这助理是不是也得敬一下呀？助理、助理，其实相当于公司的副老总呢。

　　白洁道，好啊，我再敬帅哥助理一杯，可是，既然老总喝两杯，这助理就不能再喝两杯，你看着办。老总又一次面露惊讶，转身对他的助理斩钉截铁地说，你喝三杯！

　　这个年轻人一点也没含糊，连喝了三杯，差不多一瓶酒见底了。喝完了，就站在那里也不言语。老总略带自豪地说，我这助理，五六年前还是个刚毕业的大学生，欠了学校三万块钱学费，还找不到工作，我知道了，收留了他，给他还了学费，现在，他死心塌地地跟着我干，前段时间他有了女友，我送了他一套房子。老总说话时的眼神，简直就像看着自己养的一条狗。年轻助理面无表情，低头站在一边。

　　两杯喝掉之后，白洁真的开始有点晕了，走路发飘，拿筷子时掉了几次。老总喝了两大杯酒，说话也越来越放得开了。倒是副处长，喝了几小杯，脸色不变，继续说些不疼不痒的话。

　　老总突然想起了什么，道，咱们这里有卡拉 OK 呀，白姑娘给咱们唱几首吧！来，来，来。他向外一摆手，让助理去叫服务员。白洁看着包房，光线光怪陆离，让她记起了上次和唱片公司副老总的那次酒宴，突然感到又恶心又肮脏。她脱口而出说道，你让我唱我就唱？

　　大家都愣了，老总最先呵呵一笑，道，是我不对，是我不对，怎么能让艺术家在这里唱呢？说罢，他端起一只小酒杯，走到白洁面前，说，白姑娘，我先喝个赔罪酒。

　　说完，老总却没喝，而是意味深长地叹了口气，道，我知道，你们北京人看不起我们土老帽。魏大骡子马上笑道，老总你说哪里话啊？刚才不还说咱是一家人吗？白干事有点多了，嘴没遮拦，你别见怪。

　　会计老左端了一大杯酒，走上来道，老总，白干事醉了，我代表特种工程旅罚一杯。老总毫不掩饰眼中的不屑，道，你？你怎么能代表特种工程旅？你够格吗？

　　白洁飘飘地站起来，端着一小杯酒，道，我喝醉了，老总你别见怪。

老总重重地盯着白洁，道，你没喝醉。他又略带沧桑地说，白姑娘，我也算走南闯北多年，见过一些世面，想听老哥说几句吗？其实，人和人是不一样的。

白洁没听懂这句不着边际的话，魏大骡子心想，老总这人有仇必报，这回，恐怕是在大迂回来报复。

老总道，你看着人和人都差不多，其实差得太多了。当初，和我一起挖煤的十几个哥们，有的死了，有的还在挖煤，我呢，现在有钱了，过的日子他们想都不敢想。前几年，我还费了老大劲把他们拢在一起吃了个饭，可是，坐下来才发现，我们没话说了。他们看我就像看着个老板，话都不敢说，我看他们，其实就是看着几个挖煤的苦大力，也不想说话。你们别以为我忘了本，我不是忘了本，是因为世界就是这个样子，万古不变的道理。我就是认准了这个理儿，才有了今天。白姑娘，我说话粗，你别见怪。既然是喝了酒，我就当你们是自己人，就说说我的心里话，换了旁人，我才懒得说这些呢！

老总又是不屑地看了一眼白洁，道，白姑娘，你以为你是北京人，其实你是北京郊区的，不瞒你说。说到这儿，老总嘿嘿一笑，看了一眼他的助理，道，你问问他，我有几张北京各大会所的会员卡？那会员卡可不是你想办就办得了的，那会所也不是你想进就进得去的，就是进去了，不是会员，你想结账都结不了。你说人和人能一样吗？你可以说，进不去就不进呗。当初我是个苦大力时，我也这么想，特别恨那些有钱人，想有一天闹革命了，我第一个杀光这些肥得流油的人。可你不知道，一旦你进去过一回，你就知道人和人为什么不一样了。你一个月就挣几千块钱，我一个月能挣几十万、上百万，我能和你过一样的日子吗？都挣几千块钱时，大家可能是朋友，可是有一天，你还是挣几千块钱，而我挣的是你的几倍、几十倍，你依旧骑自行车，我坐宝马的时候，咱们还能是朋友吗？就算坐在一个桌上吃饭，你能吃得好受吗？为什么贪官那么容易被拉下水？他们都想贪？不是的，可是你往那酒桌旁一坐，看着有的人吃的用的都是几十万上千万的东西的时候，你就会想，我为什么和他们不一样？我也过五关斩六将，吃了一辈子苦才爬到这个位置上来的啊？呵呵，这世上最有杀伤力的，莫过于此了。现在，我和别人打交道，只谈钱，只计算我给你多少钱，你能给我带来多少好处，除此之外，我一概不考虑。

老总用明显装出来的歉意道，你们看看，喝着喝着就喝多了，有冒犯之处，请别往心里去，刚才怎么说的？咱们是一家人嘛。这些年呢，因为有了这个大表哥，和当兵的打交道比较多。我感觉你们呢？说句实话，你们可别生气，我感觉你们就像怪物似的，我喝酒是为了办事，你们喝酒谈感情。老总哈哈一笑，道，跟你们打交道，完全没法沟通。有时想想，你们也蛮可爱的，像白姑娘，我明人不说暗话，我很喜欢你。

不知是借着酒劲，还是装疯卖傻，反正老总说得半真半假，让大家也有点出其不意。

白洁感到老总的这些话在某个地方深深地触动了她，而且是最要害的地方，力量之大，像撞钟的木柱一样，让她一下子就慌张得不行。一个多月戈壁滩生活多多少少治愈了她心中的某处伤口，可仅仅几分钟，这伤口就被一把撕开。但是在醉意中，她不清楚这个伤口在哪里，也不知道是哪一句击中了她。

白洁感到肚子里有股潮水上涌，便控制着她的身体，去了洗手间。出了洗手间，白洁发现那年轻人没走，而是悄无声息地站在那儿，吓了她一跳。白洁洗了手，年轻人走过来，用很轻的声音，又很有礼貌地说，白小姐刚才听到了，老总说的那句话。老总人很直率，他刚才交代我，向你转达几句话。他很喜欢你，想和你交个朋友。而且……年轻人稍一停顿，说道，简单说吧，他说搞艺术肯定需要资金支持，他可以帮助你。如果你也有意思的话，我可以帮助你安排。

年轻人说完话，从口袋里掏出一张名片，双手递给白洁，有礼貌地道了别，先回包房了。白洁感觉更晕了，就像站在一片迷醉的汪洋大海里一样，自己如同一片叶子，不知向哪里去，时而黯淡，时而明亮，时而又难以捉摸的疯狂。

这时，老总走过来，半醉半醒地拉着魏大骡子的手，道，老弟，来来来，咱们到外面抽支烟，屋里有女人，绅士一点。

老总拉着魏大骡子在走廊里又走出七八米，见周围没什么人，从衣袋里掏出一只精致的木头盒，紫色的，油亮油亮。他从里面抽出一支没有牌子的烟，递给魏大骡子，道，这小盒子紫檀的，五千块钱收的，怎么样，不错吧？魏大骡子装出土老帽的神色，搓搓手，道，不错不错。老总又道，这烟是从某某烟厂库房拿的，没商标，味道怎么样？某个大人物抽的就是这个牌子。

寒暄几句，老总严肃下来，道，魏指挥长，商量个事情怎么样？魏大骡子知道这才是重要的，便定了定神道，你说。老总道，我想把钢筋、水泥和砂石的标号都降一些，也不影响质量。

魏大骡子脱口而出说道，这可是掉脑袋的事情啊！老总不耐烦地说，什么掉脑袋的事情啊，你们这个工程我也知道一点，叫什么毁伤试验靶标工程，说白了就是试验导弹爆炸威力的，建好了也得炸掉，今后又不用，你建那么结实干什么呀？

魏大骡子没说话。

老总又一次斩钉截铁地说道，这样吧，材料款的五个点我返给你个人，多少你一算就知道，你好好想想，你个小干部，部队能养你一辈子？等你走的时候，不还是个光杆穷汉子？你在这儿拼死拼活，到时有谁记得住？

魏大骡子惊呆了，这是一个他从来不敢想的数字，过去在营里经手的那些钱和这个数目相比，简直像过家家。虽然他是这个工程的指挥长，但他从未觉得这笔工程款和他有什么关系。他有气无力地拍拍脑门，道，这事可不是闹着玩的，我得好好想想。老总拍拍他的肩，递给他一支烟，冷笑道，做人，就要敢做一些实实在在的大事，光耍嘴皮子是不行的。

九

回到戈壁滩深处的工地上时，已是后半夜，但白洁睡不着，浑身散发着热力，一股又浑浊，又滚烫，又狂乱的力量在身体里窜动。她裹着迷彩大衣，在工地边缘的一个土丘上坐着，前方是无边的黑暗，身后是工地的碘钨灯的亮光，还有各种庞大机器的轰鸣声。冷风吹在脸上，可是她浑然不觉。

在白洁迷彩大衣的里兜里，是老总助理的名片，上面有他的名字和电话号码。白洁望着黑暗的深处，流着眼泪，很快被冷风吹干，然后又流出泪水。

就这样坐到天明，她站起身来，浑身已经僵硬。吃过饭，她换上旧棉袄、棉裤，扛上铁锹，随李高工一起砌砖。她觉得自己像空壳子一样，无知无识无觉，时而是一股巨大的伤心涌过，时而是一股与什么擦肩而过的害怕袭来。她想，有时，要干成那些别人想都不敢想的事情也没那么难，放弃另一些东西就行了，我一个弱女子哪里有那么多钱呀！狠狠心，去老总身边，把衣服脱掉，如果觉得难为情，就喝点酒，醉了，就无所谓了。之后呢，我就可以给我的曲子做推广，让更多的人知道我。

刚刚升起的冬日太阳微微发红，在寒雾中把一切都染上了淡粉色，又迷离，又陌生。白洁把半锹水泥拍在李高工的塑料桶里，流着泪问他，李老哥，你说一个快要饿死的人去要饭，是不是一件不能原谅的事？

李高工慢慢打量着白洁冻红发白的脸，还有上面一抹淡淡的泪水，抬头想了一会儿，道，我是河南人，河南那地方从前闹饥荒多，饿死人多，但我们那里有句老话讲，要一次饭等于一辈子要饭，这要饭可不是件好事，能不要还是不要的好。

白洁很冲动地说，可是人快要饿死了呀！李高工道，给我来支烟。他吸了一下，道，看看我这辈子，没大出息，但我悟出一条道理，挺简单。每个人都有一条道是属于你自己的，你好好地走下去，都会有个好结果，别朝三暮四，左顾右盼。你累了，就歇会儿；你有劲了，就快走两步。有的时候，这条路上会有些小岔道，你觉得它对你是个机会，你怕失去它，其实，你一旦走上去，可能就离大路越来越远，可能再也回不来。

李高工呵呵一笑，所以呢，饿了的时候，你勒勒裤腰带，再往前走一程，总有个机会是属于你的。机会没来，你也别急，再走走看，也许就快来了，老天爷啊，是不会亏待那些勤快人的，相信我。

白洁对李高工笑笑，然后放下铁锹，走到一段没人的墙体下面，慢慢蹲下来，把脸埋在沾着水泥疙瘩的军棉袄里，不顾这些水泥疙瘩在脸颊上的刺痛，放声大哭。

这一夜，魏大骡子也没过好，睡得又热又潮又闷，一会儿小心翼翼地盘算着自己的前途，一会儿又吓得一身冷汗，脑子里翻江倒海，一刻也静不下来。天将亮时，魏大骡子实在抵不住困意，恍恍惚惚地睡了过去，可是还没半分钟，他就给吓醒了。他梦见被炸掉一截的混凝土柱子，孤零零地竖在戈壁滩上，里面的细钢筋露在外面，支棱着，像一把把尖刀。他走近一看，愈发吓得要命，那哪是钢筋？分明是一根根稻草秆，在风沙里轻飘飘地摇摆，仿佛千年万年也不会变。

魏大骡子被这个梦吓醒了，一个猛子蹿起床，浑身大汗。他清晰地记着那一幕，他不知道那些钢筋怎么变成了稻草秆，但那稻草秆却明晃晃、亮闪闪的，比刀子还可怕。后来，魏大骡子一直在琢磨这些稻草秆为什么让他如此害怕，可他想不明白，只是觉是这画面很熟悉，一定在哪儿见过。

魏大骡子推开地窝子门，太阳初升，一股透骨的冷风吹进来，这才把他从火海一样可怕的梦中解救出来。他换好衣服，喝了碗稀粥，心情慢慢平复下来，便去了工地，心想，这种事儿，还是别碰了，虽然挣不了什么大钱，却还可以安安生生过日子呀，别真弄得掉了脑袋。

路上，老婆打来电话。她在小商品批发市场卖儿童玩具，起早贪黑很辛苦。这电话，也没什么正事，不过是因为九点钟，生意轻闲，没人来买东西。但电话里，老婆也不是没倾向的，一会儿说儿子周末上课外班需要钱，上一种还不行，得上几种，别的孩子都上，咱们的孩子不能不上。而且，现在小升初都看加分，你不上，你就加不了分。聊完这个，老婆又道，卖儿童玩具这活儿可真辛苦，什么时候等你挣了大钱，我就不干这个了，跟你享福。接着又说，老爹老娘岁龄大了，身体不好，啥时候想把他们接过来住。

要在平时，魏大骡子早就火了，老娘儿们，说来说去，就是一个钱，你嫁我就图我钱吗？那钱是大风刮来的？说来就来？但今天早晨，魏大骡子的心却特别脆弱，软得像面团一样。他想想，老婆也不容易，每天早出晚归，去外地进货，一个人背百十来斤重的东西回来，从没抱怨过。想来想去，魏大骡子倒流泪了。

上午十点多钟，材料员小张打来电话，他每天跟车队去拉建筑材料，负责检验。他在电话里说，今天的钢筋标号不够，低了两级，砂石也不行，大石头块太多，但那边说跟魏指挥长打过招呼了。

魏大骡子握着电话，手心里全是汗，犹豫了片刻，他颤抖着说，喂，喂，你听着。电话那边小张道，指挥长，我听着呢！魏大骡子看着手中的电话，手在抖，他说，这个事情我知道，是指挥部的决定，不影响工程质量，你不要管，让他们装车就行了。另外，你也不要对别人说。

工地的一角，停着辆橙色的六十吨吊车，吊臂半张着，钩子上却没东西，显然是暂时还没活儿干。玻璃驾驶室里，坐着体形硕大的上官飞飞，旁边猫腰站着李钢钉，一半身子挂在驾驶室外面。

钢钉喝道，手放在哪儿？怎么就是记不住？重来！

又过了一会儿，钢钉大惊失色，飞起一脚踩在脚刹上，人坐在飞飞的腿上。他吐了口气，吼道，你这眼睛是摆设吗？看不见吊臂马上就要碰到墙了吗？跟你说多少遍了，要眼观六路，耳听八方！眼观六路，耳听八方！你听到没有？我跟你说，这驾驶室比伊拉克还危险，稍不小心，那就是个死！

飞飞委屈地回过头，小声道，班长，我也不是这块料，别让我开了！钢钉暴跳如雷，道，你以为部队是你家呢？你想不学就不学了？你明年就是上士了，是班长了，手底下要带新兵了，就你这熊样，你让新兵跟你学什么？再来一遍！

动作做了几遍，钢钉面无表情地说，下来歇会儿。飞飞一脸喜色，乐呵呵地钻出驾驶室，和钢钉找了块墙根儿坐下。钢钉道，你知道我当年学吊车时，老班长用什么打我手吗？用发动大解放的铁拐把子。打一下，一辈子都忘不了。工地上危险得很呢！要不是老班长这么打我，我都死好几回了。

钢钉喝了口水，道，飞飞，我问你，一旦出了危险该怎么办？飞飞憨厚地说，减少损失。钢钉怒道，屁话！一旦出了危险，你第一个要保住命，墙倒了可以再砌，吊车废了可以买新的，命没了，那可就真的没了。

钢钉道，这一条你要一辈子记住，只要在工地上干一天，就要牢牢记住。还有一条，冒险的事情不能做。你看看，和这大水泥柱相比，你这二百多斤肥肉算什么？一块砖头下来，你就报废了。所以，在工地上，不能做的事情一定不能做，不要脑袋一热，逞强去做，那样，离死就不远了。干工程和打仗差不多，能平平安安地回来不容易。我的老班长说，特别不愿意坐在驾驶室里，觉得跟坐在棺材里似的，特别紧张，特别压抑，特别累，你哪天要是有这个感觉了，你就差不多是个老操作手了。我当新兵的时候，跟老班长在酒泉的基地干活，那里有个烈士墓，很大，埋的都是当年建基地时死在那儿的人。我和老班长在墓旁边路过时，他对我说，干这一行危险，咱谁都别埋在这儿。

钢钉仔细打量了一下飞飞，又妒忌，又爱惜地一笑，道，我的老班长还说，收徒弟之前要先看看面相，我一看你就是有福的相，你看看你的耳朵，又白又大，今后一定能逢凶化吉。呵呵，想想也是，你看你，啥本事没有，马上要干上士了，不会开吊车还有人教你，最可气的是，你不想学，我还得死乞白赖地逼你学，你看看你有多大福气？我李钢钉的脾气你知道，我求过人吗？

这时，远处吵吵嚷嚷，围了许多人，五六辆载重平板车停在那里，车上装着巨大的混凝土房脊，有两个人那么高。钢钉朝那边望了一眼，冷冷一笑，往地上吐了口痰。

连长一边朝对讲机大声喊，一边抹着眼镜，一边从刚打好的混凝土墙体后面钻出来，向挤在一起的人群那边跑。钢钉坐在地上，冷不丁地对连长喊道，眼镜，一会儿让我上啊。连长糊里糊涂地看了他一眼，不知他在说什么，也没理他，径直跑远了。

飞飞胆怯地看了一眼钢钉，道，我对不起你！

钢钉使劲低下头，用手捂住脸，好一会儿，他红着眼睛看飞飞，慢慢说，飞飞，有些东西你是不能理解的。就算你平时干得稀里马哈，到了转士官的时候，也有人给你打招呼，可我不行。当新兵的时候，我基本上没睡过好觉，一闭上眼睛，就想着今天哪件事没做好，给连里的干部留下了坏印象，然后就琢磨着明天该干什么，连长、指导员最想干什么，我得干到他们前面去。那个时候，连长、指导员一个眼神，我都得想半天。那几年，我每天早晨四点多钟就睡不着了，睁着眼睛想事情，想着怎么能留下来，自觉在全连的新兵里能排在前三名，心里才踏实。为此，我也做过不少龌龊的事，挺对不起我那一批战友的，这辈子恐怕都不能心安。可是，我想留下来呀！我家住半山腰，有不到一亩茶树，去县城得走三四十里山路，曲曲弯弯总也走不出去，那个家我是回不去了。父母姐弟都是农民，谁能帮我呀？所以，谁对我好，我特别感激他。我的老班长用铁拐子打我，可他真的对我好，教我东西，让我成了出类拔萃的吊车手，让连队离不开我。当时，他选我做徒弟的时候，我做梦没想到，心想，这种好事怎么能轮到我的头上，可他真的就选了我，让我几个晚上都没睡好。那时，我觉得我就是死在驾驶室里，也得把技术练好，打我走我都不走。哪里像你，挨了几句骂，就不想学了。

钢钉仰头望天，道，转眼在部队十年了，这十年，如果有哪一天我觉得在连里干得不是数一数二的，我的心就特别慌，因为我知道，如果我做不到，不知哪一天，像你这样的关系兵就会把我拱走，我没力量和你们抗衡。这一回，我也没想到，因为除了我，连里没人能开八十吨吊。可这事真的就发生了，你说这公平吗？有时我想，这上边的领导都混蛋，就算你不考虑公平不公平，你也得考虑一下连队的战斗力吧？这么干，连队不都完蛋了吗？

钢钉释然地呵呵一笑，又道，现在我倒想开了，我的老班长的腿给水泥墩子砸折了，落了个残疾，拿了残疾军人证，退伍走了，走的时候一身毛病。他的班长更惨，有一次塔吊钢缆绳卡住了，他爬上去修，结果掉下来，瘫痪了。这行当，可是个高危行当。我呢，虽说腰椎间盘有点毛病，但还是全活人啊！知足了。想一想，早点走也不错，走晚了，还指不定会遇到什么事呢。况且有了这手艺，到地方也能挣不少钱。唉，就是不知自己还能不能适应，你比如说，我睡了十年上下铺铁床，过年探家，和老婆睡一起倒睡不着了，总觉得身边有人不自在，恨不得自己再支张硬板床，单独睡。

连长跑到那几辆载重平板车下时，魏大骡子已经到了。他的周围围了二十多个人，有指挥部的人，有包工头老崔带的民工。老崔对魏大骡子说，这个东西我们没人装过呀！魏大骡子喊道，当初你们民工队不是承诺给我们装大梁的吗？现在你说没人会装，找死啊！老崔说，会装的人上回不是跑了吗？那我也不想啊！魏大骡子瞬间情绪失控，眼睛通红，嘴角冒白沫，吼道，没人会装你也得给我找人上，明天装不上，别怪我魏某某不客气！

老崔这回倒是淡定多了，不冷不热地说，魏老总，我带来的兄弟都是有家有口的呀，这厂房二十多米，快三十米高，装大梁不是放块积木上去，那是百十来吨重的物件，人掉下来怎么办啊？我得对得起我这些兄弟，他们走南闯北的也不容易，不就是图个挣些钱，回家过日子吗？他们有个三长两短，我没法向他们家人交代啊！民工也是人啊，干不了的事情，怎么能让我们干呢？我们可不是你们当兵的，不上，有军纪约束。

说完，老崔往边上一站，不言语了。魏大骡子凶光毕露，问老崔，你们上不上？老崔一点不怕，道，魏老总，这不是上不上的事，是没有办法，说句实话，你就是真的一枪毙了我，我也没办法。

魏大骡子原地转了三圈，二十多个人的眼睛盯着他。他像头被激怒的蛮牛，却有那么点心虚，把一个民工身上的安全带扒了下来，往自己身上套，道，你们不上，好，我上！我就不信这么个玩意儿能卡在这儿！

这时，白洁从李高工身后钻出来，道，我也跟你上。

这下，魏大骡子倒泄气了。他冷静下来，盯着在场的人，问，你们想想，到底有没有什么办法？不能就这么停下来呀？

连长钻出人堆，蹲下来，哭了，到现在，他才明白李钢钉刚才跟他说的是什么意思。但他想把这事瞒下来，不让钢钉上。

李高工道，还是我上吧，我搞过火箭发射塔架安装，有七成把握。但我还需要一个人，这事得两个人配合着来。

没人说话，不是没人敢上，而是不知道自己够不够格。魏大骡子道，我跟你上！李高工表情严重地说，不行，你不懂，上去也没用。

这回，魏大骡子竟像个听话的小学生似的，乖乖站到一边，一声不吭。连长走回来，道，让我们连的钢钉上吧，他行！李高工问，是那个开八十吨吊车的小伙儿吗？连长点点头。李高工道，他干过高空作业，可以，把他叫来。

李高工对钢钉伸出一个拳头，拇指朝下，问，这是什么意思？钢钉一笑，道，老李大哥，我是老起重工了，你别考我，你说，咱们怎么干？李高工没笑，从旁边抓过一副安全带，一副粗线手套，道，上去之后，万万别犯迷糊，有些情况，只给你几秒钟考虑，是死是活就在这几秒钟，我们这几个月辛辛苦苦干的活也在这几秒钟，懂吗？

钢钉有条不紊地把安全带系好，看了一眼李高工。两个人在众人中间，旁若无人，一举一动都力蕴千钧。

魏大骡子走出人群，来到两人身旁，腿肚子竟有些哆嗦。他一手拉住一个人，道，一定要安全，如果干不了咱就不干，咱不干要命的事儿，大不了耽误几天工期，咱们再找人来，我是指挥长，我来担这个责任。李高工道，现在不能说这种话了，如果有时间我也不上去，我还没活够呢。

魏大骡子突然嗷嗷哭起来，蹲在地上，抱住李高工的腿，道，我对不起你们啊！这一哭，倒把李高工哭得莫名其妙，说，魏指挥长你别哭，不吉利！说完，把魏大骡子拽了起来，转身做了个手势，和钢钉走了。

魏大骡子哭够了，一把抓起电话打给材料员小张，问，这批水泥和钢筋装车了吗？小张道，装好了，都跑半路上了。魏大骡子瞪着血红的眼珠子，大声吼道，马上退回去！现在，我下一道死命令，今后，不合格的材料，一袋水泥、一根钢筋、一块石头不准拉进这个工地，谁敢拉进来，我先把谁抓起来，天王老子也不轻饶！

那天的天气很好，晴空万里，有一排一排水纹一样的薄云，太阳升起不久，天空里充满黄金一般的阳光。当李高工和钢钉爬上几十米高的厂房顶端时，看到的一定是个很壮丽、很美的景色。他们两个心里在想什么，无人知晓。

连长站在工地上，仰头望着厂房顶，觉得李高工和钢钉小得就像两只蜘蛛，一个个巨大的混凝土庞然大物在他俩的指挥下，慢慢装好，又像一个个黑色的大怪物，随时可以把人一脚踩死。而此时，连长觉得自己也不过只有蚂蚁大小，站在地上，很渺小，又有一丝困惑。一瞬间，那困惑又化成一股浓浓的幸福感，很柔软，又很有力量，像慢慢涨起的水一样。他在想，把这辈子交给这里，大概是件还不错的事情吧。

二十多根大梁，装了一天半，魏大骡子在下面站了一天半。当最后一根大梁装好，仿佛大地都跟着颤了一下。李高工和钢钉从房顶上爬下来时，魏大骡子带着一百多人等在那里。待两个人走近了，魏大骡子黑脸嘿嘿一笑，身体前倾，做出向前冲的样子，说道，还等什么，上呀！

于是，李高工和钢钉被众人抱起，向上高高抛去。李高工觉得世界一会儿高，一会儿低，自己被包裹在一种快乐之中。那一刻，他有点明白自己为什么离不开工地，因为这里有一种很简单、很洁净，却又是真正的快乐，而一旦离开了这里，回到日常生活中，这快乐就再难重现。有时，这快乐真的是一种很强大的诱惑，即便是拿安逸却又枯燥的生活来交换也是值得的。

白洁用小DV拍了一会儿，不知不觉中也流下了泪。她放下摄像机，冲进人群里，可是他们的力气实在太大了，狂野地挤来挤去，撞得她生疼。于是，她从后面抱住了一个战士的腰，把脸贴在他的后背上，闭上眼睛，继续哭起来。此刻，她觉得前天晚上的酒宴，就像是身体上某处伤口流出来的脓血，又恶心，又肮脏，又无奈，但幸好的是，自己还有救，泪滴如同清洁的水，正把脓血慢慢地冲洗干净。

白洁的手机来了短信，是那个老总助理发来的。他问，那天晚上老总交代的事，白小姐考虑得怎么样了？老总确实很喜欢你，只要白小姐愿意，他一定全力帮助你。白洁擦干了眼泪，回道，转告老总，去他大爷的。

白洁站起来，掏出助理的名片，撕碎，纵情地抛向戈壁滩深处。

十

今早一上工地，王大心有种不祥的感觉。上午，要吊装一个大型混凝土构件，这是整个工程最后一件大事，此事完成，工程就快结束了。

这个混凝土构件很大，比一辆十六吨载重卡车个头还大。塔吊由地方的操作手十，高空指挥由李钢钉负责。地面上围了几十个人，和这个大家伙比，像聚在一起的蚂蚁。李钢钉站在十几米高的房顶上，扶着栏杆，向下望了望，然后，果断挥动旗子，响亮地吹响了哨子。他的身后，站着上官飞飞。钢钉盯着正在徐徐上升的混凝土构件，头也不回地大声说，飞飞，注意了，旗子要挥得利落，哨子要和旗子一起响一起动，要用全身力气吹它，让人一看一听就明白你要干什么。上官飞飞走到钢钉旁边，也朝下看了看，那个大东西正离自己越来越近，也越来越巨大，莫名地让人有点害怕。

钢钉喝道，站到我后面去！然后又说，你要记住一条，吊臂下面不能站人，这地方最危险。飞飞小声说，记住了。

吊塔的齿轮嗡嗡地转，钢丝绳咯咯地响，仿佛一个大力士正在把重物举过头顶，而他浑身的肌肉、关节都在用力，都在发出响声一样，只不过这响声听起来更有点骇人罢了。

混凝土构件在钢钉站的地方已经冒了个尖。钢钉短促地吹了几声，示意塔吊操作手，构件已经接近位置，一会儿，指挥员将有新的口令。

那天早上天气很好，太阳明晃晃的，它的后面是很蓝的天，天气很冷，所以，那蓝色显得有点淡，有点脆，而太阳光则像很尖的刻刀一样，在天空里刻出一道一道细小的痕迹。

李钢钉最后看见的是一个很大很黑的东西遮住了太阳，一瞬间，连最后一丝温暖也不见了，有个什么东西，带着巨大的黑影，迅速而轻飘飘地在眼前划过，接着，是完全的黑暗。

上官飞飞最先听到的，是一种很轻的嗞嗞声，一下一下，有点像眼镜蛇的叫声。接着，是啪啪的声音，也不是很大。他循声看过去，只见吊着混凝土构件的钢缆在一小股一小股地断裂。很快，一整根钢缆就断掉了。下面，传来惊叫声。

混凝土构件笨重地一颤，身体慢慢倾斜过来，很轻易就撞断了房顶的护栏。上官飞飞也惊呆了，那一刻，他向混凝土构件跑过去，想把那个庞然大物向外推，以免它进一步撞坏建设物，毕竟，特种工程旅的人在它的身上，花了如此多的心血。

钢钉早就后退了几步，趴在地上。因为他知道，钢缆断掉的力量有多大，时间是多么短，后果是多么可怕。他趴在地上，微微抬起脸，疯狂地喊道，飞飞快趴下，飞飞快趴下！

不幸的是，飞飞完全没有反应，继续用微不足道的力量，试图去推那个大家伙。这个时候，钢钉飞身跃起，猫腰跑过去，一把把飞飞推倒在地。而同一时刻，又是一整根钢缆断掉，像巨兽的尾巴，在空中一扫，又缩了回去。

庞然大物倾斜着，停在了半空中。飞飞和钢钉抱在一起，滚出几米远，躺在墙角。飞飞睁开眼睛时，看到钢钉满脸都是血。

魏大骡子拍了一下大腿，大声道，妈呀，出事了。说完，向建筑物顶上冲去。王大心、连长，还有楼下二十几个战士也没命地冲到了楼下。

钢钉躺在飞飞的怀里，而飞飞完全吓蒙了。魏大骡子问飞飞，你有事没？飞飞呆呆地摇摇头，魏大骡子把他推到一边，一把把钢钉抱在怀里，问，钢钉老弟，醒一醒，你可别吓唬哥哥呀！这时，魏大骡子流泪了，眼睛血红，太阳穴的血管鼓了起来。周围静了下来。

王大心和连长蹲在两边，一人握着钢钉的一只手。

一会儿，钢钉张开嘴，道，我没事，有点晕，但我眼睛看不见了。

连长双手抱着钢钉的腰，放声大哭起来，眼镜掉在了地上，那一滴一滴眼泪，落在了满是水泥灰的迷彩服上，溅出一个一个豆大的水痕。

魏大骡子愣了一下，高叫道，快去准备车，马上送基地医院，王大心跟我走！工地上的事，杨副指挥长你来负责！

几天之后，工地上的人开始一小批一小批去医院看望钢钉，他已经永远失去了眼睛。飞飞也去了，坐在床边，又一次说道，班长，我对不起你，我欠你的，一辈子都还不完。

钢钉自言自语道，我当时趴在地上，看着你去推那东西，现在想想看，估计也就趴了几秒钟，可当时，却觉得趴了很长时间。我当时真的不想爬起来，搞不好命就没了，在工地上待得久了，都知道这个。可最后一瞬间，我还是没忍住。我爹说，庄稼人最惜命，也最不惜命。你看，为了能多收点粮食，庄稼人起早贪黑忙活一年，累断了腰，也不叫苦。可别人有了急，庄稼人狠狠心，这一年的收成就不要了。我想，虽然我在部队待了十年，可我还是个庄稼人，看不得别人有难。其实，这一回，我是不想来西北的，人家都把我卖了，我还来干啥呀？可是，王指导员说，九连不能没有我，工程需要我的时候，我心一软，还是来了。

别说什么对得起，对不起，如果当时我想了这个，我绝对不会爬起来。过几天，我就走了，从此以后，你把我忘了吧，我也要把你们忘了。

现在，我只是觉得对不起我爹妈，我还不如死了算了，那样算是牺牲，能拿不少抚恤金。

飞飞，最后跟你说几句，今后你也要当班长，你带的兵要跟你学，他们就是你的孩子，你平时可以打他们，骂他们，但关键时刻，你要保护他们，你要冲在前面，你要替他们挡子弹，你要是做不到这一点，你就别当这个班长。

又过了段时间，还有三天，工程就要验收了，魏大骡子指挥进行收尾工作。

快吃午饭时，起了风，不大，却尘土飞扬，十米二十几米外看不见人。王大心在工地入口附近的材料场转悠，计算一下还需多少建筑材料。这时，一辆越野吉普车钻进了工地，一看牌照，是基地的。他想，大概又是基地工程处的人来了。

吉普车没往里去，在门口停了下来，车前门打开，下来一个老头，穿便装，眼睛到处看，气场很强。后门打开，下来两个少将，这两人王大心认识，是基地的司令和政委。这下，王大心慌了，在万分之一秒内，脑子在想，这老头是谁？脸很熟悉，对了，在军兵种报纸头版头条经常见到他开会的大照片。卧槽，是首长！

首长进了建筑物，转身问跟在基地司令、政委后面的工程处长，这工程建得怎么样？工程处长憨厚一笑，道，最终结果得等大后天的检收。首长问，我是问你的看法，你平时难道都不来吗？这么大的事，你要等到工程结束才说结果吗？

几句话把工程处长的汗都说了下来。他忙道，我是参加了全过程的，我个人观点，这工程干得不错。首长又问，怎么不错？工程处长把首长领到建筑物的一角，从地上捡起一把锤子，朝墙体砸去，墙体平整如常，连个坑都没。工程处长道，您看这强度，绝对达标。他指了指另外一个地方，道，首长您看，这露着钢筋头的地方，您看看这钢筋的直径。虽说这东西建好就是为了炸的，但我们施工时，都比平常提高了一个标准。

首长盯着魏大骡子头发稀疏、隐隐露出头皮的大圆脑袋，问，是吗？魏大骡子想，我他娘的也不指望再提拔了，索性多说两句。道，不瞒着你，有的材料供应商答应返给我百分之多少的材料款，要我降低水泥和钢筋的标号，我都没答应。说实在话，不是我不想，而是我不敢，我怕掉脑袋，而且也不仅仅是怕掉脑袋，我还觉得对不起兄弟们呀！他们在辛辛苦苦干活，我却在黑他们用命换来的钱，我良心上过不去！

首长转身对司令、政委说，这是关系到国家民族的大事，就得掉脑袋才行！之后，他又在工地上转了一大圈。

出工地时，所有人已经集合好了，特种工程旅的人在前面，最后两排是民工队。由于是匆忙间集合在一起，那军容可就有些寒碜了。有的战士刚抹完灰，迷彩服上半身全是水泥疙瘩，头发挂着水泥灰。有的刚干完高空作业，白色安全带还系在身上，腰里别着个大扳手和一副粗线手套。有的刚焊完钢构件，身上是深蓝色帆布工作服，胳膊上套着脏兮兮的白色帆布套袖。有的新战士迷彩服上剌了大口子，还没缝好。有的刚才还在搅拌水泥，穿着橡胶衣服、橡胶鞋，浑身全是水泥点子，脸那一块刚刚戴着口罩，就那一块是白的。

首长和每一个人握手，从副指挥长开始，依次下去。他和九连连长握过手，看着他那沾满水泥灰的眼镜，道，小伙子，你有种！当他看到穿着旧式军棉袄、军棉裤，腰里横勒着一条迷彩武装带的白洁时，不禁呵呵一笑，道，你们这支队伍还真是不简单，文艺干部都扛水泥包了。

他来到一个新兵面前，拿起他的手，仔细地看了看，转身道，你们来看看这只手。司令、政委凑过去端详了一番，那手上皮粗糙皲裂，关节很大，呈深红色，还有水泥灰烧伤的口子。首长又道，你们再看看他这迷彩服，他这胶鞋，我这辈子别的不会，只会带部队，别看他们破衣烂衫的，但我能看得出来，这是一支有骨头、能打仗的部队。要是全军每一个排、每一个连队都能像他们这个样子，跟天王老子干一仗，我都敢啊！

首长拍了拍那个新兵沾满水泥灰的脸，道，好样的！他来到老崔面前，笑呵呵地问道，我们的战士怎么样？老崔挠了挠脑袋，道，这些小家伙，干活儿嫩了点，但是有冲劲儿，最重要的是，解放军不拖欠俺们劳务费，下回有活儿，俺们还跟着你们走！首长哈哈大笑，道，好！好！好！

那个中午，首长还在工地上吃了饭。他坐在一个水泥包上，道，看你们吃的这么香，我真是很羡慕。他又搓搓手，道，我是很想给你们带点酒来的，可是全军禁酒，你们又在干工程，呵呵，不好意思了啊。不过，我给你们带了只羊来，这羊可难得，国家不让打了，司令、政委送我的，我没这口福，给你们年轻人吃去吧。

临走时，他对魏大骡子说，告诉你们钟旅长，我来过工地了，之所以事先没告诉他，是怕他又给我看假家伙。给我转达一句话，我看到了我最想看到的东西。

三天之后，工程通过验收。

后来，特种工程旅的人撤走了，只留下戈壁滩上孤零零的建筑物。又过了不知多长时间，飞来了不知多少枚导弹，把这些建筑物给炸残了。

基地曾流传过一个段子。有一次，有个专家在检查导弹的毁伤效果时，曾说，这个效应物建得可真够结实，给我提供了一个十分可靠的参考数据，为我们下一步改进设计打下了坚实基础。可是，不知到了谁的嘴里，就传成了这东西是哪一家单位建的？炸都炸不动！不管怎样，这都是特种工程旅的光荣，特种工程旅的人也愿意捎带着，自豪地把这个段子提一提，传一传。

后来，钟旅长对李钢钉说，你要愿意留下来，特种工程旅就养你一辈子。只要特种工程旅的番号在，你就是我们的人。李钢钉拒绝了，拿着特种工程旅官兵的十几万元捐款和国家给他的抚恤金，回家乡了。

魏大骡子还是工程处资料室的一名助理工程师，正在使出吃奶的劲，记住那些砖头厚的施工规范内容，努力地背英语单词，以期今后能考到中级职称资格，将来或许当上个工程项目的经理。

李高工至今仍在工地上，据他自己说，只要一离开工地，"三高"的症状马上加剧，而在工地上，什么病都没了，身体也好，心情也好，吃饭香，睡觉也香，照这种情况，干到七十没问题。

白洁没有大红大紫，但她还是一如既往地一张唱片、一张唱片地录制，既不焦躁也不气馁。她相信，即使大街上的红男绿女不爱听她的歌也没关系，她坚信，她的那些歌是有根的，那片土地既遥远又近在咫尺。

九连连长还是随身带着三副眼镜。他有家了，媳妇是个普通人家的姑娘，不漂亮，也不特别出众，但在特种工程旅的家属里面，显得特别贤惠。在人们的记忆里，她从未发过脾气。连长本人也粗犷了一些，但第一眼看上去，还是那么书生气，言谈举止之中，总是透露出一丝宽容、厚道和体谅，只有和他再相处下去，或许需要几个月，或几年，你才能体会得到他骨子里的强硬。

几年之后，王大心又一次带着部队去了戈壁滩，但他没去导弹炸过的废墟，也没时间去。他只能想象着那里的情景。但几年来，有个细节一直深深地刻在他的脑海里。撤场时，没有客车车皮，大家只好坐在拉煤的敞篷货车里去某市转车。风很冷，也很硬，大家裹着厚厚的迷彩大衣，拥在一起。这时，一股狂风刮来，黄色沙尘如大幕，从远处袭来，瞬间天昏地暗。等到货车从风沙中钻出来时，货车里的人蒙上了一层沙土。他们都在笑，一张嘴，露出一排排明晃晃的大白牙。王大心觉得这情景恍如隔世，又似曾相识。他心想，或许此时此刻，自己就站在祖先留下的某块界碑前。

遭遇一九五〇年的无名连

　　戈壁滩上又起风了，除了沙尘，好像世界上什么都不存在，让人忘了何年何月，身处何地。沙砾扑打在工地脚手架钢管上，发出嗞嗞啪啪的声音，对于心焦的人来说，仿佛是蝗虫在啃庄稼。九连连长把指导员王大心拉到水泥袋垛子下，吐了口沙子，使劲喊道，明天一早要来五火车皮水泥，你看怎么办？王大心看了连长一眼，连长的目光很有硬度，仿佛在告诉你，这里实在抽不出人了，再没别的选择。王大心明白，已到了最紧迫的时刻，一个半月后，某个撒手锏武器就要在这里试验。他向远处望去，脚手架上的人在大风尘沙中若隐若现，像暴风中拼命织网的蜘蛛，既渺小又忙碌。想了会儿，他也喊道，我带人去！说这话时，王大心很有点悲壮的感觉，要知道，这五车皮水泥停在三百多公里外的荒废小站上，没水、没电、没人烟，连手机信号都没有。装卸搬运水泥是一个没半点技术含量，却又最苦最累最伤人的活儿，若在打仗时，基本上相当于去堵机枪眼。虽说王大心与连长同是连队主官，但谁又规定主官就不能去堵机枪眼呢？

　　连长露出很感激又舍不得的神情，类似于大饥荒之年，把亲生孩子送人换粮食以活命时的那种心情。他补充道，营长说了，就七天，你们在那里坚持七天，这边就能抽出人去支援。王大心想，我一个连队主官，还用得着你来安慰？到时你们不过来，我还能把人撤回去？王大心摆摆手，道，别说这个了，咱们看看几个人能跟我走。

　　两人蹲下来，连长从裤兜里扯出皱皱巴巴的花名册，顺着一个一个名字，一路将下来。他像个吝啬的骡马贩子，仿佛自己最心爱的骏马要被人抢走似的，指着一个名字喊道，你把威武带走吧！王大心在大风中艰难地笑了笑，连长也不好意思地笑了笑。这个威武，全名叫朱毛威武，不是一个形容词，也不是一本书的名字，货真价实是一个人的名字。王大心当初一见到这个名字，就想看看此人什么样子。可是这个兵站在了眼前，却发现，他一点也不威武。威武生在文化人家庭，父亲姓朱，母亲姓毛，长得白白胖胖，很憨厚的样子，裤子、上衣撑得鼓鼓的，军用皮带系得像条捆在腰间的麻绳，怎么看怎么别扭，王大心琢磨了很久也没搞清楚，怎样才能把腰带扎出这么个效果。让王大心印象最深的是，当威武一本正经地站在面前时，裤裆大门敞着，隐隐露出鲜红色内裤。威武没事爱看点书，别人休息时打球、打牌，或者想想怎么能立功、入党、选改士官，他总捧着一本错字连篇的盗版《史记》或《资治通鉴》，看一会儿，仰天沉思一会儿。有一回，他外出回来，不知从哪儿的地摊上弄了本八几年的《军事学术》杂志，又钻研了好几个月国际关系和战略学。肚子里有了货，自然是想对别人讲讲，但别人却没心思听，还时不时嘲笑他，班里有了脏活累活全都推给他干，他却完全浑然不觉，嘴上依然挂着秦始皇、汉武帝、唐太宗、宋太祖，还时不时给大家讲点亚非拉第三世界小兄弟的事儿。有一次，王大心饭后在操场上散步，威武跟了过来，冷不丁问道，您说咱们海军解放钓鱼岛的时候，搞个草船借箭怎么样？王大心吃了一惊，认真打量着这个圆圆的脑袋和白亮亮的大脑门，不像是在开玩笑，于是心中暗想，得让他们班长盯着点这货，别哪天给我干出什么惊天地、泣鬼神的事情来。最让王大心挠头的是，这个威武的亲叔叔是一个总医院的院长，于是便有不少电话打过来，要连里面多多关照一下。去年冬天，营长试探着问王大心，能让威武入个党不？王大心脱口而出，他要是入了党，连里还不炸了锅啊！营长黑着脸、抿着嘴，又问，能不能再想想办法？王大心一听这口气，内力十足，只得缓了缓，道，他不是还没复员吗？别着急，多培养培养呗。

连长的手指又向下挪了几行，停下来，喊道，三闯也给你！王大心无奈地龇了一下牙，表示同意。三闯姓罗，东北大城市铁岭来的，入伍前干过啥不清楚，但从各种做派来看，肯定干过不下十种职业，在全国各地混迹过多年。罗三闯也带着东北人那种幽默感，不过，他的幽默感对一切让人产生崇高感、自豪感的东西都极具颠覆力、摧毁力。比如，某个新兵下连还没一个月，他往人家旁边一坐，先给支烟，然后说，抽吧，没事的，你咋那么怕谁谁谁（新兵的班长）呢？现在部队不让打人了，你怕他干啥呀？下回他再动手，你也打他！然后，他打量着新兵有点茫然的目光，说，你看你，就知道往死里干活，跟个傻逼一样，跟你说，你给连长、班长送条烟，啥休假、嘉奖、选改士官，全解决了！你看谁谁谁，他为啥学车去了？你以为他是干出来的？他爸是上边某部副部长，一个电话的事儿。就这样，只用了三五句话，新兵的世界观、人生观、价值观便彻底动摇了，本来精神抖擞、干劲十足的一个小伙儿，马上垂头丧气，迷惘了。因为这，连里的老兵把罗三闯恨得牙根直痒痒，合伙揍过他好几回。但这个罗三闯虽然不混江湖很多年，却也不是个孬种，挨了揍、吃了亏，却越发坚挺起来，依旧我行我素，如果单挑，你还不一定干得过他。最近，罗三闯放出话来，不在部队干了，年底复员回家，回江湖去干一番事业。老兵们也拿他没辙了，基本上见怪不怪。

俩人翻了一页，连长指着一个名字，道，抗美你也带去！王大心又无奈地笑了笑，悲壮感愈加强烈了。抗美，全名郭抗美，挺第二世界，挺阳刚的名字。王大心清楚地记得，新兵刚下连的时候，队伍里站着个清瘦白净的兵，脸上总是带着笑，那笑容和别的兵不太一样，用什么词来形容呢？王大心也找不着合适的，暂且用——清纯这两字吧。由于忙乱，旁边一个五大三粗的兵来了个急转身，背包重重地撞到了他。只见他腰肢一扭，摔在地上，不过，很快，又腰肢一扭，站了起来，对那个黑胖子清纯一笑，手呈兰花指状，掸掉屁股上的尘土。战士之间起外号，是又形象，又恶毒。果然，几个月后，王大心就听见有人叫他，郭美美，就是那个很萌很妖，在网上晒奢侈品，晒豪车，认干爹，顺便把红十字会给坑了的那个女孩子。一回，有个战士笑着问，美美，跟了哥吧，吃香的喝辣的。周围人也在哄笑，郭抗美一双粉手把那人推了个跟头，道，去你大爷的，你也不撒泡尿照照，我能看得上你吗？然后，自己捂着嘴，扑哧一下乐了。抗美是个很聪明的兵，大学毕业，学计算机的，年龄却比其他人都小，所以，大家都把他当孩子，而他呢，又总有股争强好胜的劲头。对这个事，王大心没往深琢磨，但能感到抗美有时心事重重的，脾气急起来，有点不同寻常的东西，让人后怕。可是，一看到他孩子般的笑容，又释然了，大家一起摔摔打打，谁也没觉得不自在。

连长把花名册合上了，眼睛里带点征求意见的神色。王大心也看着连长，心想，一车皮水泥六十多吨，五车皮三百多吨，你让我们四个人干啊？这想法，穿过风沙，通过眼神透露出来。连长叹了口气，仿佛割了一块肉下来似的，喊道，好，五四也给你！五四是连里边的通信员，全名叫张五四，甘肃农村来的，好兵。王大心家不是农村的，没种过地，所以也想不出甘肃农村能苦成什么样子。他一想起张五四，不自觉地就想起黄土高原上的一块土疙瘩，又硬又实，任劳任怨，说啥是啥。比如，王大心比较了连里近两任通信员，前一个是沿海一带的，家里做生意，给王大心洗军装时，领子里边总有一道油迹洗不干净。而张五四洗出来的衣服，干净得泛白，有种硬邦邦的感觉，那是下了大力气搓洗才能出来的效果。就像藏族人做糌粑，不用木槌砸个几百下、上千下，绝不会做出好味道来一样。如果有个油点没洗掉，他马上哭丧起脸，仿佛办了多大的错事，赶紧泡回盆里重洗。有几回，王大心看见张五四用他自己的牙刷，沾洗衣粉刷领子，铆足了劲，要不是军装布料结实，怕是早就给戳漏了。另外，王大心也很奇怪，张五四他爹妈怎么给他起了个这样的名字？王大心隐约记得，元朝统治下的汉人是没名字的，那时汉人的命不值钱，起名字也草率，都以数字代替，比如朱元璋小时候叫朱重八，也就是朱八八，他爹叫朱五四。王大心问过张五四，他说他家有四个孩子，大哥叫张十一，二哥叫张三三，还有个妹妹，叫张六六。为啥这么起名字呢？他爹说，要不是计划生育抓得狠，还准备生十个八个的，孩子多了，这名字好记。

王大心向外摆了摆手，喊道，就这几个吧，不要了！工地上的斯太尔载重卡车停在风沙里，准备送几个人去小站。连长与王大心一起回了地窝子，帮他收拾东西。戈壁滩上风沙大，地上临时建房不容易，也废材料，所以索性在地下挖出见方的坑，架上木顶，铺上防水层，称之为地窝子。连长从自己床底下抽出两条烟，塞给王大心。四周看了看，又搜出一箱二锅头，两箱方便面，说，那边生活苦，多保重。王大心说，别整那没用的，吃的喝的要及时送过去，如果断了，我们几个跑都跑不出来，那可就真他妈完蛋了。

一

　　王大心的爷爷活得不算长。记得上初中时，他正在操场上踢球，班主任和爸爸突然找到他。爸爸说，你爷爷没了，请几天假，咱们回老家出殡。王大心不是很伤心，甚至可以说完全不伤心，还有点快乐。因为爷爷出殡，多年不见的孩子们都聚在了一起，大爷家的，叔叔家的，姑姑家的，十几个孩子快活地玩了好几天。出殡那天，爷爷的棺材搬出院子的那一刻，三叔把一只破瓦罐扔上房顶，姑姑和几个女人披着白孝，跪在院门口号啕大哭，那声音很尖利，又很干瘪，仿佛在这之前，她们就早已经耗尽了伤痛，以至于二叔家的小儿子竟没心没肺地笑了起来。姑姑家的大女儿立刻跑上去，使劲捂住了他的嘴。还有几个细节让王大心忘不掉，一是出殡那天镇上去了很多人，下了很大的雪，费了好大劲才把爷爷的棺材抬到南向山坡上。另外，在厚厚的棺材顶板钉上之前，王大心和爸爸走过去，最后看了眼躺在里面的爷爷。王大心觉得爷爷比活着的时候瘦小了许多，右侧脸上那一大块蜘蛛网似的白色伤疤也不那么显眼了，和僵白的面容近于一色。王大心觉得很陌生，暗想，这就是爷爷吗？随着尺把长的铁钉砸进棺木，有关爷爷的记忆，仿佛就在尘沙灰土中戛然而止了。

　　那之后，王大心又回了学校，后来考上军校，毕业后去了部队，当排长，副指导员，现在是指导员。这十年时间里，他都没觉得爷爷和自己有什么特别的联系。他隐约知道，爷爷脸上的那一大块伤疤是烧伤，不仅脸上有，胸前和胳膊上都有，也许是从小就看习惯了吧，王大心从来没想过要去好好研究那伤疤是怎么来的。小时候，爸爸把爷爷接到城里住过一段时间。王大心记得爷爷有点怪，用现在的词来形容，就是有点神经质，总低着头，不太爱说话。有一次，他不知为什么发了怒，竟把邻居家的鹅的脖子扭断了。爷爷睡觉时不能打扰，一天中午，王大心在床头玩带响声的玩具，忽然间，爷爷像条精瘦的疯狗一样从床上蹿起来，操起地上的笤帚打在他屁股上。王大心瞪大眼睛，惊惶失措，竟忘了哭叫。还有，听爸爸说，爷爷早年当过镇里亚麻厂的总务股股长，管后勤的。五九年没粮食时，所有人必须凭票领口粮，那时，爷爷隔上三五天，就带几张中间有钉子眼的作废纸票回来，让奶奶把那个小洞补得不那么明显，这样，叔叔、姑姑就可以趁着人挤忙乱，多领份食物回来。因为这，那几年爷爷家没饿死人。

　　直到某一天，王大心偶然看到一本军事杂志，上面有篇文章，讲在朝鲜战争的第一年冬天，整整一个连的志愿军战士，为伏击美国军队，竟全部冻死在了阵地上，无一人逃走生还。由于年代久远，当年的亲历者并未交代清楚这个连的番号，或许是因为连一级战斗单位太小，正式出版的战史对此事也没有记载。尽管如此，王大心读到这个故事时，还是非常震撼。这种震撼甚至让他有点迷惘，因为他也是一个连队的主官，他没办法理解，也没办法想象，整整一个连队，为了夺取胜利，能够一声不吭地冻死在寒冷的冬夜里，上到连长、指导员，下到新兵，为了这个信念，没有一个动摇，没有一个退缩。他有时试图去琢磨，在那个死亡的冬夜里，那个没留下番号的连队，他们的连长、指导员，他们的老兵、新兵们都在想些什么？是什么让他们如此整齐划一地接受了死亡？

　　想了很长一段时间也没有个所以然。王大心的脑子里总是浮现一个画面，一个连的人趴在公路旁边山上的雪地里，一动不动，太阳出来了，白雪上泛着红光，但这些人还是一动不动。王大心开始找一些有关那场战争的书籍，看一些纪录片，可是，对于解答自己的惶惑所得甚少。就在这个时刻，他才猛地记起来，爷爷在朝鲜打过仗的呀！小时候，他家的一只搪瓷缸子里装满了徽章，大多是铝的，金色的，有红旗，有毛主席像，可是其中有几个是铁的，生了锈，没有红旗，没有毛主席像，爸爸曾告诉过他，这几个是爷爷从朝鲜回来时得的。怎么就忘了呢？或许是因为在此之前，从未意识到这其中的某些东西，能与自己有什么活生生的关系，自己那时还只是个贪玩的孩子啊！于是，王大心努力地从记忆里打捞有关爷爷的片断，可是，他发现这是件很困难的事情。就像他不能复活那一百多个冻死在雪夜里的人，不能真的走进他们的内心世界一样，十多年前就离去的爷爷，留给王大心的东西实在是太少了。

二

　　王大心几个人到小站时，太阳出来了，没刮风，天气不错，天是蓝的，还有几片小云彩。铁轨上停了五个车皮，整齐地堆着水泥袋子，像打仗时的防御掩体，火车头走了。五个人加上一个载重卡车司机，站在火车前，显得很渺小，这又让每个人都很震惊，仿佛这才发现自己的渺小。王大心打量着周围，好长时间没说话。小站只有一溜红砖平房，蒙着尘土，一大半玻璃都碎了，没有站牌，孤零零有几根歪斜的电线杆子，但上面没电线。铁轨从远处伸过来，在王大心身后中断了，那里堆了几个巨大的水泥墩子，表示铁路到此为止。从这里放眼望出去，是无边无际的戈壁滩，有几簇仿佛已经枯死的矮灌木。

司机把载重车停在红砖房旁边，张五四跑到门前，推了一下，木头门晃晃悠悠地开了，只听咔嚓一声，上边的折页断了，门板一下子歪在一边，惊起浓浓的尘土。屋子里面结满了旧蜘蛛网，零落地挂在半空中，地上盖了半寸厚的沙土，还有满地的老鼠屎，也不知这些老鼠是从哪里来的。大家只得先在地上铺了几张报纸，把装水的大塑料桶、盛饭菜的铁盆子和各人的铺盖卷儿堆在一起。

王大心从背包里扯出一双沾满油污的粗线手套，一只有点发黄的口罩，把迷彩帽扣紧，说，咱们先装一车，让小张拉回去。装卸水泥这活儿，是特种工程旅每个人的必修课，或多或少都干过，你要没抬过水泥包，基本上不能算是这个部队的人。如果大部队有闲功夫，每个连队负责一、二节车皮，憋足劲比着干，那还会是个很火爆的场面，因为，后干完的连队不仅要收拾现场，而且得晚回去吃饭。王大心当排长时，没少干这活儿。还记得第一次卸水泥时，扛了三趟，腿肚子就开始发抖，手指手心火烧火燎地疼，怎么也抓不住那袋子，第二天浑身关节都嘎巴嘎巴响。后来，当了副指导员、指导员，干得就少了，这一两年基本没抬过。王大心驾轻就熟地戴上手套、口罩，使劲拍了拍手，吆喝一下，给自己鼓鼓劲，也不知这活儿还干得动干不动了。

这时，罗三闯有点死猪不怕开水烫的意思，说，指导员，我腿疼。王大心头也没抬说，滚你大爷的。罗三闯又说，我真腿疼。王大心转过身，看着他，说，在连里我给留着脸，你要在这儿给我耽误事儿，我可真揍你了！罗三闯又说，打仗的时候成立敢死队还讲究个自愿报名呢，这他妈累死人不偿命的活儿，咋都不问问我呢？王大心说，咋没问你啊？罗三闯说，你也没说有这么多呀？王大心还没说话，罗三闯又道，这堵机枪眼儿的事想起我来了，那谁谁谁呢？咋不叫他来呢？整天溜须拍马，这会儿躲起来了，好事儿都落他脑袋上了，坏事儿都是我的了？

王大心不说话了，知道再说一句，罗三闯那张破车一样的嘴，得有十句等着。他阴着脸，咬着牙，道，威武、三闯到车皮上去，小张、抗美到卡车上去，我和五四在下面，开始卸吧！他憋着股邪乎劲，拳头握着，只等动手了。六年前，他军校毕业刚下连那会儿，住在一排一班，一个屋子的，都是扛了十年以上钢筋水泥的老士官，个个膀大腰圆、杀气腾腾、脾气暴躁。那时，就觉得自己是一只掉到狼窝里的小鸡。现在，小鸡骨头硬了，也会咬人了。他总结了一条，与其让那些操蛋的人七嘴八舌，不如用拳头解决问题。在连队里，动拳头也分两种。一种是你根本就不占理，动拳头无非因为你是军官，你是班长，想让手下服从你，这种动拳头屁用也没有，人家还是不服你。另一种是有人明明违反了纪律，却还执迷不悟、逍遥自在，这时你要不有点动作，别人都看不起你，连队慢慢就散了、乱了。这类似于佛法里头的当头棒喝，要让那些屡教不改的人幡然悔悟、口服心服，再不敢违反纪律。

罗三闯叨咕了几句，甩了甩膀子，阴着脸上车了。第一车还算快，用了一个来小时，卸了小半个车皮，装满了一卡车。王大心拍了拍身上的灰，摘下口罩，说，都歇会儿。其他几个人灰头土脸，拽下帽子、口罩，一屁股坐在地上，除了遮着口罩那半块脸，浑身上下全蒙着水泥灰，一笑，大白牙明晃晃的，分不清楚谁是谁。威武躺在地上，腰部露出一圈白白的肥肉。罗三闯用脚尖推了推威武的屁股，说，整点水来。威武想了想，翻了个身，趴着撅起屁股，使劲用两手撑起上身，然后用剩下的力气把一条腿挪到脸下，才站立起来，晃晃悠悠地朝红砖房走过去。说起来，威武和罗三闯还是同一年兵，都是下士，年底就到年限了。抗美和五四是新兵，拿水这活儿本来可以让他们去干的，可威武似乎还没闹明白，老兵竟有这样的特权。

王大心也走进了红砖房，腿肚子发虚，指尖火辣辣的。他拿出那两条烟，扯开包在外面的报纸，一看，是软包玉溪，心想，连长还真下血本。他撕开纸盒，掏出两包揣进兜里，然后转身回去，坐下来，扔给五四，说，一人一根，都抽抽。等每人都拿到烟，才发现，没火机。王大心平时不抽烟，随身不带火机，问了一圈，也都没有。王大心骂道，真坑大爷，送个烟也不给火机。他瞅着罗三闯，罗三闯反问，我长得哪点像有火机啊？王大心把烟插回盒子，说，不抽了。然后把烟拍到小张手里，又道，回去路上小心点，明天来时记得带只火机，对了，这里晚上没电，再带几捆蜡烛过来。

五个人把一个玻璃碎得最少的屋子收拾了出来，用报纸堵上破洞，在墙角，把铺盖一溜排开。这样，暂时安了家。王大心把人叫过来，说，从今天起，一人负责一个车皮，坚持七天，现在就开始干吧。

戈壁滩上白天太阳暴晒，热得到处嗤嗤喇喇响。千万要把脖子、腰带系紧，否则，水泥灰进去了，和汗水一搅和，又酸又臭，烧得浑身火烫，像下了海回来没洗淡水澡一样。王大心感觉脑袋充血，周遭世界泛着红色，一大股血，一大股血从脑袋里的血管涌过，轰隆隆直响。水泥袋子还剩下一大半，可自己已经没有一点力气了，每抬一袋都仿佛是苟延残喘，这心情，别提多绝望了。王大心停了一会儿，向其他几个车皮望过去。威武使出吃奶的劲，像抱媳妇一样抱着一袋水泥，快走十几步，放倒在地上，连自己也咚地摔倒在地，然后仰面朝面，四肢着地，喘上三五分钟。抗美憋得脸通红，咬着牙，眼泪都快掉下来了，仍不肯停下来，和旁边一声不吭的五四较着劲，五四抬一袋，他也得抬一袋。罗三闯不慌不忙，坐在水泥袋子上，仔细研究着自己的鞋底子，也不知上面有什么好看的。王大心知道他的小算盘，反正先干完的人到时也得帮他。王大心清楚罗三闯能干活，他打量过罗三闯的手，指甲黑厚，关节粗大，严重皲裂，到冬天时还有口子，这明摆着是一双干过重活，在外面世界打拼过多年的手。

中午过后，天气渐渐凉下来，人就有了力气。不管经过多少千辛万苦，饱含多少千言万语，四点多钟时，五四头一个卸完一车皮，然后是王大心，再后是抗美。王大心和俩人坐在离罗三闯不远的地上，拿来水，嗞溜嗞溜地大声喝起来。王大心走到罗三闯跟前，问，你说你人都来这兔子不拉屎的地方了，就算比我们少抬个二十袋三十袋的，那跟坐奔驰、开宝马的少爷们比，你不还是个出苦大力的？你就恁愿意占兄弟们这点便宜？罗三闯低头一琢磨，点点头，嘿嘿一笑，说，也对。王大心又说，我告诉你，我们都没力气了，帮不了你，你趁早死了这个心。罗三闯朝另一个车皮上的威武喊了一句，胖子你慢慢抬吧，哥不等你啦哈！说完，猫起腰，像只成了精的老猿猴，用半个来小时，就把剩下的卸完了。罗三闯跑到王大心面前，拍了拍身上的灰，说，咋样？咱哥们干活可是把好手。王大心笑了笑，说，走吧，咱们帮威武卸水泥去。罗三闯一愣，随后朝地上吐了口痰，说，我操，又被你们当官的忽悠了。

快到八点，最后一辆载重卡车走了。王大心觉得浑身轻飘飘、麻酥酥的，如果来阵大点的风，就能把自己吹跑。这时，还真起大风了，两步之外看不见人。五个人忙跑进屋里，关紧门，听着沙砾撞击玻璃，竟有点世外桃源的味道。他们用八九个水泥包堆了个小台子，垫块胶合板，再铺上报纸，就成了张矮桌子。每人屁股下一袋水泥，当做凳子。

王大心往上一坐，顿时尘土四起。他咳嗽几下，吐了口沙子，拿出一个绿瓶二锅头，咧着嘴拧开，说，把洗漱缸子拿出来，都喝点。抗美说，我不会喝。罗三闯抢着说，喝酒哪有会不会的，往嘴里倒就行了。五个人分一瓶，各倒了小半缸子，一碰，仰头喝了一大口。一口酒从嘴流到胃里，从胸口到肚子，一下子热乎乎的，仿佛有无数只小手，把每块肌肉，每条血管都舒舒服服地揉了一遍。那酒，平时喝是苦的，现在喝是有一丝甜味的，只有累极了的人，才能把酒喝出这个味道。抗美咳嗽几下，呛出几滴眼泪，忙用手给嘴里扇风。罗三闯把酒一咽，忙道，我说美美，你瞧瞧你那手，跟娘们似的，女人才这么喝酒呢，老爷们是这么喝酒的！我教教你。说完，他咂了一口酒，咕噜咽下去，咧起嘴，眯上眼，脸上露出既痛苦又快乐的表情。然后大张开嘴，嗞了一下，又啊的长出一声，脸上露出美滋滋的表情。抗美轻蔑地哼了一声，道，像头驴一样，还老爷们喝酒呢！

别看威武干活不行，喝酒可以，跟喝凉水似的，几口就喝完了。然后，把缸子往旁边一搁，开始生猛地吃饭吃菜。用生猛这个词一点不夸张，就觉得他碗里的饭菜，像拔了塞子的水池子，一会儿就没了，装满了，不一会儿，又没了。五四吃饭、喝酒一声不响，仿佛怕别人看到似的，脸朝下，腰弓着，所有注意力都集中在饭碗上，灌一口酒，狠吃一碗饭菜。王大心觉得眼前就是头牛，不过，比牛还沉默，牛喝水、吃草还有个动静，生气了、高兴了还会哞哞地叫上几嗓子。

王大心想起来，临走时连长还给拿了两箱方便面。于是他说，五四，把方便面拿出来，一人两包，没吃饱的补一补。五四抬起头，眼里带着愧疚的神色，就像自己犯了错似的，小声说，没水呀！王大心记起来了，不是没水，而是烧不了开水，泡不了方便面，遂小声骂了句，这鸡巴毛地方，不让人活了。于是，他暗暗记下，明天让司机把炊事班的煤油炉带过来一个。这时，抗美醉眼迷离，清纯一笑，把空缸子伸过来，说，指导员，我还想喝点。罗三闯马上说，这喝酒有三个境界，开始是我不喝，然后是还能喝，最后就是找酒喝，你现在就是那最高境界。抗美晕乎乎地瞪了他一眼，没说话。王大心说，不能再喝了，喝多了，你明天就没劲了。

大家用湿毛巾擦了把脸，就钻进被子里。王大心看见威武从包里拿出一瓶海飞丝，说道，头就别洗了，明天水来了再说，大家都记着，不管什么情况，必须留下半桶水，这里方圆几百里没人烟，可不是闹着玩的。威武没吱声，又从包里拿出一个索尼PSP，关掉声音，趴在被窝里玩上了。

戈壁滩天黑得晚，现在屋子里还有光。王大心迷迷糊糊的，心想，这第一天总算过去了。他只觉得威武的那台小游戏机在昏暗的暮色里闪着，自己嘴上念叨着，早点睡，就啥也不知道了。仿佛只过了一秒钟，王大心觉得有人推他。他挣扎着睁开眼，亮亮的阳光刺眼。他不知这是在哪里，是何年何月，在干什么，脑袋就像灌满了豆腐脑一样。呆呆地过了好一会儿，他爬起来，狠劲抖掉头发里和被子上厚厚的土，才认出眼前是司机小张，发现新的一天已经开始，载重卡车开过来了，等着他们往上装水泥。

三

天昏地暗地到了第三天，王大心终于放心了，不管怎么样，最难的时候过去了。现在，这几头小骡子，也包括他自己，经过几天折腾，慢慢适应起来，浑身生疼的劲儿过去了，干活不急不躁，水泥袋子抬得很顺溜，也有了各自的窍门。今天，六点刚过，就把最后一卡车水泥装完了。

王大心站在卡车旁边，等司机过来开车门，好把装晚饭的保温桶抬下来。他看见威武把那个PSP和充电器塞到司机手里，一问，原来是让司机回工地充电。司机说，工地上的柴油机电压不稳，烧坏了别怪我。王大心记起自己的手机也没电了，又一想，手机在这里屌用没有，除了玩贪吃蛇，一次没用过，去毬，不充了！

王大心说，小赵，把保温桶抬下来你就回去吧，小心开车。话音未落，王大心看见司机小赵脸都绿了。他一手拍着脑袋，一手紧攥迷彩帽，用带点哭腔说，王指导，坏了，我临走时忘把保温桶装上车了，当时连长跟我交代了个急事，光顾着琢磨那事情了，我还想着千万不敢给忘了。王大心脑袋像只破铁桶，被冷不丁狠敲了一下，叮叮咣咣响，还直犯晕。现在，干了一天重体力活儿的人最想干啥？就一个字，吃。你要说，那谁谁谁，你老婆来了，快去看看！他没准得来一句，好，好，等我把这碗面吃完就去！

小赵不是九连的兵，是汽车连配属过来的。王大心拍了拍他的肩膀，叹了口气，说，兄弟，你也太狠了吧，要不是我留了半桶水，这里还不成上甘岭了呀！小赵苦着脸说，要不，你们都坐我车回去吧，回工地吃去。王大心说，算了，坐四五个小时车，就为了口饭，让人笑话。小赵钻回驾驶室，摸出两张发面饼，一根火腿肠，塞给王大心，说，这是我晚上的加餐，留给你们吃吧，就这些了。王小心点点头，手往外扬了扬，说，回去路上小心。

王大心转身一看，身后四个人都苦着脸，威武的表情更是悲惨，像没娘的孩子似的。王大心说，别愣着了，回去看看，还剩多少方便面了？大家回了屋子，威武垂头丧气，一屁股坐在水泥包上，从行军包里摸出一只PSP。罗三闯道，嗬！真阔啊！有两个。威武头也没抬，说，前年回家探亲，亲戚们送的，大姑一个，二舅一个，这个是二代的，没刚才的那个好。罗三闯一撇嘴，说，真他妈败家！

抗美抱出方便面箱子，摇晃一下，伸着脑袋一瞅，就剩三袋了。王大心有点失望，说，都煮了吧。五四点好煤油炉，把小锅装上水，坐在火上。他蹲在自己行军包前，翻弄了一会儿，掏出半包方便面，对王大心说，我这还有。

小锅里的水咕嘟咕嘟响，罗三闯蹲在威武的PSP旁边，研究这东西怎么个玩法。王大心说，多煮会儿，那才出数儿。罗三闯瞧着威武的有福大耳朵，说，借哥们玩会儿呗？威武没抬头，心思全在屏幕上，说，这一关还没过呢，明天吧。罗三闯道，哥们好容易开口借你个东西，你咋不给面子呢？你白天剩下那么多袋水泥，都谁帮你抬的呀？威武说，真的不行，这一关马上就过了，正在关键时候呢！罗三闯霍地站了起来，骂骂咧咧地说，玩，就知道整天玩，就你这样，到社会上也是个挨宰的货，你咋不想想，要不是有个当大官的叔叔，你能有今天？威武吃惊地张大了嘴，抬起头，也不顾PSP了，看了半天罗三闯，眼睛里满是困惑，嘴唇上一颗黏黏的口水摇摇欲坠。想了半天，他似乎也没想出个所以然，然后慢慢低下头，盯着PSP屏幕继续寻思。

突然，威武把PSP往水泥台上一扔，眼里的迷茫，瞬间换上了愤怒。他呈45度角蹿了起来，直扑罗三闯，吼道，我他妈的跟你拼了。威武揪住罗三闯的脖领子，一胖一瘦滚在地上。罗三闯有点蒙，没料到威武咋受这么大刺激，被威武压在下面，喘不过气，嚷嚷道，胖子你要干什么？你赶紧给我下来！威武眼里挂着泪花，他也不是个会打架的料，不知该怎样用拳头表达怒火，就用二百多斤的身体一下一下压着罗三闯，问，你服不服？

罗三闯在下面脖子通红，青筋毕现，呼吸吃力，用手使劲推了推威武，竟没推动。于是他挣扎着喊到，指导员，快救我！王大心微笑着，和抗美、五四把威武拽了起来，说道，三闯，你嘴怎么恁损呢？罗三闯向后退了一步，拍了拍衣服，喊道，胖子你发什么疯啊？威武喘着气，抹了把眼睛，委屈地说，你他妈的不是好人！王大心拦住威武，说，算了，罗子他嘴碎，不说点啥邪乎玩意儿能憋死，别生气了，你看，面煮熟了，咱们快吃吧！

抗美把方便面的调料撕开，挤进小锅里，一瞬间，一股勾魂的香味就奔涌在屋子里的每个角落。王大心咽了口唾沫，心想，有多少次吃方便面都吃吐了，现在一闻，还他妈这么香！他说，大家把碗都拿出来吧，五四给大家分，饼子也一样，一人一块。

大家都直勾勾地盯着煮方便面的小锅，望着沸水上漂着的几块粉红色火腿肠，不约而同地咽口水，尤其是威武，一个劲用手抹嘴。王大心的口水像水龙头，止不住地往外冒。突然，他心里猛地生出一股很悲壮的感觉，把自己的铁碗抽回来，说，我的那份给威武吧，我不饿，有饼子就行了。当王大心说"我不饿"的时候，肚子里那股异常饥饿的感觉，忽然就化成一种热乎乎的，很崇高，很有力量的感觉。

罗三闯说，胖子，我的那份也给你，赔个礼，道个歉啊！罗三闯说完，五四倒不知该怎么分了，因为他觉得，既然老兵都不要了，自己的那份就更不应该要了，干脆都给威武算了。王大心说，你们都别跟我比，赶紧一人一份吃了，一会儿煮烂了个屁的了，五四，别愣着，执行命令！

五四给了王大心一块明显有点大的饼子，给自己的碗里明显少夹了些面条，然后说，把自己的碗都拿走吧，话还没说完，就从下嘴唇尖上掉下来一滴口水。王大心又从箱子里拿出一瓶二锅头，说，饭不够，多喝几口酒就不饿了。

肚子里没食，喝了酒就容易醉。没喝几口，王大心就晕的忽的了。他忽忽悠悠地想，小时候学过一篇课文，讲朝鲜战争的时候，战壕里的志愿军战士得到一个拳头大的小苹果，结果一人一口，吃到最后还没吃掉一半。他想，如果现在能有这么个小苹果，大概也能吃出那样的效果。给你十个苹果，你没准吃得恶心，吃吐了，但只咬那么一小口，却吃得崇高了，这事得好好琢磨。

王大心浑身上下那股崇高劲儿还没持续多久，外面就响起了卡车的声音。司机小张跑进来，说，连长发现你们的晚饭落在工地上，让我赶紧送过来了，还捎了个熟肘子。屋里的五个人蹦了起来，立刻把饭菜分了，就着酒，大嚼起来。王大心啃了块肘子，心想，真他妈香！过了一会儿，他有点撑着的感觉，打着饱嗝，又想，这肘子香是香，却有点腻，刚才就着饼子喝酒，但酒是甜的，那味道才真是好味道。

大家意外地吃了顿很饱的饭，现在，肚子鼓鼓地坐在各自的铺盖上。罗三闯在黑暗里冷不丁说，来，来，来，打牌。于是，五个人点上根蜡烛，坐在水泥台子周围，五四和抗美两个新兵算一家。罗三闯拿来的这副牌缺一张，不过缺一张也凑合打，打得稀里糊涂。玩了几把，罗三闯说，这么打不过瘾，咱们带点啥。王大心说，带钱不行啊！罗三闯在摇晃的蜡烛光里忽然显出很激动的表情，那眼睛，锃亮锃亮的。他一拍大腿，说，我想起带啥了，绝对绝对绝对刺激！威武问，带啥？罗三闯指了指外面，答，就带水泥包，咱来真格的，刺激不？王大心望着墙上那个张牙舞爪的巨大影子，心想，是够刺激的。

来了真格的，大家都紧张起来。但结果却出乎意料，抗美是个聪明人，打牌自然不在话下，威武虽然看起来不灵光，但爱琢磨事情，属于偏才，打牌也很厉害，王大心打牌也还行，和抗美是对家，占了点便宜。结果，打了一个来小时，倒是罗三闯欠了大家二百多袋。可以想象，他自然是不会认账的。威武不干了，又把罗三闯压在下面，吼道，你还是不是人啊？你明天要敢不搬，看我不压死你我！

抗美来了一句，老打牌也没意思，咱们玩真心话大冒险怎么样？就从罗班长开始。罗三闯从威武肚子下边挣扎着钻出来，拍拍身上的灰，说，那都小孩子玩的，谁玩那玩意儿啊！王大心说，你现在没有说不的份儿了。罗三闯坐到抗美身边，拍拍他肩膀，说，大妹子，问吧，哥跟你们讲点真心话！于是，威武尖着嘴，露出很有点猥琐的表情，问，罗子，你还是处男不？

四

王大心看过一个关于朝鲜战争的纪录片，叫什么忘了，不过，有几个情节却印象深刻。有个叫朱克的老人，从屏幕上看去，挺瘦，挺黑，说话挺冲的。他说，那美国兵呀，怕死得很，拿飞机大炮炸我们，我们没办法，但真要是面对面拼刺刀，他们就不行了，熊得很！

这话，乍听起来，很像是个不知天高地厚的人说出来的，类似于晚清的中国人没见过洋人，硬说红毛腿长不会弯，上了战场，用竹竿打翻他们就能取得胜利一样。但王大心却宁愿相信这位老人的话。他注意到，老人的眼睛一直盯着采访者，可以看着镜头十秒二十秒，无论是慷慨激昂，还是沉默回想，眼睛都始终不离镜头。王大心觉得这是个问心无愧的老人，他没有刻意在掩饰什么，只是沉浸在回忆中，尽力地，把自己当年最直接、最真实的感受，用自己熟悉的语言表达出来。王大心记得还有一位老人，他在面对镜头时，总是带着微笑。有人或许会问，回首那样一场惨烈的战争，怎么还能面带微笑？王大心觉得，一个从死人堆里爬出来的人，只是因为侥幸子弹没有穿过脑袋，他没有退缩，夺取了胜利，他为什么就不能从容微笑呢？倒是那些一脸悲痛的人让人生疑。

王大心还记得朱克老人说过这样的话，许多兵的名字，我都不知道。采访他的人惊讶地问，这怎么可能？您当时是排长，一个排不过三十几个人。王大心也很惊讶，甚至有点怀疑老人说的话。老人说，仗打到最困难的时候，一个阵地要守十天半个月，早晨阵地上有一百来个人，飞机大炮一炸，到了晚上，就剩下四五十个，然后，补进来新兵，又是一百来个，到了第二天晚上，就又剩下四五十个。人哪去了？死掉了呗。刚开始的时候，我还能记住谁叫什么，可到了后来，就真的不知道了。

当王大心回忆着这几个细节的时候，他在想，老人怎么就能觉得美国大兵"怕死得很"呢？好莱坞大片里的美国大兵不是这个样子的，在波斯湾、伊拉克的美国大兵似乎也不是这个样子的。王大心默默地想象着那个北美大陆上的国家，想象着生活在那里的人们，同时，他也回想着一九五〇年的中国，回想着自己老家那块有点贫瘠干旱的土地。到底是什么，给了老人，还有他同时代的人们，那样强大的精神力量？琢磨到这里时，王大心总想再向前走一步，得出更进一步的答案，可是他发现，无论怎样努力想象，都是很困难的。

罗三闯鄙夷地看了一眼威武，皱了皱鼻子，说，你看你问的那都啥玩意儿？一看就没见过世面。他站起来，从箱子里摸出一瓶酒，拧开，给自己倒了小半缸子。罗三闯喝了一口，伸出下巴，大张着嘴，舒服地啊了一声，才说，我呢？也就是在小学学到了点真东西，到了初中，基本上听不懂，也不去上课了，跟一帮哥们瞎晃悠。我爸是下岗工人，小时候就记得他手上整天油乎乎的，得用洗衣粉洗，洗完了，一洗脸盆的水都是黑的。他那拳头，我感觉比我脑袋都大，成天打我。你们知道他怎么打我不？把我捆在床头，用皮带打，抽得我嗷嗷叫，那一片平房都听得见。

威武说，又没问你这些，扯那没用的干啥啊？罗三闯不屑地说，你给我老实点，我还没讲到那块儿呢。他又喝了一口，初中没毕业，差几个月十五岁，我对我爸说，爸，这学我上不了了，你又没钱，指望不上你了，我还是早点找活儿干吧。我爸又把我给打了，但我第二天就跑了，跟一哥们去了深圳。刚下火车，看电线杆子上招聘广告还不少，什么夜总会招男女公关，一月几万块钱，那个咱没敢去。别的工作也不少，我当时想，看来这外面还挺好混的。我俩挑了个地方，一进门，四五个黑大个儿站屋里，有个老娘们坐在角上，问我们干什么，我说找工作，她说，先看看身份证，交五百块钱押金。我俩傻乎乎的交了，然后立马给暴揍了一顿，都不知道为啥，问我们钱还要不要了？我说，把身份证给我吧，钱不要了，就这么鼻青脸肿地跑出来了。

后来，干过不少工作，在工地当过力工，刷过盘子，干过保安，还在火葬场抬过三个月尸体。好几次，干了几个月，一分钱没拿到，哥们也不是好惹的，把那几家的玻璃给砸了。刷盘子的时候，认识个小姑娘，端盘子的，她说自己叫版娜，但从没给我看过身份证，比我小一岁，老家云南的，爸妈在山里边种茶叶，也刚来。有一次，我送了她一个手机链，她挺喜欢的。后来，我俩感觉不错，我说，要不咱俩住一块儿吧，把租房子钱省了。那时候，像咱们这样打工的，在这块儿待几个月，在那块儿待几个月，能在一起待一年、两年的很少。这人今天在一起，明天就不知去哪里了，手机号也换了。就说这个版娜吧，我俩住了五个多月，有一天她不见了，拿走了我一千多块钱，电话也打不通。说实话，这种事儿不少，我也没太难受，只是那段时间手头真的有点紧。这年头，饿死人不太可能，但没钱吃晚饭的事可真有。有好几个晚上，兜里就几个钢镚，真想他妈的要饭去了。我爸说，要一次饭等于一辈子要饭，忍了几天，后来手里就有钱了。

罗三闯喝了一口酒，不屑地看着威武，道，我跟你说，入伍之前，我手机里存的号码，那女的比男的多！王大心把他手里的缸子拿过来，也喝了一口，说，给大伙讲讲呗。罗三闯说，讲可以，就咱几个听听，离开这地方，谁也别往外说。

版娜那小姑娘吧，不错的一个人，个不高，有点黑，挺好看的。我不怪她，一个小丫头，在那地方混，挺难的。后来，我遇到她了，在美容美发店。啥？这都不知道？你别他妈跟我装清纯，美容美发店，就是野鸡店，用政府的话说，就是失足妇女工作的地方。

那店是玻璃门，挂了不少小灯，红红绿绿，花里胡哨的。版娜穿着个黑色皮短裤，露着大腿和半拉屁股，胸脯本来不大，现在垫了个大胸罩，显得胸挺高，脸上化妆化得跟妖精似的。我从外面一眼就认出她来了。我走进去，说，你别怕，我就是想跟你说句话。她跟我出来了，我说，你走以后，我饿了好几天，你请我吃顿饭吧。她就哭了，我也哭了。她请我吃桂林米线，对我说，干这个挣钱多，一个星期比她爹娘种一年茶叶挣得都多。我看见，她手机号虽然换了，但手机上还挂着我给她买的小链子。

罗三闯抹把眼泪，说，又过了几个月，我过春节没回家，喝多了，就跑去找她，店里说她走了，不知道去哪里了。出了门，一个小妹告诉我，版娜可能出事了，有一天晚上和两个男的出去后就没回来，她的箱子现在还在店里呢。这种事，本来就是非法经营，老板娘也不敢报警。

屋子里静静的，威武听呆了，抗美用手背擦眼泪，王大心心里也很不是滋味，这才有点理解，罗三闯怎么会是这么个兵。罗三闯问，还听吗？哥们肚子里还有不少呢。

在深圳干了两年多，感觉不对，算了一下，干一辈子也挣不出买房子钱，到头来还得滚蛋。后来就去了番禺，在一个电子元件厂干了几个月，再后来，在一家夜总会干了挺长一段时间。到了那地方，你才知道什么叫有钱人。人头马五千多块一瓶，有的包房一口气能喝三五瓶，一杯酒顶我一个月挣的。那些人，不把小姐们当人，可劲祸害，把那些小妹都折腾惨了。我当服务生时见的可多了，有些事情，唉！那是讲不出口啊！还有的，车进来要蒙车牌子，老得都秃顶了，还一手搂一个小丫头，花几万块眼都不眨，走了还要开发票。夜总会的服务生要求跪式服务，端个酒、果盘，给客人点歌什么的，都得跪在那儿。有时候，我真想操起酒瓶子，削他们脑袋上。那个时候，我在想，跟这些人比，我他妈的还能算个人吗？我在这儿跪着，是因为还能每月拿千把块钱，哪一天这儿着火了，我抬腿就跑，烧光了去毬。

罗三闯看了看，缸子里的酒喝没了，就把它搁在水泥台子上，说，后来当兵了，我还忘不了这些事。有时想，我他妈的保卫谁呀？保卫他们？你说我能给这些人当炮灰去吗？王大心心里一震，拍了拍罗三闯，说，这些事，你看得太多了，别太极端。罗三闯笑了笑，说，也许吧，说出来好多了。还有件事，虽说不是我当兵的主要原因，也还是有点关系。有一天，夜总会来了个当兵的，上身T恤，下身军裤，穿三接头，还有几个人，好像是地方哪个部门的，能办点事情的样子。那个当兵的有点喝多了，我跪在那儿收拾桌子，他迷迷瞪瞪地往我手上拍了两百块钱。我说我是服务生，不敢要。他抹了把眼睛，摇摇晃晃对我说，也他妈的不是我的钱，你拿着吧。

五

第七天的时候，大家很有点欢天喜地的意思，只等着大部队开过来支援。王大心对这七天倒有点莫名的留恋。越是在艰苦的条件下，人仿佛就越能相互信任，越能不计回报地付出，而离开了这里，就难得找回这份激情。有时，这种境遇更像是一种诱惑，让你千方百计地想把纷乱繁杂的生活，还原成这里的简单纯粹，让精神有个安心徜徉的远方天堂，鲜有人能够拒绝。

这时，第一辆载重卡车来了。王大心看见后车厢上空空的，没有人，就知道事情没那么简单。小张从车上跳下来，搬下保温桶，然后递给王大心一张纸，说，指导员，连长说最近工地上很忙乱，总出岔头，还没办法联络，所以今后不管交代什么事情，大事小事，都必须写在纸上，看过后要签字，谁办砸了谁要负责。

王大心打开纸，连长写道，兄弟，上级要求再砍半个月工期，这边实在太紧张了，还是抽不出来人，你们在那边再坚持一段时间！×××。后面还盖了连长的红印章，搞得和正式文件一样，生怕王大心不执行似的。

王大心早就估摸着，这事恐怕不会七天就完，但还是很生气，不是因为卸水泥的活儿累，而是因为，自己也是连队主官，有这个觉悟，你连长犯得着连蒙带唬的吗？王大心浑身上下摸了一遍，没笔，借来小张的笔写道，已阅，我操你大爷，王大心。另，方便面、火腿肠没了，烟和酒也快没了，明天捎点来。

王大心盯着罗三闯，说，咱们走不了了。罗三闯说，走不了就走不了呗，你瞪着我看干啥啊？大家都有点发愣，威武脸上的笑容还僵在上面，像大块冰糖一样，一时半刻化不掉。王大心说，工期调整了，那边更抽不出人来。他眼前的四个人面无表情，谁也不说话，威武硕大的屁股一下子坐在地上，叫道，哎呀妈呀，这可什么时候是个头儿啊？

罗三闯走过来，说，什么时候是个头儿？跟你说，没个头儿！他嘿嘿一乐，说，你没看过电影吗？一个电话打过来，喊道，某某某，你给我再守住三天，友军就在你旁边，飞机大炮马上就过来，结果呢，打了半天，友军死活就是不来，飞机大炮也不见个影儿，只好戴上白手套，仰头对天说道，蒋委员长，学生对不起你的栽培，说完，拿起手枪，要把自己给毙了。这时，副官上去一把拦腰抱住，说，师座，使不得啊！干脆，咱们投降"共"军吧。然后，老兄弟想了想，掉几滴眼泪，叹口气说，好吧，这全是不得已而为之啊！

王大心皱着眉，问，你到底要说啥？罗三闯道，指导员，你得让我把话说完呀！我是说，被蒋委员长忽悠了，还可以投降"共"军，但到了这个地方，你能干啥呀？王大心道，你会说句人话不？罗三闯道，我还没说完呢，我的意思是说啊，嘿嘿，就像咱们王指导讲的，你人都来了，扛二百袋也是扛，扛二百五十袋也是扛，干七天也是干，干两周也是干，就别叽叽歪歪的了。王大心暗想，罗三闯这张嘴，能把话扯得八竿子打不着，也能把十万八千里的话给扯回来，这本事，一般人还真没有。这时，五四走上去，从后面搂住威武的肚子，说，朱毛班长，我扶你起来。威武一推他，道，去，去，去，你倒听话，有劲使不完是吧？说完，自己手拄地站起来了。

大伙各自散了，一人一车皮，司机小张帮着装车，天地间又恢复一片寂静。中午来了，太阳底下的人像锅上的烧饼。王大心感觉腰生痛，有几块关节嗞嗞地响，稍一用力，就好像要嘎地一下卡在那儿。身子弯下来就不敢再直起来，于是，有点像王八一样弓着腰，把水泥袋拖到车皮边上。他的手背上烧出好几个血窟窿，总也不好，现在发白了，像烂了一样，不痛，还有点痒。现在，他尽量不去想，卸水泥这活儿还得干多久，就想着过一个小时能休息一会儿，再过一个小时可以美美地吃中午饭，中午饭有红烧肉，有排骨，还有只烧鸡。总之一句话，干现在的活儿，不想明天的事儿，否则，非崩溃了不可。王大心想起纪录片里的那位朱克老人，他带着一个排的人，坚守阵地十几天，真不知他是怎么坚持下来没疯掉的。要知道，在那种情况下，不要说守十几天，美国鬼子来一次冲锋，就没准光荣了。

在一片浑浑噩噩的死寂中，传来嗷的一声叫，把王大心吓了一跳。他看见威武轰地倒在车皮上，一股水泥灰腾空而起。王大心冲了过去，让五四把威武扶起来。威武蒙着口罩，一手撑在腰上，含含糊糊地叫，别动，别动，就这么倒着。他躺在那儿，口罩一鼓一瘪，眼睛盯着天上某处，一动不动。好一会儿，威武说，扶我起来吧。然后，他一脑门汗珠，用恳求的眼光看着王大心，说，指导员，我腰扭了，不能动了。

王大心一直没明白，当时威武的眼光里为什么是恳求，而且很强烈，绝对不是别的什么意思。他想了很久也没明白，直到后来的某一天，威武已经不在身边了，他才琢磨透，威武是在恳求大伙相信自己，真的受伤了，不是装的。王大心在看朝鲜战争的纪录片时，不断地会想，有的连队死了一大半，有的连队甚至是反复伤亡，反复补充，最后连军官都不晓得士兵的名字，在那个时刻，能够受伤，被送到后方，应该是件很幸福的事了。但是，他们一辈子都要面对一个拷问，为什么自己活下来了，而那么多战友却回不来了。只是，这种拷问或强烈，或轻描淡写，有的人遗忘了，有的人或许还夹杂着一丝庆幸，也有的人终生无法面对这个拷问。

罗三闯跳到威武眼前，眯着眼睛，冷着脸，死盯着他，问，真的假的？别他妈装的啊！威武眼里的恳求愈加强烈，说，我真的不能动了。威武委屈地看着地面，好像受了伤是件很见不得人的事情。王大心沉默片刻，说，五四把他的铺盖收拾好，一会儿威武坐小张的车回去。威武爬进驾驶室，关上门，使劲把手探出来，抓着王大心的手，说，指导员，我一定会回来的，相信我，我一定回来！

晚上，王大心躺在地铺上，连脚趾头都不愿动一下。罗三闯吃一小口米饭，嚼了半天没咽，吐到手心里，然后抹到一张白纸的四个角上。王大心问，你干啥呢？这么恶心！罗三闯吹了一口墙上的灰，把白纸按在上面，问，今天几号了？王大心说，二十几号吧，谁记得那个啊？罗三闯借着蜡烛微弱暗淡的火光，脸贴着墙，左左右右、上上下下地端详着那张纸，说，我做了个日历，看看日子，也算算咱们到底干了多少天。

王大心哦了一声，沉默了。他又问罗三闯，你说威武能回来不？罗三闯说，绝对能回来，那人脸皮薄，上回，我说了一句"要不是有个当大官儿的叔叔，你能有今天？"他就急了。他呀，生怕别人瞧不起他。王大心想，恐怕有点道理。他又问，要是你，你回来不？罗三闯一边想，一边用手抠掉迷彩服上的水泥疙瘩，说，说句实在话，要是第一天刚来的时候，你让我走，我抬腿就回去，一点不含糊，现在，你打我我都不走。我咋回去？别人要问我，你咋回来了？我说，受不了了，就回来了。这话我可说不出口。累点苦点是小，这张脸没了是大。罗三闯来了兴致，得意地笑了笑，比比画画地说，以我多年的经验来看吧，要这张脸，和不要这张脸，都不是件容易的事儿。像我，从前在夜总会当狗腿子，一天到晚跪着，跟当鸡也差不多了。那时，我就彻底不要这张脸，就为了那一个月一千多块钱，哪天着火了，我撒丫子就跑，心安理得。现在呢，这张脸糊里糊涂的就挂在脑袋上了，要一下子扯下来，还真不太容易。所以说啊，嘿嘿，这张脸可不是条裤衩，想穿就穿上，想脱，就能脱得下来的。王大心道，你说出的话，怎么听着都这么别扭呢？

六

王大心的奶奶比爷爷大了五岁，却比爷爷多活了十年。她走的时候，已经老得像根枯干的稻草，常常趴在窗口上，几个小时，几个小时地望着外面，自言自语道，看，谁谁谁（王大心的父亲）他爹回来了，手里拎着一捆柴火，他咋往东边拐了呢？她经常会看到一些已经死了，或者去了外地的人，疯疯癫癫的，有点吓人。王大心后来琢磨过，奶奶看到的那些根本不在眼前的人，都是她惦记，或疼爱的人，只不过她太老了，已经不能再用那带些温情的语言，用常人能听懂的话来表达了。

王大心还记得爷爷家的墙上挂着一个相框，刷着又浓又艳的红漆，铺着黑绒，衬着十几张黑白色的照片。那个时代的老人，每家都会有这么个相框。那上面，有手工上色的所谓彩色照片，还有发黄开裂的黑白照片，有抱着刚满月孙子、孙女的全家福，还有老人儿时的家族合影，时间跨度从上个世纪八十年代到世纪初年，记录着这个家庭的历史，曾来过的每一个人都会留下一个影像。相框的右上角是奶奶的单人照，大约十四五岁，站在小石桥上，圆圆白白的脸，穿着旗袍，微垂着头，有点害羞地把一枝白色的花搭在肩上。王大心很小的时候就喜欢看这张照片，看着看着就很惆怅，觉得世上再不会有这样风韵的女孩子了。那张照片比其他的都旧，有好几道折痕，还滴上了什么东西，留下好几处黄渍。有一次，王大心问奶奶，这张照片为什么这么旧。奶奶说，爷爷出国那几年，把这张照片带走了，再回来时就这个样子了。王大心后来才知道，奶奶说的出国，就是朝鲜战争。相框左上角应该是爷爷的照片，但从王大心有记忆起就一直空着，没人告诉他为什么。

很小的时候，王大心也曾想把奶奶的那张照片偷偷随身带着，对他来说，那张照片与有点糊涂了的奶奶，并无太大的关系。他觉得那张照片上散发着一些让他痴迷的气息，浓稠得化不开，只要看上一会儿，就会失了神，掉到一个很幽深，带着点淡淡香味的世界里出不来。为此，他还暗暗羡慕过爷爷，觉得爷爷曾是个幸福的小伙儿。

王大心在想，一九五〇年的那个冬夜，那个无名连里，大概总会有几个怀揣着这样照片的小伙儿吧。在麻木到失去知觉之前，他们会不会挣扎着，悄悄摸出照片再端详一眼呢？那一刻，他们在想什么？他们会抬起头，穿过黑得发蓝的冰冷夜空，向着照片里的姑娘，作最后的无声道别吗？他们会心生恐惧，面对死亡的悬崖深渊不知所措吗？也或许，他们暗自盼着美国人的军队早点经过山下的公路，那样，就可以发动进攻，就有机会活下来回去，和照片上的姑娘生活在一起。但无论如何，在迈过死亡大门的那一刻，他们都是不孤单的，还有什么是更好的慰藉呢？哪怕这之后，照片和小伙儿一样，留在雪地里，寂静冰冷。再过上一段时间，大地回暖，冰雪化掉，他们又会一起腐烂消融，最后永远掩埋在异国土地之下。

王大心突然醒了。现在是几点了？他不知道，手机早就没电了，也没充过。戈壁滩上没刮风，月亮很大，从没堵严的小洞里照进来，但屋子里很冷，每个人把所有衣服都压在身上了。旁边睡的是测绘员小赵，威武走后，他补了进来，干了两天活儿，彻底累瘫了，张大着嘴，流着口水，鼾声如雷。再过去，是罗三闯，静静地侧卧着，悄无声息。再再过去，铺上空的，抗美和五四不见了。王大心像鲤鱼一样蹦起来，推了推罗三闯。罗三闯说，没事，俩人在外面扯没用的呢！王大心从窗户破洞望出去，抗美和五四裹着军大衣，像两只狗熊，肩并肩坐在水泥袋子上，一人手里捧着一只洗漱杯，旁边放了瓶二锅头，喝了一大半。王大心嘴对着破洞，小声说，聊一会儿就行了，太晚了，回来睡觉吧。王大心看见两人把缸子里的酒喝完，用手抹了把眼泪，恋恋不舍地回来了。

其实，就在王大心糊里糊涂做梦的时候，抗美睁着眼睛，数着棚顶上的木头橛子。五四也睁着眼睛，于是抗美悄悄推了他一把，说，到外面坐坐去吧。五四爬起来，看见罗三闯也睁着眼睛，戴着耳机，摆弄他那台全波段收音机。五四小声说，罗班长，我们俩到外面坐会儿，一会儿就回来。罗三闯专心鼓捣着收音机，无奈全是嗞嗞啦啦的杂音，只有一个台，隐隐约约有人在说话，说的还是外国话。罗三闯向外摆了摆手，还不死心，又一次从头开始搜索频率。

五四小声说，谢谢罗班长，然后裹上迷彩大衣，猫着腰向外走，出门口时还顺了一瓶二锅头。抗美喝了一口酒，小声啊了一下，干冷的夜色里冒出一团浓稠的白雾，映着月光，慢慢地向乌蓝的天空里飘。他问五四，年底想留吗？五四说，当然想留了，部队哪点都比老家强。有人说部队又苦又累，我就一点都没觉得，还觉得部队挺养人呢。在这儿，每顿饭最少有一个荤菜，做不好了，老兵们还骂炊事班。在我老家，干一天大地活儿，也捞不着荤菜吃啊。抗美问，你老家得穷成什么样啊？五四答，这么跟你说吧，小时候，我家人出门去镇上，得走三天，后来有摩托车了，也得一天。全是大山沟里的土路，有的地方路险，你还得下来推着车走上五里十里的。我们家出一种狗头枣，几毛钱一斤。入伍后有一次，我出营门给连长买东西，发现店里卖几十块钱一袋，一斤都不到！

五四说，我小学都差点没上完，初中在镇里面，得住校，家里就不让上了，在家种地。来部队第一天，看见老兵的床单可真白，还寻思，这能往上躺人吗？后来发现一周能洗三回澡，转了下士每月就能拿两千多，我咋能不想留下呢？

抗美望着天空，想了想，说，我不想留了，年底就走。五四说，你有学历，年龄又小，出去了也不怕。抗美摇了摇头，说，倒不是因为这个。接着，他认真地看了看五四，说，五四哥，你觉得我和别人不一样吗？五四愣了一下，用有点迷糊的眼神打量着抗美，答道，你比我们都聪明，有上进心，还有，呵呵，我说了你可别生气。抗美侧过头，很期待地看着他。五四说，你有点孩子气，像跟谁较劲儿似的，总要比个输赢，让别人不愿接近你，照我看呀，真没啥必要。

抗美有点失望地转过头，盯着前面的铁轨，抿起嘴，许久不语。五四没注意到这些，缩着微微发抖的身子，使劲揉搓双手，往手心呵气，两腿前后荡，用后脚跟踢屁股下的水泥袋。过了一会儿，他才注意到抗美不说话了，遂转过头，借着月光打量着他的脸，发现一串泪珠流下来，洗出了一道亮亮的泪痕。五四有点不知所措，慌慌地问，你咋的了，我是不是说错什么了？抗美沉默了片刻，才说道，有些事想找人说说，你想听吗？五四道，兄弟嘛，你说吧。

抗美咬着嘴唇，好半天，才说，我从小就觉得自己是个女孩子。五四瞪大了眼睛，瞅着抗美。抗美抬眼看了一眼五四，又把眼睛垂了下去。好一会儿，五四恢复平静，小声说，可你是个男人啊！抗美固执地说，可我就是个女孩子，就是个装在男人身体里的女孩子。五四脑袋里晕晕乎乎的，好半天，想起大概的确有那么一类人，和普通人不太一样。待他接受了眼前这个现实，又不知说什么好，停了一下，他犹豫着说，那你一定很难受吧？

抗美使劲点点头，又有几大颗眼泪流了下来。他把头靠在五四肩上，轻轻抽泣着。五四一动也不敢动弹，把迷彩大衣使劲裹紧，像树桩一样让抗美靠着。抗美断断续续地说，五四哥，很多时候，我都很累，真希望谁能帮我一把，帮我把水泥扛上肩，或给我递一杯水，可这时，我又得强迫自己明白，我是个男人，我绝对不能落后。有时，我跟你们在一起，挺害怕的，不知道为什么害怕。所以，我就拼命地要比你们强，才觉得不会被别人看不起。我想，就算我是个女孩子，我也一定要比你们强。

抗美用手背抹了把眼泪。五四说，还能改过来么？抗美摇摇头，说，我努力过，可是不行，我就是觉得自己是个女孩子，为了这个想法，我可以不惜一切。五四点点头，说，那你可真累啊！抗美靠着五四的肩膀，问，你不会嫌弃我吧？五四忙摇摇头，说，哪能呢，咱们是兄弟啊！哎呀，现在不能这么叫了，那咱们是啥啊？抗美露出点笑容，说，是战友呗。五四仰头沉思，看着从嘴里悠悠冒出的白雾，端详着雾气变化不定的形状出神。突然，他憨厚地笑了，问，你喜欢上谁没有？不会喜欢上哥了吧？抗美用手掐了一下五四的胳膊，说，我才不会呢！五四拍了拍胸脯，吐了口气，说，哦，那我就放心了。

两个人望了好一会儿月亮，靠在一起取暖。五四说，我也给你讲个秘密吧，咱们扯平了。抗美抱着五四的胳膊，把厚绒领子竖起来，严严地包住脸，闭着眼睛说，好吧，我听着。五四嘿嘿一笑，说，你知道我是通信员吧？抗美点点头。五四接着道，有天晚上，都熄灯了。连长打到我手机上，说，我在洗澡呢，忘带钱了，你过来接我。就这么一个糊里糊涂的电话，连他在哪里洗澡都不知道。再打过去，死活没人接了。我琢磨了半天，连长没吃晚饭，下午走的时候，说他和战友喝酒去。我想，他既然洗澡，肯定是在洗澡堂呢，于是就换了便装，兜里揣上十块钱就出营区了。

听到这里，抗美笑了，还打了冷战。五四问，你笑什么？抗美说，没笑什么，你继续说吧。五四说，我在营区周围找了一圈，只找到一家浴池，进去一转，溅了我一身水，也没找到连长。于是我就来到一个烧烤摊旁边，问烤羊肉串的婆娘，这周围哪里能洗澡？婆娘说，那边有个某某某浴池能洗。我说，还有没有别的啊？她有点怪怪的看看我，说，再往东边走，那边有个洗浴中心，就是贵点，好人没有去那洗的。五四说，我当时也没多想，赶紧往那边跑，到了一看，果然不一般，灯光通亮，晃眼睛，里面更亮。我胆战心惊地往里走，里边厅很大，显得我很小，白色大理石铺的地面，光溜溜的，很滑。有个长得挺好看的姐对我说，您这边请。我这眼睛都不知该往哪里瞧了，那姐穿得可真少，胳膊、腿都在外边露着。我没敢说找我们连长，我看着地，对她说，我找人，说完想往里走。她拦住我，说，里边不能进。就问我，找的人叫什么，可以让服务生去叫。

过了好一会儿，服务生出来了，说，没这个人。我真的着急了，找不着连长可怎么办？他肯定喝多了，出什么事情可就坏了。我在洗浴中心门口站了好久，使劲寻思，该去哪里找，如果找不到，是不是该报告指导员。我当时想，不到万不得已，绝对不能把这事说出去。这时，我听见身后有人吆喝了一句，不太清楚。我转身一看，没有人影。再仔细一看，树下草丛里躺着一个人。我赶忙跑过去，一看，可不是连长么！吐了一身，脖子里也灌得满满的，还有一只鞋不见了。我忙把他背起来，一路小跑回营区了。在营区里，还看到营长，我忙躲到树后，没让他发现。我把连长放到床上，把他衣服脱了，擦干净身体，又把他衣服洗了。后来，想起鞋还少一只，就又摸黑跑出去，在路边的沟里找到了。

抗美笑着说，你这通信员当的，谁也比不了。五四又说，连长第二天醒了，想了半天，也想不起头天晚上的事了。我对他说，我是把他从洗浴中心找回来的。我都没敢告诉他，他喝多了，躺在草丛里，还吐了一脖子。

他竟然瞪大眼睛，看着我，说，我不可能去那儿！说得我愣了半天，倒真有点怀疑昨天晚上发生过的事了。

五四问，对了，你刚才笑啥？抗美说，我笑你就揣了十块钱。五四点点头，说，我估计也不够，你看那里边，装修得多气派。抗美说，罗班长又该笑话你了。五四没明白啥意思，又说，还有个事，指导员的，你听不听？抗美说，好啊，你说吧。五四说，咱们来施工前，指导员一直在追城里报社的一个女记者。有一次，他不知从哪里打听到了女记者的生日，就花了上千块钱，给人家买了礼物，是什么，我也不知道，用彩纸包着。指导员让我给送去，我就想，这事他自己去不是挺好吗？我也没敢问。到了报社门口，那女记者出来了，我把礼物递给她。她奇怪地问，是谁给的？然后笑了，说道，他——呀，你把礼物拿回去吧，这我可不能要。我急了，又说，王指导员说里面还有封信！女记者笑了笑，说，就不看了，你对他说，以后不要再送东西来了。

五四说，我回去之后，对指导员说了，他像傻了一样，别看他平时话那么多，当时，半天说不出一句话。说完，五四和抗美两人对视了一眼，嘿嘿笑起来。抗美对着夜空，轻轻地啊了一声。突然，他笨重地搂住五四的脖子，伤心哭起来，小声说，这里真好啊，这辈子恐怕再也来不了了。五四很不是滋味，无缘无故地跟着非常惆怅。这样，他鼻子一酸，掉了泪。又过了一会儿，他俩听见王大心叫他们，便喝干剩下的酒，猛跺了一阵子脚，回去睡了。

七

之后的日子过得很快，就像一辆新买的轿车，跑几回高速，使劲踩几个油门，磨合一段时间，就结实耐用了。王大心觉得自己也是这样，没有刚来时那种大苦大累，大喜大悲的情绪，感觉似乎麻木了。每天干完活儿，像根木头一样，一动不动地躺在铺盖上，端着本书瞅一眼，看不上几页就睡着了。当太阳再一次升起时，也没有那种疲惫难熬的感觉，仿佛成了一头狡猾世故的老骡子，不快干一点，也不慢干一点，不着急，也不着慌，六点多钟，总能搬完最后一袋水泥。

前几天，威武回来了，把小赵换了回去。他是挺着腰杆回来的，一举一动仿佛都在告诉别人，你看，我可是回来了啊！那感觉，王大心觉得有点像祥林嫂，捐了个门槛，就以为可以理直气壮地回祖宗祠堂了。王大心能理解这种心情，在连队里，平时嘻嘻哈哈的没关系，但苦了累了的时候，千万别逃跑，别开溜，怎么也得熬过去。否则，你这人，就被周围人PASS了，你就OUT了。没人会损你，也没人会提起这件事，但你从此就会时时处处感到，从别人某句话中的某个词里，从战友不经意的眼神里，感到自己OUT了。人家扎堆唠点什么，你想凑过去，都觉得不好意思。

这天晚上，罗三闯指着他贴在墙上的自制日历，说，指导员，后天是中秋节，咋过啊？王大心说，你那日历准不准啊？别整错了。罗三闯说，放心吧指导员，上下误差不超过三天，我刚才在外面看了一眼，月亮挺圆的了，不会错的。王大心说，咋过？能想的招，咱们都用过了啊！开个晚会？这几个人也不大够啊！罗三闯说，指导员，我给你出个招，你想听不？王大心答，你说！罗三闯说道，每天早上不是定时来五个车皮吗？我打听过了，这几个车皮是从库尔勒来的，六个小时。我想，咱们派个人，去库尔勒采购点东西回来，好好过个节。王大心问，派谁去呢？罗三闯说，派威武去，你放心吗？王大心说，那就得派你去了呗？罗三闯答道，绝不辜负校长栽培！

下午，卸完了水泥，王大心拍了拍罗三闯的迷彩服，掏出五百块钱，说，进了城一定一定要小心，咱们是在外地施工，人生地不熟，可不敢捅娄子。罗三闯把钱往外推，说，哪能让你一个人出钱呢？怎么的也得大家一起凑份子啊！王大心说，这个你就别跟我争了。威武说，罗子，可别忘了给我带蒜烧大肠回来！

可没想到，还是出事了。第二天早上八点，大家兴高采烈地迎接罗三闯回来。但是，火车停了下来，罗三闯却没下来。火车司机老张说，罗三闯昨晚上找小姐去了，扣在派出所，要单位派人接回去。王大心脑袋嗡的一下，他不大相信罗三闯能做出这种事，可这又是事实。他忽然挺难受，觉得这么多天建立起的感情给糟蹋了。他又问，人送到军分区去了吗？老张说，没有，还在派出所呢。

王大心对剩下的三个人说，你们几个哪也别去，天塌下来也别动，一定等我回来。说完，就跳上火车头，和老张去库尔勒了。临走时，他拿了两条烟，想了想，又把银行卡也揣上了。虽说库尔勒和省城比差远了，但冷不丁看到街上有这么多人，这么多车，王大心还是觉得有点晕，过马路都有点生疏。

他和老张进了派出所的拘留室，罗三闯像只老猴子一样，佝偻着腰，坐在塑料椅子上，东张西望。罗三闯见王大心来了，一下子站起来，说，你们可来了，我顶了几句，差点挨揍！王大心闻到很浓的酒味，生气地小声问，你找小姐没有？罗三闯瞪着眼睛说，没有！王大心又问，到底找没找？罗三闯说，绝对没找！王大心说，一会儿你别乱说话。

片刻，来了个胖警官。王大心挂上笑容，递上证件，说，肯定是个误会，我们这个哥们，刚结婚不到两月，老婆挺水灵，不可能干那事的。胖警官认真看了看证件，很警惕，很困惑地说，你是军人吗？哪个单位的？直到这一刻，王大心才发现，别说罗三闯，就连自己都是灰头土脸，头发老长，还挂着水泥灰，迷彩服上满是板结的水泥块。他扭头又看了一眼罗三闯，猛然发现，可不咋的，活脱脱一个刚从工地下来的民工。

王大心说，咱们是工程兵，整天和钢筋水泥打交道，叫不都这个样子吗！穿得整整齐齐，皮鞋锃亮的，那是天安门国旗护卫队，咱这里也没有啊！这时，老张也说，是真的，这几个解放军在哪哪哪的那个车站都卸了快一个月水泥了，坏人谁到那里去呀？胖警官笑了笑，又说，那解放军也不能找小姐去啊！那是犯法的事啊！罗三闯抢到前面，说，老总，我跟你说多少回了，我没找小姐，我找人去了。胖警官瞪起眼睛，大声道，怎么说话呢？谁是"老总"？王大心把罗三闯推到一边，说，警官同志，小兄弟不会说话，您别跟他计较，但有一点我敢保证，他绝对不会去做那种事！

其实，胖警官知道罗三闯没做什么事情，只是觉得他这种样子，这副德行，这个做派，又满嘴酒气，实在太可疑。所以，一直盯着他，又随便找了个理由，就给拘进来了。现在，王大心来了，一看真是军人，他也懒得再追究下去了。于是，他向外摆摆手，示意可以走了。罗三闯道，您得把那塑料袋东西还给我呀！胖警官一瞪眼，又忍住了，把那个挺大的塑料袋提了过来。

往回走时，已经是后半夜了。王大心和罗三闯窝在水泥包垛子下面，捂着迷彩大衣，头顶上是大大的月亮。火车不快不慢地向前跑，满耳的风声。王大心说，今晚可真悬啊，要是给你送军分区可就麻烦了，这种事，你就是没做也掰扯不清。罗三闯喷着酒气，道，指导员，你用脚趾头想想，我能拿你给大伙买过节东西的钱，去找小姐吗？我还是人吗？王大心问，那你跑美容美发店干什么去了？罗三闯答，昨晚到了库尔勒，在街边吃了碗面，要了个小口杯，有点晕乎。后来，路过一个美容美发店，不知咋的，就想版娜了。我在他们门口蹲了半个来小时，望着里面，蹲着蹲着，我就哭了。说到这里，罗三闯低下头，用手捂着脸呜呜哭起来。他又说，我心里明白版娜早就没了，不可能在里面，可我还是迷迷糊糊地进去了，好像版娜真的在里面一样，好像我这一问，她就能跑出来见我，我这么多年没惦记过几个人，我是真想她啊！想得心都疼啊！

王大心仰头望着月亮，冰冷的夜风把脸吹得发麻。猛然间，他不知道这是去哪里，要去干什么，只是觉得又幸福，又单纯，这感觉此时此刻才有，今生今世再难遇到，让人刻骨铭心。不知不觉的，他流了几滴泪，但立刻就被冷风吹干了。

八

一个月零三天的早晨，只来了三车皮水泥。王大心猜想，工程恐怕要结束了。上午，卸了两车，留了一车下午干。狼吞虎咽地吃了午饭，大家立刻躺倒在铺盖上，开始七嘴八舌聊天，再过会儿，聊着聊着就能睡着了。抗美拿出盆，倒上水，洗起了脸。罗三闯盯着他看了一会儿，说，你怎么跟个娘们似的？下午还有一车，你现在洗这么干净有毬用？

抗美的手颤了一下，然后，仿佛没听见罗三闯的话一样，继续有板有眼地洗完了。而且，洗的时间格外长，好像一边洗一边想什么事似的。洗完了，他把盆涮干洗，放好，站在罗三闯旁边，眼睛发红，执拗地看着罗三闯。盯了好一会儿，罗三闯倒有点发慌，说，你要干什么？抗美说，罗班长，我想跟你比一比，下午那一车皮水泥咱们俩一人一半，看谁先干完。罗三闯翻了个身，把头冲另一边，说，脑子进水了？比那玩意儿干啥啊？突然，抗美吼道，我就要跟你比，你敢不敢？你要不敢，以后就把嘴放干净点！

大伙儿都不困了，静静的，不知会发生什么。罗三闯好像睡着了似的，很久没说话。停了一两分钟，罗三闯猛地蹿了起来，一把扯住抗美的脖领子，说，新兵蛋子，你要干什么？抗美一动未动，依然执拗而挑衅地望着罗三闯。这时，又发生了意想不到的事，五四像头牛犊子一样爬起来，冲过去，抱住罗三闯的腰，有点胆怯，却又看得出他绝不会退缩，说道，不许你欺负抗美！罗三闯甩了几下腰，没甩开五四，有点无奈地僵在那里。

王大心看三个人没有要打起来的意思，说道，抗美、五四把手松开，给罗班长道歉！两个人有点惊讶地看了看王大心，还是低了头，说，罗班长，对不起，不该顶撞你。罗三闯说，我这是话粗理不粗，咱们成天和钢筋水泥打交道，你觉得你这个样子，别扭不？王大心说，什么话粗理不粗？你就是管不住你那张破嘴。好了，都躺下睡觉吧，两点钟起床。

刚过了一会儿，外面就有载重卡车的声音。司机小张跑进来，说，连长让我告诉你，基地刘副司令，还有旅长、政委两个小时以后过来看一看，你们赶紧收拾收拾吧。说罢，把一张纸交给王大心，连长亲笔写的，内容大致相同。

五个人把铺盖正了正，摆成一条直线，被子弄成方形，不过，成豆腐块也不大可能。把水泥台上油渍麻花的破报纸扔掉，认真地铺上新报纸，将五只洗漱缸子冲了冲，码在上面，又眯起眼，瞄着修成一线。然后，把屋子里的锅碗瓢盆从大到小摆在墙角，看起来干净利索不少。王大心四处打量了一番，这屋子也就能整到这个水平了。他看了看其他人，迷彩服虽是破破烂烂的，但现在洗也来不及了。他又觉得头发都太长，快把耳朵遮住了，遂找出了把折叠剪子，看能不能简单修一修。罗三闯说他以前学过理发，于是先给威武剪，一剪子下去，就剪多了，隐约露出白白的头皮。于是，他想第二剪子修正回来，结果，剪得比上一剪子还差。大家都憋不住笑，威武慌了，着急地问罗三闯到底会剪不会剪。最后，罗三闯基本上是贴着威武的头皮，除草一样剪了一遍，像生了苔藓的西瓜一样。大家都不敢再让罗三闯剪了。王大心想了想，说，算了，就这样吧，这鸡巴毛地方出不了仪仗队，也别太假了。于是大家把迷彩帽戴上，使劲把头发掖到帽子里面去了。

还没到两个小时，一辆很彪悍的越野吉普车就拉着一条尘土长龙，驶到平房门前。基地刘副司令、旅长、政委依次下车，让王大心眼珠子差点掉下来的是，最后下来的是个女同志，白衬衫、蓝牛仔、马尾辫，竟然是省城报社的那个女记者。王大心想，坏了，我这一世幸福要毁于一旦啊！这个混蛋连长，独独不提她也来了。

基地的刘副司令穿常服，旅长、政委着迷彩服。不过，他们的迷彩服和王大心几个人的一比，还是太崭新了，军衔、臂章颜色鲜艳分明，而王大心的，早就黝黑黝黑，分不清军官还是士兵了。刘副司令和旅长、政委绕着红砖平房转了一圈，问平时都吃啥、喝啥，如何洗脸、洗澡等问题，最后和五个人都握了手，说，这五个小子都是好样的，冲他们几个，我就相信你们有实力！

旅长、政委满意地笑了笑。旅长过来，和五个人一人使劲拥抱了一下，笑着小声说，知道为什么让你们一下子干了一个来月吗？就是想让你们立功，给咱们旅树个典型！王大心瞪圆了眼珠子说不出话来。政委对刘副司令说，我们这五个人，一个指导员，四个兵，一个月，在这没水、没电、没人烟的地方，搬运了一万吨水泥，就是说，您刚才看见的那个工程主体，是这五个人一袋水泥，一袋水泥背出来的，没有他们，工程就不可能提前完工。王大心想，还是政委会说话，又概括，又形象，又生动，马上让人联想起，荒凉的戈壁滩上有一座高大的钢筋水泥建筑物，下面站了五个很渺小的人，极具视觉冲击力。刘副司令惊讶地点点头，说，哦，那在打仗的时候，他们就是尖刀班、突击队！要立大功的呀！

女记者似乎也分不清谁是军官，谁是士兵，谁看上去最苦相，衣服最破烂，就采访谁。罗三闯的脸洗得最少，衣服最脏，腰最弯，还总对女记者微笑，女记者自然是最先问了罗三闯。她问，这里吃得怎么样？罗三闯道，嘿嘿，排骨、红烧肉、焯肘子、小鸡炖蘑菇，可劲吃。女记者哦了一下，有点不自在，又问，那你觉得辛苦吗？罗三闯答，不辛苦，民工比我们辛苦多了，不瞒您说啊，我以前当过民工，一天累得要死，当了兵才算是享上了福。女记者有点晕，又问，那亲人有病，家属生孩子，你们能回家照顾一下吗？罗三闯答，他们？就跟没我这个人一样一样的。有病，打个电话让我寄钱回去，没事，一年半载没个音讯。对了，我们这个部队，常年在外施工，找老婆难得很，您在报纸上给宣传一下。还真巧了，这有个大学生，您给好好写写。王指导，快过来！

趁着刘副司令他们到处转，女记者跟罗三闯说话的空儿，王大心钻回屋，用毛巾狠擦了几把脸。女记者在王大心的脸上轻描淡写地扫了一眼，问了几句，可聊得不咸不淡，没唠出什么素材。王大心指望着女记者能认出他来，可是，屡屡暗示，仍没奏效。女记者若有所思地问，现在部队待遇怎么样？王大心来劲了，说，好啊！我一个月工资加上施工补助，五千多呢！我们旅部在城里，结了婚马上就能分房子。他特意把"结了婚"和"马上"说得让人印象深刻一点，可是，女记者好像也没听进去。王大心的心凉了，一想，算了，人家早他妈把自己给忘了。

最后，女记者有点失望，说，那就照张相吧。于是，五个人排成一溜，王大心在中间，后面是铁轨，装水泥的火车皮，还有几根没电线的电线杆子，再远处就是戈壁滩。照了一张，女记者说有点死板，于是，五个人搂着肩膀，手指呈 V 字，高喊道，茄子——。

女记者看了看相机，说，就这张吧！又过了十几分钟，刘副司令、旅长、政委、女记者坐着车回去了。王大心也接到通知，把最后这一车卸完，跟卡车一起回工地。收拾完东西，王大心站在窗破门倒的红砖平房前，凝视了好一会儿，心里有种很浓的滋味，却不知是什么。抗美在房后墙根挖了个坑，把自己的迷彩胶鞋埋了进去，说是以后不能来这里了，留个纪念。

工程结束，大部队撤回驻地时，已经快到冬天，老兵退伍就开始了。威武不想留了，王大心找他谈心时，他说，不想再靠关系留下了。抗美也走了，回了老家。五四也没留下来。今年兵役制度改革，上等兵转下士的比例比以往低了许多。王大心把五四排在第三位，心想，前三名怎么也留下了。结果，营长找到他，说，只给你们一个名额，其他的我来掌握。王大心说，我们连不是有三个上等兵名额吗？为什么只给连里一个？营长阴着脸，说，跟你说了，其他的我来掌握。王大心不满地说，那还要连党支部干什么？营长不耐烦地说，我说我来掌握，我就能掌握得了的？旅长、政委都不一定掌握得了。罗三闯也不想留了，但偏偏今年下士转中士的名额比往年多。王大心把这情况给罗三闯说了，想让他留下来。罗三闯伸长了脖子，说，能留下就再干几年，可别指望我给谁送礼啊！就这样，罗三闯踩着狗屎成了中士，还当了班长。后来，他最爱说的一句话是，都别他妈的跟老子玩心眼儿，你们那些玩意儿，都是我玩剩下的！

九

后来有一天，连队文书气喘吁吁地拿来一张报纸，原来女记者照的照片在省里报纸上登出来了。王大心拿来一看，不是五个人喊茄子的那张，倒是她说比较死板的那一张。照片印得很清晰，每个人脸蒙尘土，衣着破烂，表情严峻，身后是几辆很有震撼力的火车车皮和一袋袋水泥包。巧的是，照相时吹起一阵风，腿下卷起一股很浓的沙尘，在照片里很清晰。图片下方的说明也很震撼，某国防工程提前完工，五名军人创造了装卸一万吨水泥的奇迹，为国防建设立下汗马功劳。不过，报纸给文书搓得全是褶子，照片上还沾了个挺大的油点子，显得很旧。

王大心把照片剪下来，夹在笔记本里。过年时，他喜滋滋地把照片拿给八十多岁的姥姥看，不想，姥姥竟难受地哭起来，边擦眼泪，边说，娃们真是太苦了。王大心有点慌了，忙安慰姥姥说，现在部队生活非常好，没啥可担心的。

这一刻，王大心又想起了一九五〇年冻死在雪夜里的无名连。他好像琢磨明白了，无论是一张印了字的旧纸片，或是一张旧照片，那背后都有一大堆活生生的故事。那些故事，对于大家来说其实并不陌生。

王大心想象自己站在无名连的阵地上，听见有人呼吸，有人呻吟，有人低声说话，尽管内容不清晰，却身临其境。这是黎明前最黯淡、最寒冷的时候，他站在雪地上，镇定地，与无名连一起等待天亮。王大心觉得，此时此刻，也许不那么壮烈，自己也多了一分从容。

乙 日

　　二○四一年深秋的某天清晨，我醒得很早，一身冷汗，身体里却很燥热，心很慌张。人老了，记忆就变得不那么清楚，年年月月经常会有颠倒错乱，把年轻时发生的事情当作刚刚发生，而面对近在眼前的事情，反倒不知所措。我从床上爬起来，喝了口水杯里冰冷的水，感到寒冷彻骨。窗外，是冬天冷冷的苍白色，和成千上万片干枯的杨树叶被风吹动时发出的哗哗声，仿佛是寒冬的海水拍打着礁石。

　　楼对面，是中国北方战区司令部大院。有一个班身穿迷彩服的小战士起得很早，用铁锹将枯黄的树叶铲进小推车，又一车车运走。但叶子似乎落起来没完，一阵大风吹过，地面就又被严严实实地盖住了。一个小战士捅了他的战友一把，于是，两人便打闹起来，像两只精力无处发泄的小兽。远远看着这两个小伙儿，我的心情明媚了许多。

　　我的儿子王大心今年三十一岁，像时下许多年轻人一样还未有家。他在战区司令部直属的某个基地工作，那里很寒冷，很荒凉，每年只有二十天假期。前几天，他休假回来了。现在，他正睡在自己的屋子里，那里传来浓重的酒味。这酒味里，没有掺杂着胃液、胆汁等等臭味，而是泛着幽暗的淡蓝色，一丝一缕从门里面渗出来，飘荡在冷清清的走廊、客厅等各个角落，仿佛预示着什么不寻常的事情。许久，我意识到，这酒味里其实混合着一种花香，但我没闻过这种花的味道，那是一种陌生的花。

一

有时我在想，这个世界之所以有了和平，是因为人的理性足够成熟了吗？我是很有点怀疑的。我是个军人，所以，有时我觉得自己从骨子里是个野蛮人，站在我的立场上，是不可能得出正确的结论的。可是，这丝毫也没有减少我以上的疑问。

好吧，先说说我整天都接触些什么。我叫王大心，在北方深山里的某军事基地工作，那个基地受北方战区电磁空间战役司令部直接领导。这个基地是国家战略威慑力量的一个重要组成部分。呵呵，说得很难懂。那这么说吧，你听说过原子弹吗？一枚原子弹可以摧毁一座城市，许多枚原子弹就可以毁灭地球，而且核污染可以持续几十年上百年。我所在的基地的摧毁能力一点也不比原子弹小。经过几十年的发展，用于战争的电子、数字技术已经强大到足以摧毁整个人类近代文明的地步。一旦战区司令部下达了作战命令，那么，受到攻击的国家将在几秒钟之内倒退回世界上还没有电磁传播，没有互联网的时代。实际上，那个国家人民的生存环境还要更加恶化，所有一两百年以来的社会积累都将消灭殆尽，不再有工业生产能力，不再有经济发展能力，不再有金融系统，不再有社会交流，不再有科学技术，近代文明的大厦将瞬间成为一片瓦砾废墟。

只不过，这样的战争还没有爆发过。之所以没有爆发，是因为几个国家已经有了发动攻击和进行反击的能力。当一个东西你有，我没有的时候，就可能发生战争。而当一个东西你有，我也有的时候，发生战争的可能性就小得多。

好了，好了，请原谅我说了这么多无关的话。

我是基地作战指挥中心的负责人，也就是最后执行攻击命令的人。但这并不意味着我个人就可以发动战争，与核武器一样，发动攻击有一套绝密而高效的系统，系统的顶端是国家的决策层，而我，是这个系统的最后一个环节。

可想而知，我的神经会承受多么大的压力，从事这个职业的人，恐怕一辈子都只能生活在惶恐之中。最近，我总是莫名其妙地耳鸣，一种类似

ying—、ying—、ying—的声音直刺我的大脑正中心，让我的脑袋不时有一阵钻心的疼痛。这个声音是如此清晰，好像是谁趴在我的耳边不断尖利地吼叫着某个字。

更为古怪的是，这段日子，我会反复做一个同样的梦，我在一个黑暗寂静的地方，这里无光无声，无边无涯，深不见底，又暗流涌动，我什么也看不见，只感觉得到自己的心跳。有一个身影，是个女人的身影，不是很清楚，时隐时现，不断变换着装束，又仿佛来自不同的时空，有时如泛黄的旧照片一般模糊，有时又如光鲜的真人一样近在咫尺。她向我伸出手，但当我试图看清她的面目时，她又转身跑开了，一下子就消失在黑暗之中。女人消失的地方，会留下一丝若有若无的光亮。我循着这点光亮走去，却什么也未找到，周遭依旧是无法穿透的黑暗。每次醒来，我都很迷惘。

前几天，我休假了，回到孤身一人的老父亲身边。父亲是个老军人，我从小在北方战区司令部的大院里长大。小时候，这里还不叫北方战区，而是叫以一个中国北方城市命名的军区。那时，中国的军队还以陆军为主，军区司令员基本上都是"老陆"。他们的使命仅仅是保卫国土不受侵略，海军的实力也不那么强，大概可以保证近海作战。当然，这都是我的前辈老军人说的。我很喜欢上一辈的老军人，他们粗犷、野蛮，又愤愤不平，似乎所有人都有股生不逢时的劲头，好像自己空有敢跟天王老子打一仗的谋略和决心，国家却没给他们一杆好用的枪似的。

父亲老了。过去，我从未觉得他可能离开我。现在，这种可能性却近在眼前。半夜里，他会突然死命地咳嗽一阵子。每当这时，我的心就会被狠狠撞一下，默默地想，我可能要失去这个人了。本想在休假期间多待在家里，可是与父亲在一起又半天相对无语。下午，同学打来电话，我便如释重负地出门了。

吃饭的地方离北方战区司令部不远。我小的时候，这里是一条挺乱的街，早上，有无数卖煎饼油条的小摊。街边，丢着菜叶、碎报纸和塑料袋，下过雨后，地上油腻腻的。

我来得有点早，饭馆里还没什么人。从深山里回到城市，有点恍如隔世之感。这是个风格不很纯正的日式料理店，大堂很宽阔。此时，还未开启所有的灯，显得很幽暗。我坐在深深的沙发里，听着零星几个桌子有人在说话。

隔着几根木柱子和几盏红纸灯，在角落里，有十几个人在聚餐。虽是角落，却有包房大小，只是没有墙壁。这些人似乎喝了有些时候，此时兴高采烈，声音也很大。他们穿着白色西装衬衫，除了坐在中间的一人喝得满面通红，领口敞开之外，其余人都规规矩矩地系着领带。他们说日语，结尾总有几声非常高，像是在声嘶力竭地叫喊，喝醉了酒，尤其突出。这大概是某个日本公司的职员在聚餐吧。

因为是军人，我基本上没真正意义上出过国，就算走过国界，也仅仅是到对方国家的军事基地参观，或观摩军事演习。所以，我不太了解外国人，当然就更不了解眼前的日本人。但是，当我看到这些日本人即使喝得烂醉，也如此等级森严时，就觉得他们天生是当兵打仗的料。

这时，我的同学来了。又是一年未见，自然喝起了白酒，一杯接一杯，很快。

喝了几杯酒之后，一个同学问我，这回真的要打了吗？我面无表情地一笑，道，命令来了，就是要打，命令不来，就是不打。同学嘲弄着说，你是当兵的，你不知道？我说，当兵的多了去了，我不过是个小军官，打仗不打仗的事，我怎么会知道？

同学道，别说车轱辘话。我说，打不打我不清楚，就是知道，也不能说。但有几条，你可以自己琢磨去。第一，战争不会说爆发就爆发，它会有很多征兆，你有兴趣话，可以听听这段时间国家领导人都在说什么。第二，就算战争铁定要爆发，什么时候爆发，以什么形式爆发，谁也不清楚。或许，今天晚上你喝醉了，明天一早醒来，国家就没了。同学惊讶地说，这怎么可能？我不置可否地抿了抿嘴，道，新战争就是这个样子！

同学有了些酒意，端起一杯白酒，是那种能装二两的口杯。他什么也没说，有点抑郁地一仰脖子，干掉了。和高中同学在一起，还是那股不管不顾，胆大妄为，口无遮拦的劲儿。同学眼睛有点红，问道，咱们到底行不行啊？

自从十多年前上了军校开始，我就无数次被问过这个问题，过去似乎从未觉得自己的尊严受损。可是，一旦在这个行当里时间越来越长，某种类似感情，或者自尊的东西就像树一样，开始只是浅浅地扎了根，后来，根扎得越来越深，越来越紧，最后，想刨也刨不掉了，和你整个人长在一块儿。直到这个时候，你才发觉自己受了伤害。

老实说，过去我也没有认真地想过。为什么没有认真去想？我琢磨，一个罪犯，要是不被判了死刑，枪口架在了脑袋上，他是不会真正汗流浃背地思考自己过去的所作所为。输掉一场决定国家命运的战争，某种意义上相当于军人被集体判了死刑。

这时，不远处那个日本公司职员聚餐的桌子上，传来一个嘶哑的女人尖叫声，用日语喊了一句什么。接着，是一阵大笑，然后，处在极度兴奋中的日本人又干了一杯。

已经醉得很深，我知道不能再喝了，说不定马上就会有个电话将我召回去。我摇摇晃晃地站起来，向洗手间走过去。刚才尖声高喊的日本女人也离开桌子，向我这边走来。酒店里的灯光本来就很迷离，此时，更显得这个女人不可思议的美。她穿着白衬衫、短裙，个子不高，不惊艳，五官也不小巧，眼睛却很大，把端庄的美发展到了极致。

我先出了洗手间，在灯光晃眼的大理石盆子前洗手。只听女卫生间里的呕吐声很大，简直像惨叫一样。我想，一定是那个日本女人。我低着头，认认真真地洗手，漫不经心地听着呕吐声。不一会儿，门开了，女人走出来，头发和领口有点散乱。她低下头，小心翼翼地把领口抹平，露出脖颈后面几缕绒丝，有种说不出的风采。

这时，她重重地滑倒了，头撞在了大理石洗手盆的一角，连我都吓了一跳。我将她扶起。她轻轻地握着我的一只手腕，撑住身体，然后在镜子面前站好，并且一声不吭，从兜里掏出一只精致的小盒子。我想把手拿开。她突然用略带北方口音的汉语说，请扶住我好吗？我的头很晕。然后，她将我的一只手放在她的腰上。我就以这样类似情侣一般的姿态扶住她。

她打开小盒子，手指抹出一些接近油脂的东西，使劲擦在额角的伤口上，使其不那么明显。然后，又在上面打上粉底，这样，就几乎看不出血色了。她一丝不苟地左右转了转脸，盯着镜子里的自己，看看有无瑕疵。在一瞬间，我看到她的眼角流露出利刃一样的寒光。

二

有一刻，我突然明白儿子王大心的房间里，为什么会飘出陌生的花香了，那是女人的味道。我走到幽暗的客厅，寻遍各个角落，也未找到任何女人的鞋子、衣物什么的。但那花香味却非常锐利、特别，只要有那么一点点，你就绝对不会注意不到。

大心成为一名军人是许多人想不到的事情。小时候，他很有音乐天赋。高中快毕业的时候，钢琴老师让他考音乐学院，但我却固执地让他考了军校。他没有怨言，考得也很轻松，因为，他不可思议的数学也很出色。上了军校之后，我不知道他经受了怎样的磨炼改造。四年之后，至少从外表上看，成了一个标准的军人，身材挺拔，懂得服从，有股敢于较量的劲头。此外，他的语言也变得粗俗了许多，喝起酒来不管不顾。有时，我甚至怀疑这是不是一个人？

有一次，他大学还未毕业，眼睛里闪着异样的光芒问我，军人除了夺取战争的胜利，还有其他的目标吗？我想了想，说，暂时没有了。我之所以这样回答，是因为我觉得胜利的欲望是年轻军人最可宝贵的东西，没有这一点，我们的民族就没有希望。

我唤起了趴在门口的毛驴，一只很沉默，很聪明的黑色牧羊犬。准确地说，毛驴早就醒了，只不过正卧在门口，等着我带他出去。门口的邮箱里塞着报纸，这个年头，只有六十岁以上的老人，或者有大把时间无法耗费的人家才看报纸。这种古老的媒介形式已经成了奢侈品。

报纸头版的通栏标题用最大的字号写着：警告、挑衅、还击、征兵、演习，万众一心、众志成城、国家尊严等等词汇，这其中的意味当然不言而喻，战争真的是要来了！

当我推开楼门，走到户外，一股强劲的秋风卷着枯叶，将我身上最后一点可怜的热气也吹走了。毛驴却兴致勃勃，充满力量的身体兴奋地向前一跃一跃，拉着我，顶着秋风向前走。

推开门的那一刻，我看见不远处站着一个女孩子，衣着单薄，在秋风中孤零零的。她看着楼门的方向，对我微微笑了一下，有种很亲近的神情，似乎对什么充满期待。这是个惹人注意的女孩子，虽然你不知道她哪里特别，但在人群中，你一定最先看到她。

经过她身边时，一阵细细的，若有若无的花香，夹在粗粝的秋风中，突然被我闻到了。我明白这是个与我儿子有关的女孩子。可是，不知道从哪里，我又嗅到了一丝危险，因为这香气实在是太诡异了。

三

昨晚虽说称不上宿醉，但一觉醒来，血管里、肌肉里、骨缝里，似乎被一些脏兮兮、黏糊糊的脂肪堵塞着，很不舒服。加之屋子里的空气像棉絮一样污浊，让人一刻也不愿躺在床上。我套上运动服，迫不及待地想到外面跑上几圈。

出门的时候，我看到了昨晚在料理店遇到的女人，还是那身装束，只是罩了一件稍厚的呢料正装。她冻得鼻尖和脸颊通红，却一动不动，像站在舞台上。我有点惊讶，竟不知道该如何与她打招呼了。

她对我笑了笑，又平淡，又亲切，没一点其他的内容，就像在一个部门共事了十年以上的同事那样。我想，既然如此，也就没什么好牵挂的了。于是，我点点头，向右转，往附近的运动场走。大概走了十几步，有种感觉，说不上强烈，却很强有力。就像早春的一小抹嫩绿，预示着大地正在不可阻挡的复苏。

可是，我非常明白，一旦停下来，我就会被卷入某个事情之中，其后果是我无法承担的。于是，我铁下心，又一步步走远了。在运动场，我跑了十圈，出了一身薄汗。

我慢慢地向回走，在楼门下，女人仍旧站在那里。在我动手打开楼门的时候，女人平静地说，我在等你，而且我已经冻僵了。还是那种略带北方口音的汉语。我走过去，把她的手握住，真的是冰冷冰冷的。

我问，你是日本人吗？她说，我不是，我是地道的北方人，只是在日本公司工作了许多年，已经很日本女人化了。我拉着她的手，带她上楼。关上门之后，我两个很自然地拥抱在一起。直到接触着一丝热气，女人的身体才开始微微颤抖，那颤抖来自身体的深处。

她说，你知道昨晚我喝醉了，喊了一句什么吗？我说，你喊那一句时，真像个日本人。她说，我喊的是，你们日本人就等着亡国吧，你看，日本男人真是有耐心，竟然哈哈大笑，还一起干了一大杯。我问，那你们以后还怎么一起工作？女人说，我没工作了，昨晚道别时，我们的头儿对我鞠了一躬，告诉我，明天不必来了。现在，我失业了。在那个公司待了七年，真有点舍不得啊！

女人的额头很光洁，一点瑕疵也没有，眼睛、鼻子还有嘴唇惊人的端正而且柔和。照理说，这样的面容不应该给人留下深刻的印象，但是，她的神情里却总是出其不意地流露出某种千锤百炼的东西。

她突然抬起头，对我微微一笑，挣脱了我，说，咱们快离开吧，我不想让你的父亲看到我这个样子。我有些诧异。她说，那个牵着一条大黑狗的就是你的父亲吧？长得还真像。她又说，将来我要是嫁了你，不希望他认为我是轻佻的女人。

我笑了笑，问，我给你找件衣服吧？女人说，不必了，早已习惯在冬天里穿着裙子。

我们又来到昨晚那家料理店。本来正闭店休息，女人竟然敲开了门，对睡眼惺忪的店主说几句日语，然后，我们两个便坐在一个很幽暗的角落里。店主看来也是个做饭老手，慢慢走到后厨，一个人准备食材去了。

女人说，从前，经常跟着鬼子来这家料理店，和老板很熟，熟得快成亲戚了。现在，工作没了，倒是挺怀念这里的。比如，吃起他的寿司，就想起我七年前第一次进这家日本公司的情形。我家是农村的，小时候根本就不知道天底下还有寿司这个东西。

我说，我叫王大心，你呢？女人捂着嘴笑了，从精巧的挎包里掏出一张名片，站起身来，双手递给我。我看了一眼名字，她叫英。女人说，你就叫我英子吧。

此时，我的耳朵里不可思议地传来 ying—的尖锐声音，让我脑袋一阵刺痛。我呆住了，仔细地打量着英子。她笑着抬起头，问，怎么了？我摇摇头。

这时，店主静悄悄地走过来，拎着一只木质提盒，里面是三文鱼、多春鱼、青虾、贝类等等东西。英子又一次站起身，轻轻给店主鞠了一躬，说了几句大概是感谢的日语。店主也微微鞠躬，算是回礼。

没想到的是，盒子里还有一只瓷瓶装着的清酒。我问，一清早就喝酒么？英子抿了一下嘴，道，我早已冻僵了。我想了想，说道，真是对不起！说完，我觉得自己都有点像个日本人在说话了。我和英子相视一笑。

英子又道，你看，我不用上班了，多难得的喝酒的机会啊！你看看周围，黑漆漆的，一个人都没有，就咱俩，多好！

我突然问道，你不觉得我们两个认识得很突然吗？

英子盯着我的眼睛，笑了笑，道，你难道不喜欢我吗？昨天晚上，我痛得快晕过去了，所以，当你扶着我的腰时，我就觉得自己有家了。真的，从那一刻起，我下决心，不能让你走掉。

我若无其事地回答，哦，是这样。

英子依旧看着我的眼睛，道，我只是个村子里的女孩子。我小的时候，父母出去打工，就再也没回来，我跟着姥姥长大。直到现在，我都不知道爸爸妈妈死在哪里了。

一大清早就喝清酒，吃芥末很重的烧烤，胃里微微有点烧痛，也不太好受。英子却好像很适应，吃得津津有味。清酒喝了几瓶，渐渐有了些醉意。外面也亮了起来，一道道阳光，从很低的窗户里照射进来，预示着很晴朗的一天开始了。店主精心地把玻璃擦干净，推开店门，街上的喧哗像潮水一样涌进来。

我有点恍惚地问，你知道我是干什么的吗？英子笑了笑，道，你不是当兵的么？我看着她，眼里很困惑。她呵呵一笑，说，你低下头，看看自己的皮鞋。昨晚上，我看见这双擦得锃亮的鞋子，就像一片飘在惊涛骇浪中的叶子，一下子被捞到了岸上。你以为，我会随随便便让一个男人扶着我的腰么？

英子缓缓地环顾了一下四周，带着留恋又无奈的神情，道，我昨晚骂了鬼子，可是，说老实话，骂得多少有点不情愿。我不讨厌那些日本男人，因为我身边的鬼子都是工作狂，每当我看到他们埋头苦干的样子，就觉得自己生活在一群鼹鼠中间，很有安全感。

英子和气地对我一笑，道，大心，我说这些，你不会不高兴吧？

我说，战争是个很复杂的东西，不是所有卷入这场战争中的人都会有同样的情感。比如说我，我对海洋对面的那个国家就不太了解，可是战争来了，谁也不能逃避，战争失败的代价任何人都承担不起。所以，我的责任就是夺取战争的胜利，不惜一切代价，直至牺牲生命。

英子抿着嘴，带着点笑意道，我是女人，我觉得你说的一点也不感性。

我说，对我来说，这就是最大的感性。那个国土狭小的国家，一千多年以来，他们的政治家和军人想得最多的就是夺取更多的生存空间，这种欲望一刻都未熄灭过。你想想，对于这样一个国家来说，除了战争，还会有其他出路吗？

我说，我们的东面，是太平洋。战争的结果，要么是打开这扇大门，要么是它再次关闭。

英子问，那你告诉我，你是怎样打仗的？

我眯起眼睛，看着英子，道，其实我还是觉得你是日本女人。

英子面带微笑，只是眼睛微微睁大了一点，做出仍旧很期待我回答的神情。我回答道，我做的事，大概只有原子弹可以相比。

英子没说什么。桌子上的食材被吃得干干净净，酒也喝了不少。我的身上暖暖的，血液在皮肤表面快速流动，有种发痒的感觉。

英子道，大心，我得回去了，记得来找我。我问，这就走吗？她说，你说这番话，可以使你晋升得更快，而我说了同样的话，却丢了饭碗。可我不后悔，现在，我得去找工作了。

说完，我们两个站起来。她轻轻走到我面前，踮起脚，用唇尖轻轻地吻了一下我的嘴唇，然后推开我，转过身，走进外面刺眼的光亮里。

四

当我牵着毛驴打开家门时，那种浓烈的陌生花香触目惊心。我甚至能感觉到，那个女孩子刚才站在哪里，曾去过哪个房间。毛驴变得特别兴奋，突然不听我的话，呵呵喘着粗气，爪子也不洗，就在客厅里上蹿下跳，还把大心的枕头叼出来，在地上来回拍打。

大心是否意识到自己的危险处境？他不是普通军人，他的岗位是如此重要。

我坐在大心小时候练琴坐的琴凳上。钢琴上摆着一只肖邦的石膏小像，和几本琴谱。琴谱的页角磨得圆了，毛茸茸的，可见大心小时候练琴的辛苦。我摸着已经发黄，发硬的纸张，仿佛回到了二十多年前，大心还是个不能反抗的男孩子，在我的逼迫下，含着眼泪坐在这里练琴一样。

我想，大心小时候一定是恨我的，现在大概也是，因为我给了他许多自相矛盾的教育。他十八岁上了军校之后，我们之间就没有过真正的交流。四年大学学习，他只回来过三次，大学毕业之后，也不是每年都能回来。即使回来了，也大多数时候在沉默着。有时，我在想，我真正了解我的儿子吗？

大概是在他五六岁那年，有一次，他和妈妈去老师那里学琴。回来的路上，他的妈妈给他买了一只刚孵出的小鸡。这种小鸡普遍活不长久，是养鸡场淘汰的那种体质很弱的雏鸡。那是个冬天，大心把小鸡放在桌子上，小鸡闭着眼睛，瑟瑟发抖。看得出来，大心是多么喜欢这只小鸡。

可是我做出了一个决定。我对他说，必须把小鸡扔掉，男孩子不许养猫猫狗狗一类的东西。从他留恋地看着小鸡的眼神中，我就知道，他得多恨我。他双手捧起小鸡，走出门去。我跟在他身后，想看看他怎么处理这只小鸡。

大心走到房后一处野猫经常出没的地方。正好，墙上蹲着一只瘦得皮包骨的黑猫。大心走到离黑猫二三米远的地方，将毛茸茸的小鸡放在空地上。大风吹来，那小鸡像只被揉皱了的纸团。大心退得远远的。眼里冒出蓝光的黑猫窜过来，一口就将小鸡咬破了肚子，有股蛋黄一样的液体流出来，洒在地上。

大心默默地看了一眼地上的残留物，回过头，冷冷地，带着挑衅的眼神看着我。

五

有两天时间，我都没有联系英子，而是与同学吃吃喝喝，少有清醒的时候。我想，如此了断，也是不错的结局。我甚至想提前结束休假。这段时间真是难熬，媒体的情绪似乎轰轰烈烈，仿佛一触即发，但我的部队却没有让我归队，就像一支弓弦越拉越紧，却不知何时才把箭射出去。

这天晚上，我喝得微醉，从同学小聚的饭馆回来，路过一家很古旧的宾馆。这家宾馆不大，在一条比较偏僻的小街道里，而且显然经过了改造，门口挂着一排红色的纸灯笼，显露出日式风格。一个男人醉醺醺的，站立不稳，说着日语，和一个穿和服的女人道别。那女人端正地站着，微笑着，耐心地回答男人的问题，丝毫也看不出着急的神情。

走了几步远，突然背后有个很温柔，不骄不躁的声音道，大心，我是英子。我诧异地转过身。英子身穿雪白和服，上面是非常巨大，而且色彩灿烂的粉红色花朵，映衬着她完美的面容，真的有几分惊艳了。吃惊之余，我心想，我怎么能相信眼前的她不是纯粹的日本女人呢？什么人可以把异域的服装穿得如此光彩照人呢？

这一刻，我觉得有种宿命一样的东西正在逼近。我走到她面前，问，这是哪里啊？英子笑道，干吗不进来呢？

她走在前面，我跟在后面。里面，是一色日式的木拉门，所有女人都穿着和服，耳边的音乐也是那种慢慢悠悠，间或有弦乐器的小曲子。越往里走，越是人声鼎沸，充斥着日语那种声调很高，类似叫喊的说话、大笑声。

她拉开一扇木门，里边是整洁的榻榻米和一张方桌。她向一边退了半步，让我先进去。我费力地盘起腿，坐在方桌前。她优雅地跪坐在我的旁边，道，知道吗，我很想你！

我皱了皱眉，看着英子的脸，从她从容的笑脸上，读不出一点怨恨。我说，我也很想你，可是我不愿再见到你。

英子用一种探询的眼光，久久地盯着我的眼睛。我低下头。许久，她宽慰地笑了，说，是因为我干了这低贱的事情吗？

我无可奈何地沉默着。

英子道，我陪你喝点酒吧，好吗？我点点头。她并拢双膝，双手扶着腿，站起身，拉开木门，对着门外，轻声地说了几句日语。然后，轻轻跪坐到我身边，笑吟吟地看着我。

英子说，十八岁那年，上学没学费，在这里做过几个月，现在，也算是重操旧业吧。这么多年过去了，竟没什么变化，你能闻到这儿有股呕吐的味道吗？

这时，一个年纪稍大的女人端着几个食盒走进来，把一些小菜摆在方桌上。当然，也少不了清酒。英子给我倒上了酒，也给自己倒了半杯，道，大心，我盼着战争早点打起来，也早点结束，把这一切快快了结。等你回来了，我们重新开始。

我问，为什么要等到战争结束？现在为什么不能开始？谁说战争一定会爆发？

英子沉默片刻，道，不了解我这样的女人，你就不能真正了解女人。

英子道，在这里，你会遇到许多光怪陆离的事情，大概只需要一个月，你就会发现，你生活的那个光亮的世界，其实只是整个世界的一小部分。这里是晦暗的，没有对与错，但你走不到外面那个有阳光的世界里。大心，你能理解吗？

我说，我觉得你一直试图在动摇我的某种信念。

英子微笑道，能动摇的东西，不能称之为信念。你且听我讲下去，不必评价。

英子道，只讲一个故事吧，就一个。因为这里的恶心故事真是太多了，讲一火车也讲不完，让他们自生自灭吧。那是我刚来这里的时候，有一天，一个中年男人和一个同样年纪的女人来喝酒，我在一边服务。两个人刚开始似乎有些尴尬，喝了一点酒之后，便无所顾忌了。我慢慢听明白，原来，中年女人是男人年轻时追求的对象，而女人冷漠地拒绝了他。女人保养得很好，年轻时一定是个美人。后来，两个人都醉了。我便出去了。

不一会儿，我听见屋子里盘子、杯子猛烈碰撞、砸碎的声音，却没有两个人的对话或吼叫。我有些害怕，便拉开门，想看个究竟。于是，一个很可怕的场面展现在我面前，我简直吓呆了，第一次看见一个男人如此摧残一个女人，到现在，也从未见到过。但那女人却一声不吭。

我惊魂未定，退了出去。许久，我听见男人低声说，对不起。然后，他拉开门，离去了。我急忙跑进去，那女人好像死了一样，眼睛瞪着屋顶挂着的红纸灯笼。很久很久，她的手指动了一下，然后嘴角抽动一下，眼角流下一行泪水。我很紧张地爬过去，用纸巾给那女人清理身上的体液，还有血迹。那女人走之前，给我看一叠厚厚的打印纸，原来是一个数额惊人的合同书。女人说，那男人本可以不给她的，可是，现在却给了她这个半老徐娘。她还说，有些时候，有些情感不一定是爱情，也不一定很温情，甚至是冷酷无情，但它是实实在在的，可触可摸的，给我安全感，给我丝丝暖意，让我对这个世界心存好感。

英子说，临走时，女人把手腕上的翡翠镯子送给了我。那镯子竟是真的，而且质地等级很高，对于那时的我来说，简直是天文数字。她走之前，对我说，小姑娘，祝你幸福！这真是一个中年女人给一个少女的，最可怕的梦魇，和咒语，让我直到现在还无法挣脱。

英子低头抚摸着自己的手指，带着一丝歉意看着我，道，妓女是没有爱情的，爱情只有女人才有。女人的爱情是可以照射阳光的，她们可以用对与错来审判。可是，这种爱情与我遥不可及，与我一点关系也没有。

我说，英子，你说的我不能理解，也不赞同。

英子说，女人之所以感性，是因为她永远不能用明白无误的话讲问题，她讲的是这个东西，其实是想表达另一个意思，她表面上在讲这件事，实际上说的可能和这事毫不相关。你能明白吗？

我问，那你对我的情感呢？

英子道，该说的，我都说过了。或许你以后能明白，或许永远都不明白。

六

这段时间以来，政府一直在保持沉默，与媒介的众声喧哗形成匪夷所思的对比。不过，昨天，我看到了一则新闻报道，似乎不大，仅仅是一个跨国商业纠纷。但这起经济事件的判决结果，却涉及一个世纪以前的历史积怨。我有种预感，或许几十分钟后，召我回去的电话就会打来。

傍晚时分，英子打来电话，约我晚上一起吃饭。我望着床头收拾好的行李箱，答应了。

英子今晚的装束挺随便，牛仔裤，白衬衫，马尾辫，像个邻家女孩，一颦一笑透着点懵懵懂懂的味道，好像在说，你看，我现在什么都不是了，你可以把我娶回家。

在英子点菜的时候，我拿出一只皮壳的笔记本，向服务生要来铅笔，在笔记本上记下了十行，共计二十组由数字、字母和图形组成的编码。英子微笑着问我，你在干什么？我用开玩笑的口吻说，这是我的银行卡密码，如果我喝醉了，你就用它来结账，剩下的钱用来娶你。英子摇摇头，用一种天真的表情笑了。

这回吃的是中餐，我要了一瓶北方人常喝的白酒。我倒满一杯，一口气干了，道，英子，我可能要走了。英子问，什么时候走？我说，不知道准确时间，但肯定不会很久。

英子也倒了一杯，喝了，眼睛蒙着一层薄薄的水光，道，你要回来找我，我等着你。我问，如果我回不来了呢？要知道，我所在的部门，通常都是对方第一批要摧毁的目标，我想，敌人的导弹参数里，大概早就输入了我坐着的那把椅子的坐标数据了。

英子盯着酒杯，说，对我来说，通常做了一项重要的决定之后，后面的事情就只是为实现这个决定而存在着，如果最终实现不了，我就不知接下来该做什么了。对于我来说，如果一切都没有意义，那就意味着了断。

我沉默了许久，说，战争对于我个人，就像在地底下挖着一个很深的隧道，或许很长，或许很短，你不知道隧道尽头是阳光，还是塌方，但你必须义无反顾地挖下去。

英子喝了一大口，道，我有种不祥的预感，他们这回真的要输掉战争。

我用询问的眼神看着英子。

英子道，只是一种感觉，最近，我的心里总有一种说不出的狂躁！那种狂躁简直快把我的身体胀破了，随时都有炸开或者崩溃的危险。

英子道，你知道，极度的狂躁之后是什么感觉么？

英子道，是虚妄。

她又说，虚妄其实意味着自卑、自怜、感伤、恐惧和绝望，意味着不惜一切代价实现不可能实现的目标，意味着没有任何底线，没有对与错，意味着最终毁灭。

我说，可这仅仅是你个人的感觉。

英子说，但是这感觉很准，每当它来的时候，都会发生什么不好的事情。我不是说过吗？女人是永远不能用准确的语言来说她想说的东西。

那一晚，我和英子喝了许多酒，好像要比赛看谁先醉一样。离开饭馆的时候，已经是后半夜了。冬季的街上，即冷清，又空旷。我甚至在想，战争真的会发生吗？

在通过某个十字路口的时候，我觉得英子使劲推了我一下，就像对我恨入骨髓，把我推下悬崖一样。当我眩晕着回过头时，发现一辆黑色轿车从背后驶来，将英子撞出十几米远，又一头撞在不远处的水泥墩上，燃烧起来。有那么几秒，我愣愣地看着这个场面，无法从醉酒中挣脱出来。但这个场面又深深地印在我的脑海里，我看见那个轿车司机睁着眼睛，倚靠在车座上，像是等待着什么。然后，一声巨响，轿车爆炸，火光冲天而起。

我下意识地摸了一下我的口袋，那只皮壳笔记本硬硬的，硌着我的胸口，告诉我它还在，没有被别人动过。

我将英子救到了医院。英子奇迹般地没有受重伤，但眼睛却不可挽回地失明了。当她被推出急救室，还在麻药的作用中沉睡着。我握着她的一只手，坐在铁床边，脑袋里一团糨糊，情绪几乎失控。有一刻，我甚至怀疑，我的判断从一开始就是错误的。

几天后，我问英子，你愿意去我家住吗？她许久没说话，点点头。就这样，英子和我，还有父亲、毛驴住在了一起，成了我的家人。她很少说话，整天静静地坐在床上。父亲也很少说话，他似乎在观察着英子，像一个老猎人。只是我不知道，当他最终发现猎物逃不掉的时候，是否会真的开枪。

有一天，基地给我打来了电话，召我立刻归队。我想，这一天终于来了。英子的房间门开着，显然，她也听到了。我到了她的屋子里，说，我得走了。英子点点头，道，请把门关上。

我关好门，跪坐在她面前，把头枕在她腿上。她轻轻地呼吸，手抚摸着我的头。我突然觉得眼睛缠着绷带的英子很美。

英子把我的手放在她的腰上，让我搂紧她，然后，慢慢倒在床上。我撑住双臂，久久未动。她说，不要怕，我忍得住痛。

我解开英子的衣服，第一次看到她的身体。此时，她的身体苍灰、冰冷，还在致命的创伤中没有恢复。我吻着她的额头、鼻尖、嘴唇。当我吻着她的眼睛时，一丝鲜血透过纱布渗出来，让我闻到了些许血腥味。

我吻过她的脖子。在她的乳房上，刺着一朵金色的小花，不知用什么染料染上去的，微微闪着光。然后，我将她的乳尖含在嘴里，像含着一颗红宝石一样小心。英子喃喃道，我知道你在那个笔记本上写了些什么，是基地攻击系统的开启密码是不是？

英子把我的头搂在胸前，那颗红宝石越发用力地挤进我的嘴里。她说，而且我也知道你没有，也不可能写下真正的密码。大心，我没法改变你，那么，只有改变我自己。

英子把手伸向我的后背，轻轻抚摸。她慢慢呻吟，轻轻在我耳边呵气。

英子说，吻一下我胸前的这朵花好吗？记住，这朵花就是我的灵魂，吻过了，它就永远不会离开你。

于是，我轻轻吻了一下那朵金色的花。它光彩夺目，似乎在我的嘴上烧出了一道烙印。

七

一天清晨，我走出卧室，看到英子坐在昏暗的客厅里，仰着头。毛驴前爪趴在她的腿上，呵呵地喘着粗气，用大鼻子拱着她的手心。大心走之后，空气里的热度似乎一下子减低了许多，越发显得很冷清，在这冷清之中，那丝丝陌生的花香就特别强烈。

英子轻声说，爸爸，可以问您几句话吗？

我打量着英子。她一动不动，像黯淡晨光里的一尊石膏像。我给她倒了杯温水，交到她手里。她双手捧着水杯，顿了顿，道，爸爸，您觉得战争可以改变什么？

一时间，我觉得头脑还未从一夜的沉睡中清醒过来。我坐在英子对面，感觉各种各样相互辩驳的声音在脑袋里嗡嗡作响。

我说，战争可以改变很多东西，当然，你也可以说它什么都改变不了。有的国家打赢了战争，但几十年后，这个国家却垮掉了。而有的国家输掉了战争，这个国家却因此获得了新生。尽管如此，我仍然相信战争的正义性。如果世界上没了正义，那人类岂不是在黑暗的大海里航行，任由滔天大浪把我们吞没吗？

英子道，但是，战争却没有让我变得更幸福。

我说，英子，我不讨论玄学问题，因为在那里，战争就是一个词汇，人人都可以反对战争，就像说一加一等于二那么简单。但我是个老兵，打仗对我来说是个很实实在在的东西。震耳欲聋的枪炮声，战友血淋淋的死亡，国家政权被摧毁，国家领土被分割，老百姓流离失所，这些硬邦邦的后果是我绝对不能接受的，所以，我不会走到战争的反面去，我不会在战争没有胜利之前去反对它。说到底，我属于这个民族国家，我会尽我的一切去击败敌人，绝不手软。

英子平静地说，爸爸，我说的不是玄学问题，难道幸福于我，还不是最实实在在的东西么？

我沉默了许久，站起身来，把颈圈给毛驴套上。我说，或许，最终我们都要问这个问题吧？英子，如果你愿意，你可以留下来，等大心回来，我们能成为一家人。

我转过身，加重了语气，慢慢地说，但是，英子你要明白，最深沉的情感也有个底线，你说你深爱着对方，却又在致对方于死地，这是不可思议的，你说的不过是邪恶。

英子静静转动着杯子，波澜不惊地说，爸爸，我不知道自己还有没有机会，战争开始了。

八

当英子说，战争开始了的时候，我的周围是那么寂静，和以往的任何一天都没有什么不同。我打开电脑，它不仅联不上网络，而且屏幕上闪过一行字：你们已经输掉了战争。然后，所有资料被删除，电脑自动关闭，再也打不开了。我打开电视机，情况也一样，没有任何信号。而我最依赖的手机也成了一块没有用处的电路板，即无法与外界联系，也存储不了任何信息。我镇静下来，认真想了想，这辈子留下的资料，恐怕就剩下几本年轻时手写的日记本和一箱子几十年前出版的旧书了。

我静静地倾听着。过了一会儿，门口天花板上那盏黄色的小灯突然熄灭。卫生间的马桶里传来停水时水倒流的咕噜声。外面，传来左邻右舍的骚动，大家纷纷走出门，相互询问这是怎么回事。我走到窗前，看见北方战区司令部院里，半夜里开来许多辆军事无线通信车，一大群军官和士兵有条不紊地忙碌着，显然，他们更早就知道战争开始了。

这时，楼下传来高音喇叭声，用平静的声音告诉大家，这是一场维护国家主权和领土完整的正义战争，国家和政府有能力，有决心赢得战争，请大家不要慌乱，遵守秩序，听从政府的安排。不一会儿，社区办公室的工作人员敲开家门，给了我一只绿色的塑料盒子，样子很笨重，这是现在唯一可以收听到信息的东西。他还告诉我，院子里刚刚架设了一条军事卫星电话，可供居民与外界联系，不过，得提前申请。说完，他笑了笑。我明白他的意思，院子里上千户人家，靠一部电话与外界联系，几乎是杯水车薪。况且，既然所有的民用电话都中断了，我又和谁联系呢？最后，这位工作人员交给我一只铜牌，上面压着我的名字。我问，我们的电子信息卡还能用吗？他说，数据库被毁掉了，现在，只剩下仓库里落满了灰尘的纸质居民登记册，查一个人，得花上半天时间。

中午时分，平时给我送报纸的中年男人准时来了。不过，这回没送来报纸，而是一张大约两张 A4 纸那样大小的宣传单，报道了国家领导人的讲话，和我军的最新战况。中年男人从小就生活在这个院子里，婴儿时发过一次高烧，一条腿留下了残疾，脑子也不太好用，但总是笑呵呵的，报纸从来不会耽误。今天，他显然送得比平时多，脑门上全是汗，但依旧面带笑容，不急不慌。看到他的神情，我特别高兴，要是每个人都像他一样，那我们就不会输掉战争。我还想与他多聊几句，但他煞有介事地说自己忙得很，就匆匆走了，似乎因为这场战争，他的人生一下子就变得特别有意义起来。

虽然爆发了战争，但天气却出奇的好，阳光如絮，天空又高又蓝，从遥远的天顶上刮来清澈的冷风。中午吃过饭，我拿上布兜，下楼买菜。离家不远处的商业中心很冷清，但菜市场却挤满了人。人们开始大量地购买生活用品。我排在长长的队尾，前面是一辆卡车，载满了大白菜，这东西现在也变得炙手可热。

人们似乎没有慌乱，好像有种默契，越是在这个时候，越要表现出平静，用平静来表达这个民族赢得战争的决心。我用了一下午时间，买到了一颗白菜，几根胡萝卜和五斤米。虽说没多少东西，但对一个六十多岁的老人来讲，还真是很沉重。我的心脑血管早已经硬得像根筷子，医生叮嘱我千万不可拎重物，否则，这些发脆的血管就随时可能迸裂开。可是现在大心走了，我还要照料英子，也就顾不得了。我费力地慢慢向回走，看到地铁站和公交车还在运行，由于电子系统全部瘫痪，只能用很原始的方式指挥调度。每辆车之间的间隔长了很多，所以，这里显得很拥挤。而马路上，竟然慢慢走着一辆驴车，拉着新鲜蔬菜，看来是郊区的老农进城卖菜了。

回到院子里，我看到一大群年轻妈妈推着婴儿在楼下晒太阳。二十几辆婴儿车在路边一字排开，情景很壮观。这些年轻妈妈都是北方战区的家属，军人打仗去了，她们一个人管起了家。此时，这些婴儿显得特别惹人喜爱。我放下布袋，蹲在一个宝宝面前，打量着他。这个宝宝大概是有些困了，眼睛木然地盯着我的脸，慢慢地闭上，又猛然睁开，头微微地向前倾。我把宝宝抱在怀里，他就索性闭上了眼睛，一个劲儿往我的怀里拱，胖胖的胳膊摸索着，想要搂着点什么，一滴晶莹的口水挂在小嘴上，摇摇欲坠。突然，我的肚子上一阵热，一股热尿迅速透过毛衣，浸在皮肤上。这真是一种久违的亲切感，我禁不住亲了亲宝宝的脸蛋，但是，却突然有了种不祥的感觉。

九

这几天，我特别害怕军用皮鞋踏在楼梯上的声音，害怕这声音停在家门口，然后有人敲门。所以，当早晨我和英子坐在桌前默默吃饭的时候，有人敲门，我的筷子都掉在了地上。打开门，一个年轻军人站在门口，用一种很平静，又很沉重的语调问我是不是王大心的父亲？我点点头，他递给我一张类似奖状的厚纸，卷了起来，用红色带子系着。我接过那张纸，正欲解开，年轻军人轻轻地对我说，老人家，您要有心理准备。

我木然地打开纸卷，上面赫然印着"军人牺牲通知书"几个字，在下面，记录着牺牲时间，牺牲地点，牺牲原因等等内容。但我马上合上了。年轻军人张开嘴，还要说什么，我把一根手指放在嘴上，示意他不要说下去。

我关上门，看见英子安静地坐着，筷子整齐地放在桌子上，微微仰着脸，似乎等待着什么。许久，她问道，大心是不是出事了？我嗯了一声。英子再不作声。我两个就一直对坐着。

英子端起未动的饭菜，摸索着送回厨房，洗净碗筷，坐到我的旁边。她问，大心是怎么死的？这个"死"字让我的手又哆嗦了一下，我这才意识到，我必须面对这个可怕的事实。我打开通知书，上面大致是这个意思：三天前，基地遭到了多枚远程导弹袭击，指挥中心被毁，王大心在此次袭击中牺牲。

我略略说了几句之后，头脑里便一片空白，再也说不出一句话，各种各样想法像出了交通事故的马路，错乱地拥挤在一起，毫无头绪。英子悄无声息地站起来，伸出一只手，转过身，慢慢回到自己的屋子里，关上了门。

一个身体不好的老人，孤独地坐在昏暗的客厅里，像汪洋大海中的一个小岛。环顾四周，到处是大心留下的痕迹，无法抹去。他小的时候，我大部分时间在参加拉练、演习，或没日没夜地加班。有一次，我难得休假，与他完完整整地玩了三天。他是那么高兴，以至于我走的时候，他堵在门口不让我离开。他的小手死死抓住门把手，不让任何人去碰，大哭大闹，又躺在门前不起来，他妈妈说什么也无济于事。我双手把他拎起来，举到与眼同高的位置，像拎着一条健壮有力的小豹子，然后恶狠狠地盯着他，直到他害怕了，不哭闹了，老老实实地答应让我走。我走出家门，走得远远的，低头流了泪。

这种片断像潮水一样，平时无影无踪，此刻却汹涌而出。我有点窒息，像是要被淹没一样。我用一只手撑着桌子，慢慢站起已经衰老的腰身，走出家门。楼下的院子里，仍然是年轻妈妈们带着她们的婴儿晒太阳。我蹲在一辆婴儿车前，拉着一个宝宝的小手。这小手给晒得黑黑的，手心里沾着糖汁一类黏黏的东西，和大心小时候一模一样。我把这小手握在手心里，竟出现了幻觉，仿佛大心又回来了。

我懵懵懂懂地前行，沿着一条运河岸边继续走。两岸树木枯落，露出黄土地皮。河里的水发灰发干，不似夏天时那样涨得满满的，遇到雨天，会有溢出河岸的势头。我迷茫地望着宽阔的河面，不知所措。

这时，不知从哪里跑出一只类似吉娃娃的小狗，从斜坡上冲下来。它很兴奋，跑得太快了，竟然一下子掉进了河里，在水里挣扎。我犹豫着该不该把它救上来，可我这如老麦秆一样的身体，又如何能去救它？我想起大心小的时候，也有过同样的一件事，也是在河边。那时我是个不到四十岁的壮汉子，当我举着那只湿淋淋的小土狗时，大心是那么高兴，那么自豪。

想到这里，我笨重地，小心地爬到河岸下，尽量快速地游到水里。在冰凉刺骨的水里，我竟然感到一丝暖意、一丝安慰，像泡在温泉中一样。我终于抓到了那个小生命，把它举出水面。它的身体里还有些许温热，在我的手掌里悸动着。但是在这一刻，我感到特别疲劳，心想，如果人生就此结束在这里，是不是件很幸福的事情呢？我舒展开身体，不再费力地游动四肢，让混浊的河水淹没我的头顶。昏暗的河水下面，似乎有一丝光亮。

突然一张大嘴焦急地咬住了我的袖子，死命地把我向岸边拽。力量之大，把我从对沉睡的痴迷中惊醒回来。我重新用力，一点一点游回岸边，使尽全身力气爬上了岸。毛驴关切地看着我，对我低声叫，又愣头愣脑地甩着身上的水。我把小狗放在毛驴面前，毛驴用大舌头把小狗舔干，又叼起它，回头看着我，催我赶快回家。

我像一头垂头丧气的老狗，一瘸一拐地走回家，但此时，我下了决心，要像个老兵一样自己活下去，再没什么可以摧垮我。推开家门，我闻到一股异样的味道，不是花香，而类似于我在河底垂死挣扎时闻到的气息。

我敲了敲英子的房门，她在门里面平静地回答，爸爸，我没事。

于是，我走进卫生间，给毛驴和小狗擦干了身体，又换下湿衣服，熬了碗红糖姜汤，喝过几口，冰冷的身体才渐渐有了点热乎气。

我坐了许久。门外又传来皮鞋踏着楼梯的声音，然后停在我的家门口，敲门。我吃力地走过去，打开门。门外站了四个人，不等我说话，便进了屋子。后面两个人手里还拿着手枪，拎着一只仪器箱。一个中年男人对我说，我们是国家安全局的工作人员，请你配合我们。你的家里住着一个叫×英的女人吗？我说，是的，我儿子的女友。

中年男人转过头，向后面的人点头示意。那人打开仪器箱，一些仪表灯亮着，传来滴滴答答的声音。他向英子的屋子走去，仪器的声音越来越急促。中年男人问我，她在里面吗？我答，是。他说，请你叫她出来一下。

我走上前去，轻轻敲门，但没有动静。我敲了几次，均没有回应。我扭头看了看中年男人，他对我点点头。于是，我扭动门把手，推门进去。

英子躺在床上，眼缠纱布，像睡着了一样，只是脸色发灰。那种诡异的花香味消失了，取而代之的是一种医院太平间才有的味道。我摸了摸她的额头，已经冰凉。

仪器的声音非常刺耳，男人把它移到英子的身边，读取了一个数据，然后关掉了仪器。他小声对中年男人说，辐射剂量非常大，足够了。

中年男人掀开英子身上的被子一角，又揭开了她的睡衣，露出一侧乳房。我看见上面刺着一朵金色的花。中年男人对我说，这朵花是对方间谍组织的标志。不过，这一次，它又派上了新的用场。它的辐射剂量特别大，足以引导远程导弹击毁目标。

中年男人盯着我的眼睛，又道，在追查我方基地被导弹袭击事件中，我们发现您儿子的身上，确切地说是嘴上，有一种放射性物质，正是这种物质成了精确打击武器的导引工具。我的意思您明白吗？

我点点头，想了一会儿，道，可是，这个女孩子有足够的时间在战争爆发后逃走。中年男人道，这恐怕就是另外一个问题了。这个问题不在我们的调查范围内。

中年男人道，我们要把尸体运走，对方外交部希望，尤论她活着还是死了，都要让她回国。当然，政府会用她换回我们的人。

我弯下腰，把英子的睡衣重新盖好，在她的额上轻轻吻了一下，便出去了。

两个人把英子的尸体抬走。中年男人最后一个离开。他站在客厅里，环视良久，问道，您只有一个儿子吗？我点点头。

他从公文包里拿出一只信封，道，您很幸运，您的儿子没死，这是他的信。说罢，中年男人离去了。我拆开信，大心写道：

爸爸：

　　写这封信，只是想告诉您我还活着。

　　前几天，基地遭到了导弹袭击，损失严重，我受了伤。国家安全局秘密将我带走调查，所以，同事误以为我死了。

　　我在对国家的忠诚和个人的情感之间，心存侥幸地做了一次危险的选择。由于我的原因，基地指挥中心被摧毁，许多战友牺牲了。我心如刀绞，悔恨万分。但请您相信我，我没有背叛我的民族和国家。

我被军事法庭判处十年有期徒刑，扪心自问，真应该把我枪毙。

由于地面部队已经登陆，对方几个被我军占领的基地需要有专业军人接管。国家允许我监外服刑。现在，我作为技术人员，已随部队出发，此刻，正登上海军的一艘军舰。

……

大心

二〇四一年十二月十三日

我发现，此刻房间里再没诡异的花香，只有一个年轻女孩子和一个年轻男孩子留下的味道。而我，变成了一个失去了两个孩子的老头子。

一颗很混浊的泪滴从眼中流出来。然后，一颗接一颗，停不下来。突然，一种很沉重，很扭曲，很复杂，很病态，很浓烈，如同炸药一般的情绪瞬间被引爆了，而在这之前，它一直沉睡着。我知道这情绪是关于我们的民族与海对面那个民族之间的，大概只有中国人才能感同身受。

这时，我清晰地听到自己脑袋里的一根粗大的血管啪地爆裂了。然后，我浑身发软，莫名其妙地闻到一股香甜的味道，忍不住想沉入睡乡。

我喃喃自语，大心，从这一刻起，我把你赶出了鹰巢，你要独自前行了……

十

军舰沉默地航行在冬季苍灰色的大海上，婴儿睡篮一般稳稳地摇动着，像做了一个又久远又沉重的梦。我望着远方，心想，这真是一片充满血色的海面，无数军人牺牲了生命，才使得我们的军舰能够穿过这条海峡。

日本已经于三个月前宣布投降。我作为一名军人，随司法部人员前往东京，参与审理日本战争罪行事宜。我是从新一军司令部抽调出来的少校参谋。这个军有四个师，由孙立人将军指挥。由于我小时候读过私塾，又上过英国人办的教会学校，国文和英文底子都还不错，故被司法部选中。

和我们一起同行的，有一名年轻的美国海军中尉，名叫查尔斯，毕业于海军军官学校，是个职业军人。他金发蓝眼，个子不高，肩很宽，胸很厚，像小牛一样。

他问我叫什么名字，我说我叫王大心，但不是很大的心脏的意思，在中国的词汇当中，心与西方文化中的意识或精神这一类词的意思比较接近。他笑着问我，那大是什么意思呢？我说，这个大恐怕也不是大小的大，或许更容易解释为好的，或者是完善的吧。

查尔斯说这是个好听的名字。他又问我从哪支部队来，当我告诉他我从新一军来的时候，他高兴地说，孙将军的名字我知道，那是个很会打仗的军人。还有个彭德怀将军，曾经指挥一百个团与日本人作战，我真想知道这场战役是怎么打的。

我问，东京的治安怎么样？那里的人们不会用暴力对待你们吗？要知道美军在他们的广岛和长崎投下了两枚原子弹，基本上摧毁了这两座城市。我看过一些图片，真是令人惊骇！

查尔斯轻蔑地摆摆手，眯起眼睛，盯着我，道，我觉得，你们是个不懂得报复的民族。你们受了那样深的伤害，为什么不狠狠地教训侵略者呢？为什么不用皮鞭抽他们呢？

我无言以对，我甚至觉得我并无资格与查尔斯谈这个问题。我的心就像一团湿泥，刚刚被拢在一起，这下又给砸得稀巴烂。我低下头，面红耳赤。

我微微转过身，望着大海，沉默许久，道，查尔斯，你不了解中国人。

我说，查尔斯，你知道中国的历史很长，长得任何人都不可能完全了解它。生在我们这个时代的中国人，看到的全都是苦难，中国的历史有多长，苦难就有多少。我们是一个看惯了四季轮回的民族。不过，中国人也有自己的期待，你知道是什么吗？

查尔斯道，是耶稣重生？是弥塞亚降临吗？

我说，中国的文化里是没有这些的，我们在等待天命。

查尔斯道，天命？是泛神论吗？

我说，我不知道该怎么解释它，天命是个非常古老的中国词汇，它寄托着这个民族的希望。天命是世界上最强有力的力量，它不可感知，却在时刻奔涌着，谁也无法阻挡。当这个民族在苦难当中时，天命却不会让他们永远受难，当中国人感知到天命的时候，他们就会为改变自己的命运而奋不顾身。终有一天，我们的民族会浴火重生！

十一

东京的街头到处是被轰炸过的痕迹。比如，被炸掉一角的陆军部大楼，大门不见了的大藏省院子。但是，尽管这些建筑物是残缺的，瓦砾却被收拾得干干净净，不见一点垃圾，树木整齐，草坪如织。街上不见男人，有许多身穿和服的日本女人在寒冬里端庄地走着，不知她们要去哪里。所有这一切会让人有种很强烈的感觉，尽管这里已经被占领，但这个国家还存在着。为了证明它，日本人会更加不遗余力地把那些有条不紊、优雅、精致、细腻的东西展示出来。

作为一名在滇缅丛林中与日本人血战过的军人，我自然不会傻到认为这些就是这个国家的全部。但我能理解日本人为什么会这样做，换句话说，他们一定会这样做，这是他们精神气质的一部分。日本人甚至会用一种非常残酷，常人无法接受的方式来实现这种精神。

到达东京后的一段日子里，司法部的文职人员很忙碌，而我和查尔斯却十分悠闲。我利用空闲时间逛了周围的百货公司、集市、书店。

东京郊外有一座寺院，有溪水，有密密的林子，有幽静的鸟叫声。我没有首先进入寺庙，而是在外面的院墙旁边，或是在有小桥的石子路上慢慢徘徊。每一处都经过细心的打扫，少有灰尘。小河边有一溜青石凿出的灯龛，每个灯龛的顶部都光亮如镜，凝聚着一些冷冷的雨珠，显示出这里颇经历过漫长的岁岁月月。我仰头朝天，望着乌蒙蒙的浓云，长出了一口气，切切实实地感到，战争结束了。

撩开洗得很干净的布帘，我走进神堂。里面很暗，只有零星几盏青灯。我不认得那几尊神像，也没认真打量他们，只觉得有点异乡的感觉。我信步绕过神堂，走到后院，似乎人烟稀少。有扇门打开着，我走到门外，向里望去。

里面坐着一个黑衣老和尚，很大的案几上摆着一只玻璃罩。老和尚专注地坐在那里，手中端握一管毛笔，看一眼玻璃罩里面，在黄色的毛边纸上写下几笔。老和尚看见了我，放下笔，站起来。我踏上台阶，走进幽暗的木屋。黄色毛边纸上写了几十个楷书小字，旁边，放了块紫红色的小砚台，细细看去，大概是上好的端溪水岩老砚，砚堂上有块不小的鱼肚白。我向玻璃罩里望去，不禁大吃一惊，里面是一本宋拓本柳公权玄秘塔碑铭，在国内几尽绝迹，早已是价值连城的珍宝了。我小的时候临过此贴，不过只是普通的石印本，边缘比较模糊，临习起来，也不过是写出了大概的模样，教书先生说我临的是"死贴"，全无真迹的风韵神采。

此时，我端详着玻璃罩里的那本真迹，有些惊呆了。那里面的每个字都纤毫毕现、栩栩如生、风华绝代，仿佛一具干黑的古尸一下子在你眼前复活，成了个倾国倾城的女子一样。

老和尚平静地看着我，用生疏而又很僵硬的汉语问，你是中国人？我点点头，打量着他的眼睛，从那里看不出什么特别的内容。

我惆怅地看了一眼玻璃罩子里面，又转过头，远远地望着灰色的天空，一言不发。心里不是羞愧，也不是反省，更多的是困惑。

我很本能地冒出一个念头，这是中国的东西，为什么会在这里呀？一时间，这个念头盘踞在脑子里，像头蛮牛一样。日本人在中国都干了什么事情啊！他们血洗南京，火烧寺院，还把庙里的尼姑强奸了。

我又一次打量了老和尚一眼，扭过头，向这个清凉世界张望着。我在想，给我一个连，我也可以放一把火，把这里烧个精光，照着老和尚的后脑勺来一枪，然后，把这件稀世珍宝带回国。突然，我觉得自己真的是很疯狂。可是，我又愤怒地想，为什么不能呢？日本人能做，中国人为什么就不能做呢？

而恰恰是在这一刻，我竟又记起了在滇缅雨林中与日本人血战的场面，一幅又一幅血腥、恐惧的画面涌进脑海。我的手不由自主地摸到了腰间，直到触碰到那把冷冰冰的手枪。假如我从老和尚眼中看到一丝惊慌，一丝犹豫，我就会一枪打死他。

可我最终也没有看到，老和尚依然那么坦然、沉静。我怎么能打死一个手无寸铁的老人？只是，我的脑子里依然狂乱，我在想，这是为什么？为什么我的同胞遭受了如此巨大的苦难，我却不能做同样的事？一时间，我忽然觉得这里冒出了许多裂缝，从裂缝里慢慢渗出血水，隐隐听到此起彼伏的惨叫声，就像画皮一样。

我低下头，不能直视老和尚，因为我满眼的血腥。我默默地转过身，一言不发，离开了。

我站在寺院门口，回头望了一眼，心想，这里一切都很好，却唯独对我们的苦难避而不谈。这道门槛我无论如何也迈不过去，我说服不了自己。那么，在我彻底放下仇恨之前，我再不会踏进这里半步了。

十二

有天晚上，查尔斯喝了点酒，跑到我的屋子里，晕晕乎乎地拉起我的手，说，王，咱们找点乐子去！尝一尝日本女人的味道。我问，你疯了？你想一去不回吗？查尔斯摇摇头，喜滋滋地说，完全不会，你根本不必担心，而且你会惊讶地发现，东京比纽约还要安全。

我和查尔斯穿着军服，每人带了把手枪，来到了东京的烟花之地。这里简直成了美国大兵的乐园，到处可见喝得摇摇晃晃的大个子，与身体娇小的日本女人高声调笑。

我和查尔斯挑了一间看起来好一些的酒馆，这里的士兵少一些。待我两个坐定，恭恭敬敬地走进来两个衣着华丽的日本女人。查尔斯一把将其中一个抱在怀里。另一个轻轻地跪坐在我的身边，低头笑了一笑，给我斟了一小杯酒。每个动作都训练有素，一丝不苟，毫不应付，透露着温柔体贴。日本投降前，在中国身着和服的日本女人是高贵、权势的象征，而此时却成了妓女，被占领她们国家的异族人侮辱。可是，我却看不到她们有一丝怨恨。

查尔斯很快就喝醉了，拦腰抱起身边的日本女人，走到屋后面去，那里据说有温泉。和这个日本女人单独面对，有点尴尬。不过，她会一些汉语。她告诉我，她叫樱子，二十五岁，是日本关东军第九师团某旅团长的年轻妻子，在中国长春生活过几年。也就是说，她是一位日本陆军少将的夫人。她的丈夫在日本投降后自杀，留下她和两个儿女。

我的耳朵莫名其妙 ying——的耳鸣了一下，脑袋像被针刺了一样。我好像把什么重要的事情给遗忘了，却无论如何记不起这件事是什么。我还好像正在与什么事、与什么人擦肩而过，很不祥，而我却茫然不知为何。

过了许久，我才回过神，问樱子，战后连将军家庭的生活也如此窘迫吗？樱子面带歉意，道，倒也不是，我只是觉得，战争是男人们的事情，虽然失败了，但他们尽了力，现在，战争结束，日本需要承担战败的后果，作为日本女人，我是不能推辞的。日本需要重建，而且必须与美国成为盟友，那么，我一己的怨恨又何足挂齿呢？

我十分震惊和感慨。我说道，尽管我十分钦佩你的献身精神，但仍然觉得你的逻辑十分荒谬和可怕。樱子淡淡笑了笑，道，这是日本目前的国策，而我又是天皇的一个臣子。

我沉默许久，又道，樱子，有个事情一直藏在心里，曾经百思不得其解，我觉得你或许能帮我解释。

我说，几年前，我曾与一个叫英子的日本女人有过交往。话音刚落，我的耳朵又耳鸣一下。

我忙抖了抖脑袋，继续说，当然，起初我并不知道她是日本女人。英子曾说过一些话，给我留下了极为深刻的印象。她说，不了解妓女，就不能真正了解女人。

我接着说，在腾冲的一次战役中，我们的部队莫名其妙地被包围了，伤亡惨重。后来有一天，中统的人逮捕了我，认定英子是日方特高科的间谍。当他们找到英子时，她已经自杀了。但是，她有足够的时间逃走。

我喝了杯酒，低着头，有些醉意，便有点无所顾忌。我道，说老实话，我对英子的感情很复杂，至今也不能释然，但我不能对任何人说，只能一辈子藏在心里。要知道有多少战友在那次突围中牺牲了呀！当时，我真想照自己的脑袋上来一枪。

樱子温柔地给我夹了一片生鱼，道，间谍和妓女其实并无区别，他们都不能有自己的感情。

我突然恍然大悟。

樱子泰然地环顾四周，问道，您难道以为这里的女人就仅仅是妓女吗？

我吃惊地看着樱子。

樱子把头轻轻靠在我的肩上，道，昭和六年，也就是一九三一年，我十一岁。我的夫君在刚刚成立的满洲国任军职。那年冬天，他三十出头，刚从满洲国回来，穿着笔挺的军装，路过我的家门口。我完全被他的风采迷住了，做梦都渴望嫁给他。

樱子说，昭和十二年，日军全面进攻中国华北，我如愿以偿，嫁给了当时是关东军中佐的丈夫。新婚不久，他离开了日本，而且迅速晋升，只用了五年的时间，便成为日军中非常年轻的少将。那时候，我是多么的自豪！

樱子突然意识到了什么，十分歉意地说，王君，请您别介意，我并不想伤害您的感情。

我说，无须介意，只管说下去。

樱子怅然地说，那些年，是日本人热情最高涨的岁月，无论穷人富人，无论各色人等，都在翘首企盼，仿佛日本真的成了世界强国，真的可以把中国大陆，乃至整个亚洲变成我们的生存空间，形成一个大东亚共荣圈，这是我们的祖先做梦都不敢想的事情！我和当时许多人一样，认为昭和皇帝是日本历史上最伟大的人物，为此我感激涕零，那种自豪感，简直要炸裂我的身体。

樱子道，有一次我的夫君回陆军部办事，顺便回家看望我和孩子。他摊开地图，雄心勃勃地给两个孩子讲日本的战略构想。我望着地图，一边是小小的日本，另一边是庞大的中国和整个亚洲。

樱子失望地摇了摇头，说，那幅地图深深地印在了我的脑海里。直到有一天早晨，我满心的狂热突然变成极度的恐慌，我意识到这是一件日本根本做不到的事情。从那个早晨开始，每当东京的人昼夜狂欢，高声呐喊的时候，我都躲在家里，搂着两个孩子，一言不发。我在想，日本在做一件虚妄至极的事情，疯狂到只有日本人自己相信它能够成功，迟早有一天，我们要受到最严厉的惩罚。

那一晚，我与樱子聊到很晚。后来，我去温泉找查尔斯，发现他竟然赤裸着身体，在榻榻米上睡着了。那个日本女人安静地跪坐在他的旁边，尽心地照顾着他。

十三

这段时间，我每个早晨都会在三四点钟从梦中惊醒，然后一些很恐怖的细节就会突然来到脑袋里，再也睡不着。在战争刚刚结束的时候，我只感到一阵轻松，一股狂喜。可是这种很激烈的情绪过后，又会有种很空虚，直到很恐惧的情况。在雨林中与日军作战的很多事情会出其不意地钻到脑袋里，很熟悉的战友死在那里了，而且死得很惨，我有时会想，我为什么没死？真是很悬啊！有颗子弹就擦着太阳穴过去的。这种带着一丝侥幸的想法会持续地发酵，直到感到周遭的世界都不太正常，你发现，其实世界并不是看起来的那个样子，它就像个幕布，幕布上的风景很美，但你不能到它的后面去看，你忍受不了历史的真实面目。

幸好，这种情绪在每天里只来那么一小会儿，通常是在清晨，而且很快就会过去。慢慢地，另一种幸福感正在占据上风，我又会回到正常人的世界，我庆幸我的祖国在这场战争中胜利了，我的民族生存了下来，新的历史开始了。

司法部的文职人员很忙碌，可在我看来，他们干的活儿毫无意义。那几个国家早就把战后格局商量好了，没我们什么事情。而我们呢？倒兢兢业业地把戏演起来了。我们参加了东京审判，可我们是真正的法官吗？国内有些人在大谈该不该宽恕日本的问题，好像我们是个文明的国家，而一个文明的国家就表现在宽恕自己的敌人。可是，问问自己的内心，我们现在谈得上宽恕吗？一个弱者该如何宽恕自己的对手呢？一个被人看不起的人该怎样宽恕欺侮他的人呢？一个被打了左脸的人，又该怎样把右脸也给对方来打呢？

我想，我们这一代人，甚至几代人可能都没法成为所谓的文明人。

我没胃口吃饭，躺了一个上午，加一个下午，天黑了才起床，错过了晚饭，遂到外面找个小店。街头又湿又冷，踩着松软的薄雪，暂时还浑身充满热力，那感觉很好。走过几条街，我忽然觉得不知该去哪里，便转了个弯，来到前几日和樱子聊天的那个酒馆。我坐在榻榻米上，头顶上是刺眼的电灯，让我有些暴露无遗，有惶惶不安之感。直到有个女人拉开木门，对我微微一笑的那一刻，我才吐了口气，感到很放松，也很高兴。

进来的正是樱子。她说，刚才老板娘找到她，说来了一个客人，虽然什么也没说，但很可能是找她的。我不禁暗自惊叹，日本人倒真是细心，我只来过一回，那女人便记住了。

喝了几杯之后，我问道，在你的眼里，中国人是什么样子？

櫻子看了看我，道，我从来不认为你们是劣等的民族，而且觉得是这些没有远见的日本精英们，把大和民族推向万劫不复的境地。

我问，一个关东军的少将的妻子怎么会这样想呢？

櫻子说，我的丈夫是个老派军人，他曾说过，对于他个人来讲，这场战争不是一场正义战争，也不是一场考量中国人与日本人的人性孰优孰劣的战争，更不是什么建立世界新格局的战争，而仅仅是大和民族的生存之战，或者说仅仅是一场为日本争取利益的战争，仅此而已。作为日本军人，在国家没有决心发动战争之前，你尽可以反对战争，但是在国家决心发动战争之后，你就必须全力以赴地去赢得战争，直到献出生命，你没有别的选择。对于他来说，这是终生都还不了的债，也是终生都解不开的结。

我说，意大利也是轴心国，但他们的军人反对战争，他们暗中破坏战争，丢失武器，故意放弃阵地，不做抵抗便投降，他们不齿于当逃兵。日本军人也可以这样做啊！

她又问道，如果是你，你会这样做吗？

我喝了一口酒，沉默许久，道，对于一名军人来说，这是不可想象的事情。

说到这儿，我不知该说什么了。接下来，是长久的沉默。

櫻子把头靠在我的肩上，一阵芳香穿过醉酒的迷雾，飘到我的脑海里，似乎特别的熟悉。可我却不知该怎么办。我打量着她光洁的额头，注视着某个角落的眼睛，不断眨动的睫毛，还有欲言又止的嘴唇，发现自己心中特别的迷茫，像站在一片沼泽地里似的。

她抬头看了我一眼，又垂下眼睛，道，你可以，可以对我做什么的。

这时，醉意反倒是强烈了，各式各样的片断在脑袋里翻滚，屋子里的灯光变得有些光怪陆离。一会儿，我觉得自己是个受过侮辱的弱者，一会儿，又思考要不要忘记仇恨，一会儿，我又突然记起了那个老和尚，觉得这个女人和这个民族一样虚伪，一会儿，我又发现自己特别绝望，因为我觉得自己虽然扛得起一座山，却没有能力走出一条山间小路。

就在一瞬间，没有任何因果关系，好像真是因为醉酒的缘故，我把櫻子推倒在榻榻米上。她顺从地躺着，双臂张开。我抓住她胸前的衣领，使劲向两边扯开，看到她的乳房和洁白的腰身。她把脸侧过去，盯着木板墙壁。我轻轻地抚摸着她的身体，看到她的一侧乳房上刺着一朵花。

我问道，这是一朵什么花？

她答道，樱花。

我沉默着，许久，将樱子的衣服合好，把她抱起来，抱在怀里。我的脸热得发胀，心在怦怦地跳，好像随时会坏掉一样。

我轻轻地自语道，其实，山间的小路就在那里，你走，它就有，你不走，它就没有。

樱子睁开眼，问，你在说什么？

我答，我们两个，仍然是野蛮人。我们的后代可能会进化成文明人，但他们必须从我们的肩上走过去。所以，天命使然，不必难过。

这时，木门被粗鲁地拉开了，三个穿黑色日式西服的男人走进来。其中一人将樱子拽到门外，大声地喊了几句话。突然，传来枪响，一片血迹喷溅在绢丝墙壁上。

三人走到我面前，道，这个女人讲了日本人不该讲的话，已经被枪毙。

我很茫然。一人走近我，将一张纸放在我面前。这是一张认罪书，承认自己是中国派来的间谍。我当然不会在上面签字。一人抓住我的手，强行握住笔，在上面划了几下。然后，一支手枪指着我的头。猛然间，枪响了。

十五

一颗子弹钻入血肉，就像久渴的人的喉咙里滴进了几滴水一样。不是疼痛，而是一种抚慰，一种解脱，一种清凉的感觉将我从混混沌沌中唤醒。我费力地睁开眼，这里已是一片寂静，没有枪炮声，厮杀声和惨叫声，到处是战友们的尸体。他们脸色如黄土，神色迟钝，仿佛死亡已经远去。几个日本兵提着军刀，在尸体中寻找，在每个肉身上刺上一下，如果这个肉身动了，就再刺一下、两下、三下。我望了下远处，那里站着我的连长，还有几个连里的老兵。我把手伸到身子下边，土地被血水浸湿，像沼泽地一样吸住了我的手。我挣扎着站起来，轻得好似飞翔一样，踩过一个个柔软的尸体，骄傲地站在了俘房的队尾。

连长一只手没了，用另一只手给了我一耳光，道，谁让你爬起来的？我一手捂着脸，身板站得笔直，好像我已是个老兵一样。我不说话，目光炯炯地看着连长，双手扶着他的胳膊，以防他跌倒。

人杀得差不多了。一个日军少尉高喊一声，几十个日本兵集合在一起，把我们十三个俘虏押往长江边。

南京城里的大街上满是尸体。对于尸体，我早已习以为常，就像熟悉脚上的军用鞋子。走到一根电线已经断掉的电线杆子下面。少尉叫了一声，一个日本兵横起刺刀，将我们拦住，排成一排。我望着远处的中华门，此时正是日落，夕阳像一只血熬成的饼子，颤巍巍地挂在城楼尖上，不断地下落。

耳边一声枪响传来，瞬间什么也听不见了。连长倒在地上，像一只麻袋从高空落下，一点重心也没有。我闭上了眼睛，等待着枪子从脑袋后面穿过来，由于这种等待过于强烈，竟没发现一股热尿湿了裤子。一支手枪重重地点了点我的后脑勺，接着是一声又一声狂笑。

等我感到有了点羞辱感的时候，又一声枪响传来。挨着我的老兵孙大脑袋倒下了，和连长一样，力量之大，差点把我带倒了。接下来，我就不知枪声响了多少下。待一阵轻风吹散空气中的火药味，一个日本兵重重地推了我一把。我回头一看，现在连我剩下了七个战友。原来，鬼子每隔一个人开了一枪。

我们继续向前走，由于大街两旁有太多的尸体和抢劫的日本兵，我们只好走在路中央，有那么几分钟好像看戏一样，真的比戏还要热闹！一个日本兵腰上别了一只鸡，将一个老头揪着头发甩在街边，在他的后脑上来了一枪。又一个日本兵从一扇门后跑出来，手里高举着一个婴儿。后面，有个敞着胸怀，露出两只硕大乳房的母亲号叫着追出来，试图夺回自己的孩子。那个日本兵大笑着，将啼哭的婴儿扔出十几米，之后，那褴褛便如一滩稀泥落地，无声无息。母亲像只发疯的母兽挠坏了日本兵的脸，结果被他用刺刀刺死了。又有一扇窗子被打开，然后，一个男孩哭喊着，被推了下来，摔死在我面前。然后，又是一个孩子，两个孩子，最后，是一个赤身裸体的女人。

我心想，哎呀妈呀，这个世界倒了一个个，平日能看到的，现在全没了，平日不敢想的，现在都发生了。这是不是真的在看戏呀？

路前方，有二十几个日本兵围成了一圈，兴奋地大叫着，好似看着什么有趣的事情。这情形，有点像赶庙会时，一大群人在看西洋景，也有点像过年时，村子里的小孩们聚在屠户的院子中央，看他杀掉一头白猪。

走了几步路，我听见日本兵围成的圈子里传出女人的哭叫声。那是年轻女人的声音，像我的姐姐一样。然后，是日本兵一浪高过一浪的叫喊和狂笑声，像是为一个卖力地进行杂耍表演的猴子叫好似的。女人的哭叫变成了喊叫，又变成了尖叫，最后变成了惨叫。后来，就不太像个女人的声音，而像是什么垂死的兽类的声音。

当我走近的时候，嘶叫声戛然而止，兴致勃勃的日本兵一哄而散，像是杂耍演完了，又有点意犹未尽。一个年轻的姐姐仰面躺在泥地里，眼睛像死鱼一样瞪着灰白的天空，撕碎的衣服扔在一边。能看得出，她的身体很白，但由于刚才在地上翻滚，浑身沾满了湿泥。她的两腿之间插着一根烧火棍，一摊暗红色的血慢慢流出来，聚成一洼。

我呆住了。这时，日军少尉不耐烦地叫了一声，日本兵又横起了刺刀。于是，我们剩下的七个人站成了一排。我闭上了眼睛。

第一声枪响了，然后是麻袋落地的声音。第二声枪响了，又是麻袋落地的声音。第三声，第四声，第五声。我数着，看来，这回日本人不是隔一个开一枪，而是要把我们七个全都枪毙。第六声枪响了，我旁边的李大个子也倒下了。一只手枪枪管又一次重重地砸在我的后脑勺上。直到这时，我才恍然大悟，原来日本人根本不想把俘虏押回去，更不是来中国帮助中国人，大东业共荣圈全是他妈骗人的鬼话！

可是，我却听到了手枪扳机撞击的声音。于是，我等着子弹从枪管里飞出来，烧焦我的头发，撞开我的脑壳，溅飞我的脑浆，打碎我的脸，彻底结束我的懊悔。

但那清脆的声音过后，却什么也没发生，手枪里没子弹了。少尉哈哈大笑，拍着我的肩。一个日本兵粗鲁地推了我一把，搡我向前走。我回头望了望，后面留了六具尸体。我明白了，杀人是不讲什么规则的。也对，已经到了能随意杀人的地步，规矩什么的还有毬毛用啊？

又走过了几条街，日本兵再没不耐烦过。这里有个大院子，里面关了黑压压一片俘虏。他们和我一样，都是中了彩票的幸运儿。

我挤在俘虏当中还没暖和过来，就听见日本兵吹起了哨子。于是，一百个人一组被赶到长江边。说是去挖沙子，可谁信啊？长江水都被血染红了。一百个中国军人像木头人一样站在江边，像没娘的孩子一样可怜。

我站在第一排，偏过头，偷偷地看着高处架着的机关枪。有个日军大佐亲热地抱着一个穿和服的小女孩，看样子三四岁左右。有个日本兵举起了旗子，谁都知道，旗子一落，雨点一样的子弹就将落下来，把我们打湿。

可这时，那个穿和服的小女孩突然哭闹起来，一只手指着我们这边。无论日军大佐笑颜相对，还是怒目而视，都无济于事。小女孩推着日军大佐长满胡茬的下巴，从他的怀里挣脱出来。所有人，包括等死的我们都不知所措。小女孩跑到机枪射程之内，用小手指着我，高声叫喊着什么。

大佐神情阴郁地走过来，打量着我，又换上笑容，对小女孩说着什么。话很多，我听不懂，只听到其中反复出现一个发音为"ying"的单词。

在我听到 ying 的声音时，世界仿佛一下子变黑，一切一切都消失了，只有小女孩浑身发着光，像吉祥鸟一样，飞临我的头顶，把我从苦难的海洋里解救出来。我猜想，这个"ying"可能就是小女孩的名字，并在心里面把她叫作婴。大佐在最后一次对婴的恐吓失效之后，改变了主意。他带着笑意，对我摆了摆手，于是，两个日本兵将我从人群中狠狠地拽了出来，重新押进了南京城。而我，把刚才看过的戏，又看了一遍，差一点没疯掉。

十六

午夜，我坐在屋外的一个敞开的木板棚里，屁股下是一堆湿稻草。不远处，拴着一条狼狗，它和我一样，没吃东西，睁着焦黄的眼睛，不时打一下响鼻，情绪很阴郁。

我靠在一根木柱上，经过一天的持续惊吓，现在有种虚脱的感觉，身体仿佛空壳子，而脑子里又异常的兴奋，一丁点睡意也没有，生怕这一闭上眼睛，就再也醒不过来。旁边，摆着一溜儿日本兵的大头皮鞋，皮鞋里塞着袜子，味道很重。如果平时闻到这种味道，恐怕一定会呕吐，但现在，我会觉得这味道很真实，无所谓好闻还是不好闻，因为它让我知道我还活着。

我望着月亮，竟能看得到它在慢慢地从天顶向西偏移，多希望这夜能够长一些，哪怕永远生活在夜里也行，好让那些打着猪一样鼾声的鬼子迟些醒来。天一亮，不知又会有什么可怕的事情发生。

天快亮了，我才有了点睡意，可是日本人又把我喝了起来。我跟着他，来到一个澡堂子。由于是清晨，我赶上了第一池清水。一缕阳光穿过水雾，撒在粼粼水面上，又照射在池子底部的青石上，每一道石纹都显得清清楚楚。我光着身子，犹豫着不敢下去，有点怕弄脏了这么干净的水。日本人坐在池边的竹椅上，鄙视地扫了我一眼，摆摆手，让我别耽误时间。

我坐在水里，慢慢地，一大颗一大颗汗珠从额头上滚下来。身体里有种莫明其妙的幸福感，神经也不再颤动了，有种长舒一口气的感觉。恍惚间，我产生了幻觉，仿佛身在异地，可以安然入睡了。这时，日本人不耐烦地咳嗽了几声，我惊醒过来，有股前所未有的恐惧感一下子钻进心里，而且是在我毫无防备的情况下，这样的恐惧就比从前任何时候都更加可怕。

我从池子里出来，又用洋胰子把浑身上下都洗个了干净。日本人递给我一条雪白的毛巾，我这辈子都没见过这样白的毛巾。他又递给我一套崭新的和服，我小心翼翼地穿上，有种很陌生的感觉，仿佛这下了我就不是我自己了。然后，他又带我理了发，脸上擦了香喷喷的油脂，带我走在冰冷的南京街头。

我有种更加奇怪的感觉，仿佛危险已经过去，街边倒着的那些死尸与我已经毫无关系。我和他们之间有了一层玻璃一样的界限。他们的惨叫、哭号，我统统都不可思议地听不见了。

我跟着这个日本男人走到一座很气派的大院门口，经过森严的警卫，走进一幢墙壁厚重的灰色洋房里。在大厅，日本人悄悄地消失了，另一个年轻的日本军官走过来，盯着我，眼里寒光闪闪，我垂下眼。

洋房里的走廊曲曲弯弯，时明时暗，不知走了多久，也早已不辨方向。我走到一座很大很沉重的暗红色胡桃木大门前，站住，日本军官拉住门把手，身体微微向后倾斜，才将大门拉开。瞬时，屋里充沛而温暖的阳光向我铺天盖地而来。

屋子正中间有一块很厚的乳白色羊毛地毯，堆满了玩具，玩具正中间，坐着一个小女孩。我认出了她，原来是那江边屠场，我把她叫作婴的那个孩子。我的后腰上有个硬硬的东西顶了一下，日本军官低声说，你的任务是，玩，记住，不要有非分之想。说罢，那个硬家伙使劲推了我一下，我腰上一痛，身体向前一个趔趄。

日本军官悄悄坐在一块帷布后面，又来了一个穿和服的中年日本女人。我战战兢兢地坐在一堆玩具中间，一块积木硌到了我的屁股，疼得我颤抖了一下。小女孩似乎并未特别关注我，心思沉浸在一个木头做的娃娃身上。我坐在一边，打量着婴，她很可爱，穿着西洋样式的裙子，两腿套着白色棉质长袜，仿佛另一个洋娃娃。

日本军官咳嗽了一下，也许是无意的，却把我吓了一跳。因为我知道，如果婴不喜欢我，或没注意到我的存在，那么，我就是无用的了，我可能立刻就会成为躺在街边的死尸。

我壮着胆子，拿起几块积木，搭起了座小房子。婴立刻发现了我，眼睛露出高兴的神采，嘴里咿咿呀呀地说着什么，兴奋地爬了过来。她双手拄着下巴，好奇地研究着小房子。

我的脑子前所未有的高速运转起来，片刻就有一个宏大的构想完成了。我在这个小房子旁边又盖了一座更大的双层洋房，又摆出了花园、广场、车库、赛马场、百货公司，以及所有我能想象得到的，一个凡人所向往的东西。婴完全被我吸引住了，她指着一个个小建筑物，虽然我一句话也听不懂，也没法向她解释，但她似乎一下子就理解了。我想，人类总有些共通的东西是无须多费口舌的。

这里有那么多积木，仿佛总也用不完，要什么有什么。渐渐地，连我自己都有些痴迷了，我被自己的梦想牵引着，营造着这个越来越庞大的人间天堂。有那么一刻，我甚至痴迷得都不想清醒过来，如果永远都生活在此时此刻，永远都生活在这个旷世奇迹之中该多好啊！尽管几步之外就有恐惧，更远处还有惨叫和死亡，可是，这里毕竟还有一只黑夜里山路上的小灯。

婴把头枕在我的腿上，侧着头，看着这一大群美妙事物。越接近完工，我便愈加惊慌。我想把时间拖得无限久，可是不可能的。我突然特别伤心，因为那一点小小的火焰在狂风中弱不禁风，随时可能熄灭。它一旦灭掉，人世间就只剩下真正的寒冷和死寂。

婴把一只小手漫不经心地搭在我的手腕上，眼睛眯着，看来有些困了。在我正伸出手，把一块积木搭上横梁的时候，我看见婴的眼睛闭上，小嘴张开，均匀地呼吸。她睡着了，我一下子陷入无限的恐惧，回到现实中，手慢慢放下，僵坐着一动不动。

中年日本女人轻步过来，将婴抱走。军官一挥手，我像一个御了妆的戏子，乖乖站起来，跟他回了营地。他把和服要了回去，我重新穿回原来又臭又破的旧衣服，站在湿稻草堆上。说也奇怪，我的魂儿好像又回到了躯体里，我就是我，很真实。

从这一天开始，每天凌晨三四点钟我都会吓醒。我不知道天亮之后，是一个日本男人带我去洗澡，还是日本军曹递给我一把铁锹去给死尸挖坑，或者干脆把我带到某处墙脚下，对着我的脑袋来一枪。各种天壤之别的可能性折磨着我。

为了让婴记住我，依赖我，舍不得我，我不光学会了摆积木，还无师自通地学会喝歌、跳舞、游戏，每天都不会有相同的东西。我拼命地让婴玩得高兴，高兴得筋疲力尽，在我的胳膊上睡去。她的高兴意味着我的生存，而她的遗忘，就是我的死亡。我与死亡斗争的方式，就是想出无穷无尽的办法，让一个孩子快乐。她的快乐来源于我对死亡的恐惧，我越恐惧，她越快乐。

有一天，日本军官把我带出营区，没有去洗澡，而是走到一条很宽阔的街中央。下着薄雪，除了死尸，街上无人。他让我停下，把一颗很重的铁家伙挂在我的后脖领子上，拉下了一根金属部件，于是我听见背上有哔哔声。他用硬硬的枪口推了我一把，生硬地说，向前走！

我漠然地迈着小步，很疲惫地想，婴大概是有了新的能带给她快乐的人了。那么，到底是她的快乐是真实的，而我的恐惧是虚幻的，还是我的恐惧是真实的，而她的快乐是虚幻的呢？我不知道，我也不想去琢磨了，我已经筋疲力尽了。但我有种预感，只有处在你死我活境遇中的人才会有这样的想法，幸福的人是体验不到这些的。对他们来说，一切都是真实的。

我看到一阵很白的光，和一声比任何巨响都响的声音，我感到脊梁骨被弹片轻而易举地打断，脑浆像黄色的浓雾一样漫天飞舞，却没有一丝疼痛。巨大的白光猛烈地收缩，凝聚成一个小亮点，仿佛近在眼前，又好似远在天边。突然间，光亮熄灭了，我的魂魄像个幽灵，又一次绝望地离开了人世间。然后，是无边的黑暗。

十八

一声力大无穷的巨响，从我的脚下，从这艘亚洲最大的铁甲舰的躯体最深处传来。我站在定远舰的船头，望着威海卫军港的东方，一轮红日与海水粘连着，如同还未剪断脐带的婴儿，一边流着血，一边来到人世间。

我披着大清国北洋海军的龙旗，等待着某一发炮弹击中我，将我与这艘生死相伴十余载的大家伙一同送入黑暗无边的海底。此时，我们已经四面楚歌，岸上炮台被日军占领，出海口等着数倍于我的日军舰队。定远舰已不能动弹，搁浅在海湾里。但北洋海军的兄弟们仍然用舰炮轰击着陆上的日军，等待着大清国的骑兵前来救援。只不过，这个希望已经于昨天夜里，定远舰打完了最后一发炮弹之后，破灭了。

此时，心中的郁愤罄竹难书。我痛恨所有一切埋葬北洋海军的人，可是我能洗得净自己的清白吗？我的腰间挂着一把德国造手枪，上面用英文压着"大清国北洋海军"的字样。此时，我已不能用它来与日本人战斗。我只是想它能与我一起沉入海底，如果有一天，我的尸体被海水泡得发胀，浮出海面，被中国老百姓发现，他们会说，北洋海军的将领们有一颗与舰队共存亡的决心，他们还有廉耻之心。

我望着岸上的巨炮，建造它时，谁能想到它会用来轰击自己的军舰？沉重的炮管慢慢转动，对准了这里。我凝视着它，心想，终于可以解脱了。我们这一代海军将领们，活在世上，就得承受一辈子的耻辱，这真是一道最黑暗，而且永远也迈不过去的门槛。我希望我的后辈能以我们为戒。

我不知这门巨炮何时打响，我平静地等待着这一刻。我打量着那门炮旁边站着的日本军人，他们忙忙碌碌，为胜利最后努一把力，他们还有明天。

突然我看到那门巨炮前面，站着一名年轻的日本军官。他是那么英姿俊秀，以至于多少有点惹人怜爱。我认真打量着他，一下子非常震惊。

恰在此时，巨炮喷出火光，几秒钟后，我的身后爆发轰响，涌来一股灼热的气浪，把我推上了天空。那一刻，我看到了海天一色的情景，不知身处何方。下面的定远舰一下子变得很小，小得像一只甲虫，孤零零地等待着厄运。

长久的黑暗里，涌动着红色和黑色的热流，让我既难受又畅快，仿佛在阎罗殿上被烈火煎熬。等到我睁开眼时，发现自己躺在日本人的牢里，床边放着已冷的粗饭和一碗水。我一口气喝下那碗冰凉的水，感到彻骨的寒意。牢房里没有窗户，只有一盏油灯，不知此刻是黑天还是白天。

一名年轻的日本海军中尉推开牢门，径直坐在我的对面。我困惑地看着他，非常熟悉，似乎就是指挥巨炮的那个俊秀的日本军人。他笑了笑，一把摘下帽子，露出乌黑的长发。我不禁大吃一惊，原来她是一个我认识的日本女人，名字叫鹰。

我冥冥中预感到有个人要来，现在，她终于来了。

鹰认真地说，北洋海军的将领是值得尊重的。

我叹了口气，不能保卫国家的军人，怎么能谈得上值得尊重？

我两个沉默不语。鹰说，你还没吃饭吧，我给你带来了饭菜。说罢，她拍了一下巴掌，一个日本海军士兵提了一只盒子进来。鹰说，你看，全是中国菜，还有饺子。她说完，我有一丝预感，在中国，饺子往往是给那些临上路的人吃的。

我坦然地吃起来。鹰说，还记得我们第一次见面的情景吗？

我想了想，道，记得，是在大连，那时你是三井财阀驻大连办事处的官员的女儿，住在离我家不远的地方。那天，好像是大清国检阅海军的日子，你和你的父亲受邀参加阅舰仪式，你穿着粉色的和服，很漂亮。

鹰有点怅然地说，是呀，是十二年前，那时，你们已经有了定远舰、镇远舰，而日本连一艘像样的军舰都没有。你知道我们是多么羡慕大清国的海军。我跟在父亲的身后，痴迷地看着海面上那些巨大的铁甲舰，觉得他们真是漂亮、迷人，就像英武的男人一样。

鹰的话又一次刺痛了我的心。我痛苦地说，想当年，定远舰是亚洲最大的战舰，即使现在，它也是。可是，过去了整整十二年，谁会想到它会搁浅在自己的军港里，被自己的大炮炸毁呢？

我长叹一声，道，生为大清国的军人，最痛苦的事莫过如此！

鹰轻轻地说，那时，我时常会到你的家里去玩，和你年轻的妻子亲如姐妹，无话不谈。对了，她还好吗？

我低下头，沉默不语。鹰接着说，我会跑到你的屋子里，和你聊天，谈各种各样的事情。

鹰顿了一下，道，请原谅我，我偷看了你们的作战地图和军制手册，并把这些东西记下来，由我的父亲转交给日本海军部。对于北洋海军的情况，日本政府一直非常了解。

我仰头望了望牢房顶上，那里结了许多蛛网，粘着几只死掉的苍蝇。我道，那时，你是个光彩照人的日本少女，落落大方，天真无邪。我觉得你和你的父亲是个和善而文雅的邻居，我非常愿意把你们邀请到家里来。

我继续说道，有一次，我和你的父亲在花园里赏花，你举着一束樱花从远处跑来，气喘吁吁，面若桃花，两鬓绒发如丝。你一手拉着我的手，一手举起樱花给我看，还问我樱花是否漂亮。那一刻，我的世界一片昏暗。我在想，如果你早生几年，或我晚生几年，如果你是个中国人该多好！

鹰垂下脸，面色绯红，想了片刻，好似下了决心，道，大心君，实不相瞒，今晚，我带了两样东西给你。

我问，是什么呢？

鹰拿出一只牛皮手枪套，正是我的，里面装着那把德国造驳壳枪。鹰道，这是我在定远舰上找到的，上面有你的名字，现在还给你。

鹰又从口袋里拿出一粒金灿灿的子弹，轻轻地摆在桌子上，道，大心君，这个是我送给你的。

我默默拿起子弹，端详片刻，笑了笑，道，谢谢你。

鹰落了泪，道，请不要一个人走，让我给你送行，好吗？

十九

只剩下我一个人。

我拿起那粒子弹，在油灯下认真端详。它虽然小，但在手掌里显得很有分量，想必在击发之后，这颗铜皮包裹着的铅丸会轻而易举地掀开我的头颅。仿佛有各种各样的人在看着我，因为我们把北洋水师丢了，实际上也把大清国丢了，仿佛一瞬间才发生的事，让我不敢接受这个事实。尽管我躲在一个不知在何处的牢里，但这种感觉仍然让我浑身涌起鸡皮疙瘩，恨不得浑身浇上镪水，或淋上煤油放把火，才能平息这一辈子都无法摆脱的割痛。

我靠在潮湿的木柱上，头顶不远处，有只蜈蚣停在灯影里面，一动不动，背上泛着紫红色的微光。周遭灰蒙蒙的，许多前所未有的思绪像清澈而平静的水，一点一点不可阻挡地漫进了我的脑子里。

我抑制住心中的惊慌，轻声问自己，这一仗是怎么打输的？

我突然发现，我，甚至是我这一代大清国的军人，一直在掩盖着什么。我们想通过掩盖来遗忘它，每当我们觉得已经忘掉它时，它却像幽灵一样提醒我们它还存在着。

我们在掩盖什么？

当我想到这里时，连自己都吓了一跳。可是此刻，我已经不再害怕了。现在，有的不是对与错，有的只是实在与虚无。在那里的，终将在那里，从未有过的，也不过是过眼云烟。我的眼前，似乎再没有什么雾障了。

北洋水师的军人们没有意识到，或者说我们不敢去面对这样的事实，经历了两百年的大清朝，现在早已不是天命在尘世的化身。天命抛弃了大清朝！

大清朝现在所做的一切，不是为了承载这个奔涌向前的天命，而是拼死维护自己在世间的存在。可是天命并不仁慈，它日夜不停，又无声无息，当你不能领悟它对你做出的沉默的暗示时，你就将被它无情抛弃。

大清朝现在已经老了，老得像一根干枯的稻草，一根手指头就可以将其推倒。北洋水师的军人像害怕父亲亡故一样，期待着大清朝能够重新振作起来。他们所做的事，某种程度上并不是在保卫这个民族和这个国家，而是延续大清朝并不长久的寿命。他们就像是站在镪水里的铁人，越是挣扎着扶着这个将倾大厦的最后一根栋梁，自己就越是被销蚀得面目全非。他们被镪水毁掉了手脚，毁掉了身躯，也毁掉了头脑、心脏。最终，被埋在了大清朝的一片废墟下，被人世间遗忘。

这就是我。

军舰沉没了，你可以自杀殉国，但这种悲壮只是你一个人的事情。你和北洋水师的士兵们早已经离心离德，他们再也没有哪怕牺牲性命也在所不惜的勇气了。

哪里还有壮烈？哪里还有忠诚？哪里还有勇武？北洋水师没有英雄，有的只是满心痛苦的军人！

二十一

我就这样零乱地想着，不知白天还是黑夜，牢里没有一丝光线。日本士兵送来的饭菜我再也没动过。

鹰再一次走进牢房，仍旧穿着日本海军的军服。她坐在我的对面，许久，我们也没说一句话。她平静地看着我，欲言又止。她终于开了口，问道，假如你活下来，你会做什么？

我想了想，道，我还会回北洋水师衙门，哪怕只当一名普通的水手，我要等到北洋水师重建的那一天。

鹰望着墙壁上的油灯，说，大清朝可能不会长久了。

我说，只要大清朝一天存在着，我就是大清朝的一名军人。

我又思量良久，道，大清朝毕竟还是保卫这个国家和民族的唯一一个实实在在的力量。

鹰沉默不语。

我又说，军人的选择很像是一个赌注。天命决定着你的输赢，不过谁也看不见这个天命，所以谁也不可能像算命先生一样一字不差地预言它。为了这个民族和这个国家，我又必须去下这个赌注，哪怕输得倾家荡产也毫不吝惜，因为我是军人，我必须保护她。而大清朝呢，从某种意义上说，为我提供了这些赌注，没有大清朝，我就不会是个有血有肉有思想的军人，我的一切都打着大清朝的烙印。所以，如果日本执意要打一场战争，或者说，我们之间除了一场战争别无出路的话，那么，这场豪赌就将继续下去。今生赌不赢，来世还会赌下去！

我费尽气力，又道，如果有一天，有谁能让军人们同心同德，誓死保卫这个民族和国家，能让军人们有尊严、有荣誉、有信仰，能让军人们被百姓苍生所尊重、所怀念、所崇拜，那他一定就是那个天命的继承者。那个时候，英雄们将重生！

我和鹰站在定远舰的船头。

此时，是午夜，明月当空，周围一片寂静。北洋海军已经向日军投降，没有一个军人在这里。我遥望大海深处，无限感慨。我举起枪，对准了太阳穴。

鹰轻声地问，大心君，你为什么不问问我，我要给你的第二样东西是什么呢？

我说，我以为只有枪和子弹。

鹰笑了笑说，枪是你自己的，我不过还给了你。

鹰走上前来，在我的嘴唇上轻轻吻了一下，道，这是我要给你的。当年，我还是个十三岁的少女，看见你穿着北洋海军的官服，威风凛凛地从这艘战舰上走下来，我就爱上了你。只是，十二年来，我把这爱藏在了心底，我不敢说，也不能说出来。

我说，你的爱，置人于死地，真的可怕。不过，我接受了。

枪响了。我从定远舰首落下，鹰与我越来越远，波光粼粼的海面与我越来越近。我一头冲进海中，周围一片寂静，到处是水泡和涌流。我越沉越深，海水裹挟着我，带着我上下翻滚。我的心中满是痛苦，仇恨，迷惘，不知何朝何代，何年何月。

二十二

我在阴郁黯淡的海水中沉沉浮浮，一会儿冰冷刺骨，一会儿沸腾滚烫，但我无法出声，无法呼吸，只听得到在一片死寂中，自己的心声似有什么要说，却又不知在说什么。直到我猛然睁开眼，我才记起，昨夜原来喝得酩酊大醉。

我只记起一件事。有个朋友问了我一个问题。他说，如果你是一艘战略核潜艇上的指挥员，当你在茫茫的海上航行，突然接到命令，要求把潜艇上的核导弹全部发射出去，你会怎么办？我有点困惑地看着他，似乎这是个根本不需要回答的问题。朋友又问，你要知道，通常在这种情况下，你的国家已经没了，已经没有什么需要你去保卫的了，这些核导弹不过是再毁灭一个国家。我脱口而出说道，我一定会按下按钮的，毫不犹豫！我当时暗想，我甚至不惜被你们称作野蛮人。

可是偏偏在这个问题之后，我就喝醉了，一下子跌入黑暗的海水中，看到一个庞大的身躯慢慢上浮。发射系统开启，发射管渐次打开，开始进入最后读秒。

在无边无际的黑暗里，我看到头顶有一丝微弱的光亮在颤抖，越接近海面，那光亮便仿佛越大越强。在黑色的身躯跃出海面的那一刻，我突然看到一片春光里的大海，天空中万道金色霞光，从四面八方刺入我的双眼。

死亡重奏

前　奏

你把苦难强加于我，

我把苦难变成武器……

序章　一个连的高地

在一米的距离上凝视着一颗一百零五毫米榴弹炮炮弹爆炸，你会看到比太阳还耀眼的光芒，听到巨大以至于无声的轰响。一瞬间，密集的弹片和冲击波像飓风吹过柳枝一样打断你的脊梁骨，撕碎你的肉身，还有你的耳鼓、视网膜、舌头、手指等等你与这个世界产生联系的感觉器官，却没有一丝疼痛。从此，没有时间、空间，周遭一片黑暗和寂静，这就是——死亡。

你一个人站在高高的悬崖上，环顾四周，同生共死的战友，血脉相连的亲人正与你渐行渐远。此时，无人可以交谈、可以倾诉，你只能默默倾听自己的心声。时间无多，每个人都必须从这悬崖上纵身一跃，或激昂，或悲壮，或恐惧，或怯懦。耳边满是呼呼的风声，看着高冷的夜空离你越来越远，而黑沉沉的大地正逼近你的后脑，随时会有重重的一击。在有限的时间里，焦躁达到了顶点，就像在阎王殿前的油锅里一样。煎熬过后，是无边的清凉。在脊背触到大地的那一刻，你突然满心坦然，尽管不知为什么，你发现自己可以安息了。然后，你的血肉之躯碎裂成无数块，与大地融为一体，四季轮回，共枯共荣。直到有一天，你发现，一个新的你重生了。

十四岁的二斗伢子觉得自己的头，被连长魏大骡子树根一样粗硬的手使劲向下压，一时间只看得见战壕壁上的冻土。接着，大地震撼，白光一闪，整个世界像是被滚烫的开水洗过一般。什么也听不见，来不及害怕，来不及惊慌，二斗伢子浑身麻木，一股黏热的血浆顺着额头，越过眉毛，流进眼睛，流过鼻尖，流进嘴巴。那只手还在头顶，二斗伢子壮着胆子，将其拿下来。它五指张开，保持着使劲用力的姿态，手腕被弹片打断，两根发白发黄的骨头支棱在外面，显得很锋利，几根粗大的血管汩汩地向外冒血，好像它还活着一样。

二斗伢子战战兢兢地侧过头，看见连长的下半身跌坐在手榴弹木箱上，血肉中露出几节又红又白的脊梁骨，肠子像一捆胡乱缠在一起的粗麻绳，摊在腰上，腿上，有一节垂到了雪地上，某个器官似乎还未完全死去，慢慢地，顽强地蠕动着，每动一下，便有一大股血冒出来，一波接着一波，顺着破烂的军裤，流到冻得硬邦邦的地上，渐渐失去热力，结成一层又一层的红冰。连长身后的战壕壁上，挂着密密麻麻的碎肉、牙齿、半块耳朵、几缕头发，还有布头、铜扣子、军衔，啪的一声，一只乒乓球大小的白色眼珠子，从布满血浆的战壕壁上落下来，发出清脆的一声响。

片刻死寂之后，是漫漫无涯的地动山摇。二斗伢子匍匐在战壕底部，像婴儿在摇篮里一样，向前慢慢爬行。不时，有几块冰碴从头顶飞下，打在脸上，有几片血肉不知从哪里落到离眼前几寸远的地方，在严冬里，还冒着热气，抑或有块火红的弹片，掉在身旁薄薄的积雪上，发出吱吱啦啦的声音，然后，渐渐变暗，最后变成冷冷的黑色。

到处是尸体，有的冻得硬硬的，有的还很软，二斗伢子是个新兵，刚刚补充到这个高地上，谁也不认识。爬过几条战壕，竟没发现一个活着的人。二斗伢子小心地抬起头，战壕顶上伸出一条腿，垂在半空。他看到一只美式靴子，于是微微探起身，奋力将那条腿拽了下来，一具僵硬的美国人的尸体便轰地落在了身边。二斗伢子将两只靴子扯下来，套在脚上，虽然很大，但很暖和，他感到特别欣慰。战壕的另一头，蜷缩着一个美军俘虏，衣领裹着脸，头埋在膝盖里，一动不动，看不出活着还是死了。二斗伢子顾不上管他，继续向前爬，身下的血水和着泥浆，又黏又滑，自己仿佛一条在淤泥里钻行的泥鳅一样。

又是一片寂静。二斗伢子明白，炮击过后，美军步兵便要冲上高地。但是此时，战壕里已经全是死尸，没有人站起来，没有人端起枪。二斗伢子从一个美军尸体腰带上扯下一枚手雷，握在手里。他站起身，向战壕外面望去，白茫茫的一片，被炮弹炸过的雪地露出一大块、一大块黑色。二斗伢子觉得特别孤单，没有一个战友可以和自己分享此刻的恐惧和悲伤。他捡起一面沾满血水，此时已经冻成铁片一般的红旗，插在弹药箱上，打开手雷的保险拉环，闭上眼睛，等待美国人的军用皮靴踩在眼前的雪地上。

闭目许久，没有一声枪响，也没有皮靴踩在雪地上发出的窸窸窣窣声。二斗伢子困惑地睁开眼，向夜色中望去。美军的坦克正在远去，发动机在空旷的山谷里发出嗵嗵的声音，像是有人在敲一面巨大的皮鼓。二斗伢子筋疲力尽，昏昏欲睡。严寒像一张巨大的棉被，铺天盖地，让人渐渐失去知觉。不知过了多久，二斗伢子从梦中惊醒，万道阳光从高空刺入双眼。他觉得浑身硬邦邦的，像一块磨盘石，无法动弹。高地下的公路上，正经过一支队伍，土黄色的军装，红色的旗子。一个穿着黄军装的男人离开队伍跑上高地，站在雪地上高喊，还有活着的人吗？还有活着的人吗？没有人回答他。二斗伢子想高喊，可是胸腔和嘴却像冻住了一样，发不出一丝声音。此时，他既焦急，又委屈，还有一丝莫名其妙的幸福感。情急之下，他用尽最后的力气，一把抓住旁边的红旗，微微摇动了几下，便什么也记不得了。

魏大骡子

魏大骡子！

到！

你过来！

嘿嘿，团长，什么事？

这表你拿去，从一个打死的美军中校手腕上扒下来的，我戴了几天，还挺准。

有什么任务你直说，这表太金贵，我不要。

操，非得有任务才送你东西吗？

嘿嘿，那好，没事我先走了。

你他妈给我站住！

什么事？

过来！到地图这边来。7号高地看清楚没有？它下边有条公路看清楚没有？美军一个集团军和南朝鲜十来个师被我们围住了，正使出吃奶的劲儿往南逃，这条公路就是他们唯一的活路。九兵团一二三师正在打穿插，在他们到位之前，你们连必须守住7号高地。

守多长时间？

五天、七天，说不好，一二三师什么时候到，你们什么时候可以下来。

人打光了怎么办？

没了多少给你补多少。

我也没了怎么办？

那就再上一个连，只要我活着，年年给你烧纸。

明白了，我这就回连里边去。

大骡子，等等……真想咱俩换一换。

换个屁啊！该谁的就是谁的。团长，你他妈的能不能不哭丧着脸？

连长魏大骡子一看到这个高地，就知道自己怕是活着回不去了。干硬的土地上满是枯草，四面八方吹来严冬的冷风，发出呜呜的鸣叫，显得这世界格外空旷。他想，这是个埋人的好地方，视线开阔，天高地远，死在这里，无牵无挂，就像扔在田头的一块牛粪，来年春天，野花遍地，又是一派生机勃勃。

黑沉沉的乌云在头顶不远处飘过，又湿又冷，冻得耳朵针扎一样痛。魏大骡子用一把美军的十字镐刨战壕。地冻得实了心，一镐下去，只刨出碗口大的一捧土。这让他想起十几岁的时候，给娘刨坟的情景。那年冬天，娘到江边扒鱼皮，一颗冷枪子弹打过来，娘就一头栽进了江面上凿出的冰洞里。等爹去找她的时候，娘已经像冻在江面上的一条破船，任凭镐头刨、铁锹铲、开水烫，也无法将她弄回来。江边厚厚的冰层里充满了细细的气泡，魏大骡子看到冰面上露着一只男人的脚，脚上有只布鞋。他站在这只脚旁边，朝冰面下望去，里面倒悬着一个穿长衫的白胡子老人，瞪大眼睛望着自己。魏大骡子想起来了，这是镇子东头的老秀才，柳公权的楷书写得非常好，日本人几次叫他到镇政府当官，都被他拒绝了。几个月前的某个半夜里，他家院子传来狗叫，有日本人汽车响。从此，人们便再也没见过他，传说是被日本人请到哈尔滨皇宫里当参议员去了。

魏大骡子跟在爹的身后向山里走，找个向阳的坡，把娘埋了。雪有尺把厚，每走一步，又硬又冷的雪壳就会顶到他的裤裆，又是一阵火辣辣的疼。爹越走越累，一言不发，只见得从脸的一侧冒出浓浓的白雾，还有粗重的喘息。过了许久，手和脚尖也冻得失去了知觉，然后是一阵又一阵尖锐的疼痛。再后来，魏大骡子与爹的距离越拉越远，但爹没有回头看他一眼，他也不敢喊爹停一停，因为这样冷的天，谁也不能停下来。两个人默默地走着，命悬一线。走到一个向阳坡时，雪面白得刺眼，像涨了潮的江水一样。山风刮起雪沫子，打在脸上仿佛扒开层皮一样疼。爹指着不远处的两个雪包，道，给爷爷奶奶磕个头。

镐头尖在魏大骡子手中摇摇晃晃，落在冻得硬邦邦的地上，只有一个白点，让他非常绝望。满耳风声，震耳欲聋，他不能乞求别人的帮助。他倔强地一次又一次举起镐头，看着地上出现一个白点，又一个白点，直到越来越多的白点。等地面上勉强出现一个人形的浅浅小坑时，魏大骡子和爹快累瘫了。再挖下去，就没力气走回村子里。爹说，就这样吧，先用雪盖着，开春了再深挖挖。

魏大骡子跟在爹身后向回走，晕晕欲睡。他仿佛看见爹挑着扁担，筐里坐着两岁的妹妹，从山东逃荒到东北。爹对魏大骡子说，死死抓住箩筐绳子，别松手，松手了谁也管不了你。魏大骡子那年才四五岁，他真的不敢松手了，鞋子掉了也不吭一声，不瞅一眼，手磨烂了，淌血了，也不觉得疼。他死死盯着爹干瘦的屁股，脑袋被大人们的胯骨、包裹撞得生疼、发晕，也努力坚持着，唯恐掉了队，落在混乱的逃荒人群里，无依无靠。有一天，他发现筐子里的妹妹不见了。他也不敢问，生怕自己也像她一样，突然就消失了。长大以后，有次听娘说，妹妹是饿死的。两岁大的孩子，既没奶喝，脾胃又细弱，最不好活了。

后来，爹站在一大片土地前，用手抓起一捧大酱一样的泥土，看着浓黑的浆汁从指缝间缓缓冒出，道，这里的地养人，撒下种子就能长出粮食，咱们不走了。直到这时，魏大骡子的小黑手才敢松开箩筐的绳子，小心翼翼地走到这片黑土地里，像走进夏天又温暖又柔和，如丝绸般的湖水里一样。这土又松软，又潮湿，仿佛有油脂，不用说一颗种子，就是一个人在这里活得久了，也一定是高高大大，健健壮壮的。魏大骡子在爹垒的土炕上睡着了，睡得一头一脸的汗，一口气睡了三天三夜，每根骨头都像发了酵的面一样，轻飘飘的，疯狂地吸吮着泥土的气味，嘎嘎有声地生长着。魏大骡子激动得在梦中流泪，庆幸黑土地给予他的一切恩赐，凶年的噩梦渐渐远去，隐隐的生机正在复苏……

王大心

指导员，你来讲两句。

我只讲两句话。第一，大家都是老兵，我看遗书就不必写了。你们存在我那里的遗书都塞了满满一挎包，再写怕是也写不出什么新东西。第二，人在阵地在！这句话的意思就是，无论在什么情况下，我绝不允许一个人逃跑，绝不允许一个人投降！我王大心和大家一样，死亡面前，人人平等。我可以最后一个死，但我不会在大家都死了之后，我一个人还活着。我这样要求九连的每一个人，我也这样要求自己。如果我没做到，每一个看到我的人，都可以第一个枪毙我。

指导员，你别说了，大家有眼睛，看得见，炊事班做的炒面你没多吃一口，缴获的美军肉罐头你没留下一个，现在还穿着单衣，这些话，我们信你的！

第二章　奏鸣·炮击

没有人能拒绝死亡，就像没有人能不恐惧一样。一枚炮弹在你的身边无遮无拦地爆炸了，这是你没想过的事情，因为你第一次遇到它，也可能是最后一次遇到。你辛苦一整天挖出的战壕在一瞬间就变成了圆坑，刚才还活生生的战友被抛上了天，落下来的时候变成了一只手、一只脚或一只器官，你被埋在不那么深的战壕里，黄土下一片黑暗，无法呼吸。那比世上最响的声音还要巨大的炮弹爆炸声像硝酸一样，洗去你所有的记忆，所有的誓言，所有的崇高，所有的忠诚。此刻，你的肉身被震得麻木无力，脑子一片昏昏沉沉，耳朵里满是杂乱无章的鸣叫，所有与性命无关的东西都变成了子虚乌有。你趴在土地上，土地便是你生命的摇篮，你站起来，天空就是死亡的海洋。

极度的窒息，使得绝对的黑暗变成狂躁的浓红。某一块不那么有力的弹片，穿过黄土，轻轻地咬在了你的肉身上。你不敢回头，焦黑的浓雾散尽，你觉得自己被牛头马面牢牢抓住腿脚，身下是一口巨大的铜锅，黄金一般的浓油闪着贪婪的热光，每一个溅起的油花都像是一只喝血的舌头。你挣扎着想远离这口铜锅，但你不能拒绝，你绝望地向翻滚的油水里望去，一张黑色的面孔在油水下面狂笑。它手舞足蹈，兴高采烈，翠绿色的眼珠子里有一颗紫色的瞳仁，那瞳仁兴奋地一张一缩，一股脓血一般的稠黄色液体从眼角流出来，像仁慈的眼泪，又像是饥渴的口水。

黑色的面孔在油水下移动，渐渐游出锅底，升到你的眼前。紫色的瞳仁紧盯着你，仿佛早已把你的心底看穿。面孔上厚厚的嘴唇如同铜锣一样扇动着，发出沉重的嗡嗡声。尽管你听不懂任何一句话，但你却不可思议地一下子就明白了其中的意思。一只毛茸茸的黑色手臂从面孔后面伸出来，细长的手指上长着几寸长的绿色指甲，上面滴滴答答地落着血珠子。那指甲尖上轻轻地夹着一枚碎裂的三角形炮弹片，滚烫烧红，边缘锋利，仿佛刚刚爆炸过后，飞在半空中，被这只黑手捉住一样。细长的手指张开，这只弹片顺着铜锅的边沿滑进油底，拉出一道道如同彩带一样的血迹。两片厚嘴唇瓮声瓮气地说，你若能亲手拾起这枚弹片，就可回世间走一遭，若无胆量，便须在地狱再等上五百年，何去何从，你自己选择。

那只翠绿色的眼珠子看着你，出其不意地眨了一下，发出一声清脆的响声。那一刻，你的心彻底沉静下来，像大海边的礁石一样。你发现，那张黑色的面孔其实并不代表着恐惧，当然也不代表着仁慈，它超越于这之上，当你越过绝对的恐惧这道门槛的时候，你便再也不会害怕面对这张脸。

你伸出手，探向翻滚的油锅。你看见躺在锅底的那枚弹片，上面刮痕累累，也许刚刚击碎一块黄土下的石头，也许刚刚打断一根战友的脊梁骨，也许刚刚掀开一颗头颅，边缘翘起的锋口里或许还夹带着黄土、血肉、脑浆等等东西。你下定决心，必须亲手将这枚负载着累累恐惧、仇恨、留恋、宽恕、希望、懊恼、剧痛，以及一切一切人间苦难的弹片，从油锅里捞起来。

手指碰到沸腾的油水的那一刻，你感到的不是钻心的热烫，而是彻骨的寒冷，油水仿佛一瞬间凝固，将你的手指冻在了铜锅里。同时，油水急速下沉，拽着你下落，好似落进了一个没有尽头的隧道。你很惊异，这是你从未体验过的感觉，好像从此脱胎换骨。你本应害怕，却不可思议地有些幸福感，仿佛有人告诉你绝不会有事。速度越来越快，一块白色的东西迎面向你撞过来，转眼间就到了跟前，足以使你粉身碎骨，你想大喊，却叫不出声。突然，你的脑子里一片空白……

坑道底部，堆了厚厚的黄土。每一发炮弹在周围爆炸，便有一层黄土从天而降，哗地一下子铺了满地。一下接一下的颤动，从大地深处传来，使一切生灵越发觉得自己的渺小。突然，万籁俱寂，只有太阳灰白的光线晒在干冷的空气中发出嘎嘎的脆响声。高地下面，传来坦克履带和美军步兵皮靴底子压在雪面上的咔咔声。

战壕里的黄土微微动了一下，接着，又是一片寂静。停歇了片刻，黄土又轻轻动了一下，并鼓出了一个小包。这个小包不断壮大，一些黄土屑从小包的顶部快速滑落。然后，一颗带血的指甲露了出来，再然后，是一根又黑又粗的手指。指甲龟裂乌黑，手指满是伤疤，这只手努力地向上举，仿佛要找什么。后来，整个一只手掌也露了出来，五指如钩，好似如若抓住什么东西，就会像鹰爪抓住一只老鼠那样绝不松开。接着是一只手臂，啪的一声，拍在了战壕壁上，指甲深深嵌进冻硬的黄土中，向下用力，留下了深深的沟壑。许久，这只手臂似乎在积蓄着力量，又似乎在寻找着什么。

猛然间，一个浑身烧伤的战士从黄土下站了起来，军装碎烂，几缕布条在风中飘荡，铺天盖地的沙尘从头上，从身上洒落。他满脸血红，脸颊上几片白肉翻卷着，像一只熟透的白茄子，裂开一道深达颧骨的缝隙。他怒叫着，瞪着垂死挣扎的公牛一般的红眼珠，推开战友的尸体，操起了一挺重机枪……

上官富贵和他的一条线

连长，我得守多大的一块地呀？

富贵，你是个老兵了，这屌事儿还要问我吗？

你还是给我划道线吧，没这道线，我心里就是不踏实，没办法呀！

好，好，好，我用脚尖给你划道线，你这个富贵啊，榆木脑袋。

嘿，嘿，嘿，你划了这道线，我心里就亮堂了。你放心，我不会让鬼子越过去半步，这一亩三分地儿，就交给我了。

二十年前，上官富贵他爹把自家那一亩九分地的地契攥出了血，狠狠心，卖了个女儿，换回了十斗粮，使全家活过了荒年。十六年前，河南大旱，上官富贵他爹饿死在了炕头，枕头下面还压着这张地契。十年前，全村男子与邻村发生了械斗，死伤数百人，就为了能给自家的地里多浇几桶水。八年前，黄河决口，上官富贵家的地成了一片汪洋，颗粒无收，全家九口逃往陕西，但仅他一人活了下来。彼时，上官富贵浑身上下没有一颗粮食，只在裤裆里缝了一张地契。

天空蓝得让人发慌，太阳肆无忌惮地暴晒着大地，让满世界都矮了许多。人世间仿佛静止了，不向前，也不向后，你暂时还站在地上，却能闻到死亡的气息。上官富贵爹佝偻着身子，往一棵瘦瘦的青苗上撒了一股焦黄的尿。裂开很大一条缝的黄土像烤焦了似的，冒出一股青烟，还没一袋烟的功夫，那尿水就蒸发得无影无踪。一排排青苗稀稀疏疏的，黄土地上的裂纹从脚下延伸到天边，仿佛是生了牛皮癣的头皮上癫癫巴巴地长着几缕头发。

爹背着一只木桶，踩了踩地头的界石，对身后的上官富贵说，记住，有地就有命，没地就没命。上官富贵和爹趴在坚硬的土地上，尖利的硬土块刺伤了膝盖，流了血，但两个人都不觉得疼。爹用木勺一口一口给青苗喂水，上官富贵看到那水就像泥鳅一样，钻进土里便无影无踪了，但爹仍然像一条忠心不二的老狗，死心塌地地浇着水。一只瘦得皮包骨样的田鼠咬断了一根青苗，爹发了疯似的跳了起来，举起木棍向它打去。老鼠钻进了土洞，爹跪在土洞前，一下一下把洞掘开，越掘越深，越掘越狠，红了眼似的。掘了几尺深，那只大田鼠护着一窝没睁开眼的粉嫩的小鼠，吱吱叫着。爹用尖头木棍一下子将大田鼠戳穿，甩在地上，又一下接一下地戳去，直到它成了一摊血泥。爹又将小老鼠捉出来，一只一只摔死在地上，又高高抬起腿，一脚接一脚，结结实实地碾上去，使干燥的黄土地上多了几摊血色。

爹蹲在界石上，眯起眼，瞄着地上那条并不存在的交界线。他站起来，用脚把这条线踩了出来，一步一步，认认真真地使这条线清晰起来。交界线那边的地荒着，邻家人放弃了坚持下去的决心，逃荒去了。他们家的地干裂不堪，连杂草都枯死了，像压在坟头的黄纸一样。而界线这边，地上留着一小窝一小窝湿土，每块湿土上颤巍巍地活着一棵青苗，若不是旁边站着两个人，你会觉得这千里赤地上的一抹绿色简直就是神迹。爹的手又黑又裂，像烧火棍子的尖部，关节粗大，皮子皱裂，指甲沟里挤满了泥。这手不知疲倦地抓起一块土疙瘩，使劲捏碎，或者像犁子一样，插进干硬的土壳下面，把一支草草的长根挖出来。爹手拄着腰，挺着脊背，嘎巴嘎巴地站起来，扛起木桶，说，看，咱们还有救！

上官富贵和爹已经一天没吃东西了，觉得金黄色的天空里隐隐有一层焦黑色，很吓人。爹弯着腰，后背上驮着半桶黄泥水，下巴快要蹭到枯硬的土地，黄泥水不时溅出，打湿了爹的脊梁，又顺着他的鼻尖流到了地上，发出嗞嗞声。爹沉默不语，半桶黄泥水在十里土路上慢慢行进。上官富贵说，爹，我饿。爹说，大家都饿，没死就是福。上官福贵又说，爹你停会儿，我看见你的腿在抖呢。爹说，不能停，停下就再走不动了。这时，一声脆响传来，爹一头摔在了地上。

爹是在自家炕头死的，临死前让娘把地契垫在了头下边。十几个村里人抬着爹，走在焦干的土路上，战战兢兢，有气无力。路边倒着两具黝黑的尸首，鼓鼓胀大的圆肚子，仿佛终于吃上了一顿饱饭。肚子上下，连着两条细胳膊细腿，一点肉也没有，只剩下一层脆硬的黄皮。尸首的嘴唇厚厚的，向外翻，仿佛在笑，两只眼睛突出着，又大又白。只听砰的一声，尸体的肚子破了，飞溅出密集的绿色汁水，溅得送葬的人一身一脸，同时一股浓烈的恶臭袭来，招引来一群哇哇大叫的乌鸦。

村里人草草地挖了个坑，浅浅地埋了爹，坟包底下还露出爹的脚趾。

娘哭着求大家再挖一点，但男人们头也不回，匆匆走掉了，谁能知道下一个躺在路边的会不会是自己呢？娘抹了把泪，在爹的脚趾上盖了几把干土，使得坟上又多了个小包。上官富贵和娘往回走，路过自家地时，发现村里人正蹲在地上，一把一把撸下青苗上未成熟的谷粒，不管不顾地往嘴里塞。娘号叫着把一个男人推倒在地，那男人歉疚地看了娘一眼，眼睛里闪着乌蓝色的光，爬起来，躲得远一点，又蹲下来，贴着地面，露出长牙，像蝗虫一样啃起青苗。娘有点害怕了，她知道不会过多久，吃人也不是什么新鲜事。娘掉了几滴泪，对上官富贵说，你也在这儿吃吧，往死里吃，娘先回趟家。娘回来的时候，带了地契和一张黄草纸。说也奇怪，这地契就像张降妖符一般，每个吃了青苗，面色青黑的男人一见这东西，都乖乖地咬破手指画了押。有一天，娘说，看来，村子里是待不下去了，咱们也得逃荒。临走时，娘把地契和草纸塞进陶罐子，埋在了老屋门前的院子里。多年以后，吃过上官富贵家青苗，并且经过无数次洪水饥荒还活着的男人们恢复了礼义廉耻，无数倍地偿还了他们欠下的粮债。他们只有一个要求，就是把自己多年前画过的押从草纸上彻底抹去。而此时，这片土地上已经没有地契这种物件了。

肉搏

无数颗炮弹，像犁子一样，把高地深深地挖了个遍，就像用五指梳理一小块沙地，你觉得这沙地里不可能再有什么生命了，可是，炮击停止的时候，仍然有数不清的战士，像遗落在土里的黄豆粒一样，从雪地下钻出来。

上官富贵晕晕乎乎地坐起来，拍了拍头发里的土，摸了摸浑身上下，没少一个物件。他既不庆幸也不后怕，就像当年他只身逃到陕西的时候，拿到一块当地人给他的饼子，一屁股坐在地头上大嚼起来那样。这一刻，没有眼泪，没有语言，没有笑容，生生死死之类的东西早已经淡了。他像拿起一根锄头一样拿起落在身边的大杆步枪，趴在地上，好似一只精明世故的大马猴子，从容不迫地向冲上来的美军士兵瞄准射击。

一枪一个。上官富贵有些不能理解，这些美国大兵冲锋时干啥还要大喊大叫，还要慌慌张张地胡乱打冲锋枪，这些东西完全没必要嘛！一个经历无数天灾人祸，并且捡了条命回来的河南农民，对这些个东西是很麻木的。每打中一个美国大兵，上官富贵都有种很可惜的感觉，不是因为打死了一条生命，而是觉得那些个大兵长得如此健康强壮，身上的装备如此精良丰富，只用一颗子弹就给报销了，真是有点可惜。上官富贵看到一个美国大兵被打中了脖子，瞬间喷出一股血浆。他捂住脖子，摔倒在地，痛苦地望着天空，浑身扭动着，高声嚎叫，表情异常丰富。身边有人继续向前，他伸出手臂，向别人求救，可无人能帮助他。他绝望地在胸前划着十字，一遍一遍地划，直到最后没了一丝力气，双手猛地垂在地上，死掉了。上官富贵觉得这些身高马大的外国人对死亡的表达真是太夸张了，岂止是夸张，简直就是奢侈。大灾之年，人死了，不过是路边一具破了肚皮的尸首，捡了条命的，就继续赶路。娘死的时候，不过说了句，富贵，娘走不动了，你继续赶路吧。说完，她把半块玉米饼子塞在上官富贵手里，又推了他一把，慢慢躺在土路边，便闭上了眼。像他们这样大哭大叫，又何必呢？

才打了三五发子弹，美国人就冲到了魏大骡子给他划的那道线跟前，眼看就要踏过去。上官富贵这才有点急了，他用和爹一样黑粗、皲裂的长手，握住刺刀，猫起腰，向跑在最前面的那个美国人冲去。美国人蓝眼睛，长胡子，样子很陌生，又很凶神恶煞，他狂叫着外国话，似乎想吓唬眼前这个瘦弱的河南农民。他一手拿着刺刀，另一只手里握着把手枪，枪管对准上官富贵。可是美国人并不知道，这个河南农民的眼睛并没看他，对那只黑洞洞的枪口也很漠然。河南农民不过是低着头，死死盯着那条划在地上的线，心头总是想着爹临死前说过的那句话，有地就有命，没地就没命。而且在这个河南农民眼里，美国人实在是太虚张声势了，他倒要看看，是谁的刺刀先要了对方的命。一颗子弹穿过上官富贵的胳膊，扯开了一缕布条，可他竟然没什么知觉。又是一颗子弹穿过他的肚子，上官富贵低头看了看，觉得自己既然能活着逃到陕西，就一定能再冲上几步。美国人到死也没看清楚，这个瘦得像野狗，衣着破烂得像叫花子一样的人是怎样冲到自己跟前，又是怎样从斜下方，用刺刀戳穿了自己的脖子的。

上官富贵感到一双似乎比自己的腰还粗壮的手臂，从后面把他抱住。他很困惑美国人为什么这么愚笨，把一次生的机会留给了他。因为他觉得此时此刻，美国大兵应该拿起一把工兵铲，照着自己的后脑勺来上一下子才对。在生与死的选择上，难道还有什么可迟疑犹豫的么？上官富贵像一条浑身湿滑的瘦鱼，从美国人手臂中间转了一个身，张开大口，露出焦黄的牙齿，一下子咬在了那只白生生的耳朵上，一口咬下了半截，又一口连根咬下。上官富贵没给美国大兵大喊大叫的机会，略一低头，咬住了他的脖子，嚼碎了皮肉和一条动脉血管，直到鲜血糊住了眼睛，直到美国人不再挣扎，上官富贵才松开了牙齿。

一个没戴钢盔的美国人坐在战友的身上，巨大的双手使劲扼住战友的喉管，眼看战友的面色青紫，渐渐失去抵抗的能力。上官富贵抓起一枚手榴弹，照着那个覆盖着金黄头发的美国人后脑勺砸去，一下子便在那个美丽优雅的头颅上砸出一个深坑。那个美国人没有倒下，双手依然放在战友的喉咙处。上官富贵就一直麻木地用手榴弹向那个红白相间，有些豆腐脑一般的膏状物冒出来的脑壳砸过去，一下，两下，五下，八下，直到这个高大强壮的肉身完全屈服倒下。此刻，上官富贵脑子里浮现的，是爹用木棍戳死咬断青苗的田鼠的画面，谈不上残忍，也谈不上怜悯。上官富贵觉得自己身体里的血也在流尽，他特别疲劳，好像自己走在逃荒的路上，两天三夜没吃过东西，喝了几口雪水，啃过几块树皮，生与死如一缕游丝，进一步是生，退一步是死，看到路边的死尸也不痛不欲生，别人给了他半块饼子也不欣喜若狂。

恻隐

不知过了多久，美国人撤退了，留下了几十具尸体。上官富贵晃晃悠悠地走在破败不堪的高地上，看到一个美国大兵仰躺在地上，腿断了，睁着眼睛，还活着。他走过去，美国人伸出双手，仿佛是投降，也仿佛是向他求救。上官富贵木然地望着地上的俘虏，仔细打量着美国人的眼睛。良久，上官富贵似乎从这双眼睛里看到一丝软弱，一丝无助，最重要的是看到一丝歉疚，如同当年村子里的男人抢吃他家青苗时的眼神。上官富贵心想，饿慌了的人吃几口你家的粮食，那不是他的错，再怎么说，活人比死人重要。于是，他叹了口气，走上去，小心翼翼地用脚尖将俘虏身边的冲锋枪踢得远一些，弯下腰，拽住他的一只手，用尽力气将他拖进了战壕里。

天黑了，严寒来了。上官富贵一屁股坐在俘虏对面，慢慢闭上眼睛。半夜里，魏大骡子过来推了他一把，发现这个经历过大灾大难九死一生穿着破烂军装的河南农民，死了。

皴黑的手脚

清晨，远处山坳里透出一股橙红色的光，但这光却没带来丝毫温暖，战壕里仿佛是一条冰冻的河床。高地下面，一小队美军士兵用竹竿挑着块白布，没带枪支，小心翼翼地向阵地深处走。魏大骡子向下望了望，用拳头砸了砸冰块一样的脚，吐了口唾沫，道，收尸的，让他们上来吧。他一瘸一拐地沿着坑道转，谁还低着头坐在地上，他就使劲推谁一把，如果那人抬起头，他就大吼，别坐着，小心冻死！如果那人一声不吭，僵硬地翻倒在地上，保持着原来的姿势，他就抹一把泪，道，抬到那边坑道里去吧，放在这儿碍手碍脚。

阵地上的美国士兵发现尸体上的皮靴子、棉手套，还有军大衣、棉帽子都不见了，死去的战友就这么没尊严地穿着衬衣内裤，有的还是赤裸着，躺在冰天雪地里。一个大个子美国人愤怒地向高地顶上伸出一根粗大的中指，吼叫着，法——克——油！魏大骡子伸长脖子望了望，不屑地说道，你们他妈的是饱汉子不知饿汉子饥啊！说完，他也向天空举起胳膊，学着美国人的样子，树起一根中指，大叫道，法——克——油！他不知道这话是什么意思，但肯定这是句骂人话。

愣了一会儿，魏大骡子转身道，趁着这功夫，咱们也把自己人埋了吧，虽然死了，到底还是在土里安生些。活着的人七手八脚把十几具尸体抬到了一处已经没人守卫的战壕里，战壕很浅，几乎被炮弹削平了。大家把魏大骡子找过去，吃不准是应该让尸首坐着埋在土里，还是躺着埋在土里，因为尸首全部是蜷着身体，冻得硬邦邦的。魏大骡子想了想，道，还是躺着吧，人都死了，应该歇息歇息。这样，冻成一坨的战友们，被四脚朝天地并排摆在了浅浅的坑道里。然后，大家给他们盖上雪与土混合冻成的硬块，慢慢地，坑道被填平，成了一个个黑白相间的小包，只是这些小包上还露出半只脚或半只手。

魏大骡子阴沉沉地望着这些小包，说道，把他们的皮靴还有棉手套扒下来，还穿着单鞋子的，你们套上。大家犹豫着不想动手，魏大骡子看看自己脚上的单鞋子，第一个扒下了一只靴子，套在脚上，咧着嘴道，真他妈暖和！你们怎么还不动手？人活着比什么都重要！你们指望死人来守高地吗？快，动手扒！

活着的人有了皮靴和皮手套，回到了各自的战壕里。一阵阵干硬的寒风吹动着那些孤零零的小包，把一层层未盖严的雪土吹走。渐渐的，一只只脚和一只只手露了出来。这些手脚早已冻得发青发黑，有的已经腐烂，乌黑中透着红色的血肉，有的露出青白的骨头，后脚跟上的厚皮老茧如墙，一下子干裂到了红肉，像大旱时龟裂的田地。有的脚趾又长又弯，关节粗大，扭曲在一起，在长期行军中严重地变了形状。有的五指空握着，似乎生前抓着枪杆或手榴弹……

第三章　咏叹·饥寒

美国人远远地停下来，不再进攻，把高地上的人留给更可怕的敌人。他们缺衣少穿，却把每一次战斗变成一次收获，从对手那里获得物资。美国人看清了这一点，他们在想，高地上的那些人会从严寒里获得什么呢？严寒是绝对的，它只有对生命的否定，而没有一丝一毫给予。

天顶吹来的风像一把扫帚，一遍又一遍地拂动着钢针一样的雪与土，填满一道道裂隙、沟壑、伤痕，无声无息、轻描淡写，仿佛死亡是从未发生过的事一样。一个战士睁着眼，仰靠在战壕边，望着天空。雪粉哗哗地落在他的眼睛上、嘴上，以及裸露的伤口上。起初，雪片被热气消融，聚集在眼珠里，越凝越满，又慢慢流下来，好似泪珠一样。寒风继续吹动，雪土无边无际，任何生命都不能与之争锋。一阵风，又一阵风，雪片不再融化，渐渐将战士的身体覆盖，慢慢变成一个人形雪堆，最后连一个鼓包也不见了。

文书王尽美猛然间从梦中惊醒，脚尖上剧烈的疼痛不见了，感觉又麻木又舒服，仿佛脚尖那里是一片虚空。他艰难地翻了个身，浑身每个关节都仿佛冻住了，嘎巴嘎巴直响。他拼尽力量踹了几脚战壕墙壁，直到一丝一丝刺痛传来，才觉得这个世界真实起来。他知道，疼痛意味着生存，香甜预示着死亡。

手像柴火棒一样，明明想用力弯曲，却一点知觉也没有，好像不是自己的。王尽美把一只手伸到雪壳下面，扒出一只铁皮罐头盒。这牛肉罐头是前几天从美军尸体上找来的，早就吃完了，盒子底部还剩下一层薄薄的油脂。王尽美把口袋里最后一块玉米窝头搓碎，放在罐头盒里，小心地把油脂蹭下来。最后，他得到一颗核桃大小的玉米球。在他把玉米球拿出来时，罐头盒边缘锋利的刃口将手指划出一道很深的口子，可离奇的是，浑身的血液像凝固了一样，竟然一滴也未流出来，自然也感觉不到疼痛。

他饿吗？一点也不。胃就像屠宰过后的牲口内脏，给扔在了冬天里的石板上，冻得结结实实，又酸又苦，还有长久的，迟钝的疼痛，多一点吃食，少一点吃食都没法缓解它。浑身无力，懒懒的不想动弹，周身慢慢被一种甜丝丝的感觉所浸染。死亡可怕吗？无非是无所顾忌地沉浸在这种感觉中，不去管它罢了。高地如果是最后的墓场，也没有什么可痛苦的，只是在它还没有成为墓地之前，就必须待在这里。无处可去，也无家可归，也许过不了多久，就可以安然离去了。

玉米球像一颗蜡油味的药丸，吃下去，就可以多活一会儿，无所谓享受，也无所谓难忍。王尽美久久地打量了它一眼，小心地咬下半块，用牙床努力地嚼碎它，可它像沙子一样，一粒粒地粘在嗓子眼，粘在牙齿上，无法下咽。他又抓起一把雪，塞进嘴里，一时间满嘴麻木，待雪水慢慢融化，又几经用力，终于将这一口又冷又硬的玉米团咽进胃里，于是，腹部又传来一阵又沉又闷的疼痛。

不远处传来咔咔的响声。王尽美困惑地转过头，看到远处埋尸体的战壕里，一条瘦得皮包骨样的野狗正歪着头，咧出焦黄的牙齿，卖力地啃着露在外面的手指和脚掌。他不禁对这条顽强生存的野狗心生敬意，惺惺相惜地看着它。片刻，他抬起枪，瞄准了它。野狗咧着嘴，一边啃着骨头，一边警惕地盯着这边。王尽美的手一直在发抖，准星在野狗的周围乱晃。终于，野狗停了下来，机警地想了想，腰身一扭，瞬间便消失得无影无踪。

王尽美把枪放在一边，努力把背靠在战壕边，漠然地望着风雪中的灰色太阳。它在半空中，仿佛在纱一样的幕布上抖动。时间像把锯子，慢慢地，一下一下锯着骨头。它一动不动，仿佛只有永恒的寒冷。渐渐地，太阳在变暗，变成铜色，又变成铁灰色，最后变成黑色，像黑洞洞的枪口。王尽美闭上眼睛，世界的深处传来一声沉重的巨响。

幽香

　　一九三七年秋天，刚下过一场薄雨，南京城里潮湿而又阴冷。王尽美十三岁，他蹲在一棵梧桐树下，看着一只蚂蚁把一粒米搬进洞里。梧桐树翘起一片又一片很大的树皮，王尽美把它掰下来，放在鼻尖闻了闻，有股好闻的雨水的味道。接着，这雨水的味道之中又渗透出清淡的花香，好像一支刚从树枝上摘下来的花朵。他扭过头，看见一只小巧的红色皮鞋，一只笋一样的脚踝，然后是白色的绣着大牡丹花的厚旗袍，最后，是一张笑吟吟的脸。一只手伸到王尽美的鼻尖处，有个略带淡紫色，且亮晶晶的声音传来道，小美弟弟，咱们走啦。这是一只微微散发着热气的手，周围又冷又静的空气在指尖穿过时，像一池寂静的水被撩动了一样，然后，又是一阵桂花糖的香甜味抚在脸上。王尽美伸出手，发现上面沾了不少泥，就有点自惭形秽。于是，一块叠得方方正正的粉色手绢来到眼前，像一片从天而降的红色枫叶。

　　秦淮河里的水涨了不少，轻轻地拍在湿淋淋的青石板上，显得又厚又重。天是青灰色的，好像父亲案头那块端溪老水岩砚堂的颜色。空气水蒙蒙的，扑在脸上、头发上，慢慢结成细小的水滴。王尽美仰起头，望着河对岸一排排水迹斑驳的粉墙，一张张黯淡模糊的木窗，有种浓得化不开的惆怅。这惆怅不是害怕，也不沉重，而是一种抑郁，一种可望不可即的伤感。隔壁家的姐姐走在他一侧，沉迷地看着前方，手臂轻轻摇摆，指尖微微张开，一股又一股泛着羊脂玉一般的亮色，拨开沉重潮湿的空气，向四周围汹涌而出。

　　一个东西划过空气，落在水里，发出啪的一声响，有点类似于双手轻拍的声音，只是要比这声音强烈巨大一万倍。河水里激起一道苍白色的水柱，一时间满世界都仿佛落到水中一样，到处是水流、水滴、水花，密不

西元中篇小说选

透风，令人窒息。一只柔弱的手焦急地拉住王尽美，跑到河边的小巷子里。两人惊魂未定，背靠在湿漉漉的石墙上。隔壁家姐姐的头发上挂着水滴，几缕黑发贴在前额上，喘着气，关切地打量着王尽美。突然，两个人抱在一起，王尽美把头放在姐姐的胸前，感到她浑身发抖，心脏怦怦地跳。她的身体好似很幽深的泉水，又柔和，又清澈，飘着几片绿叶和花瓣，无声无息地流动，千年万年不变。一时间，王尽美特别伤心，觉得此时此刻的一切，正在落入时间的深渊里，一去不返，再也没有了。这凄美的颜色、柔弱的触觉、温婉的味道，还有水色的声音都将跌入到记忆里，世间再难有。姐姐流了泪，泪珠比河里溅出来的水滴更白更亮，还有些淡粉色的光晕，划过脸颊，滴落在王尽美的额头，流过鼻尖，越过嘴唇，滋润进他的嘴里，慢慢化开。

两人相视许久，直到周围人声骚动，才醒转过来。姐姐打开手中的小皮包，拿出一张不大的照片。相片里姐姐站在一座小石桥上，圆圆白白的脸，一只手搭在肩上，一只手里拾着一束梅花，有点害羞地望着远方。王尽美看得呆了，姐姐推了他一把，说，好好留着，照片在，姐姐就在。

上过一个小时的英文课，王尽美和姐姐站在门外。从美国来的神父站在暗红色的木门后，只露出半张脸，抿了抿嘴，道，明天你们就不要来了。姐姐问，您看我们能守住金陵吗？神父漠然道，不知道，主保佑你们，信主的人都将得救。说完，他在胸前划了十字。姐姐也学着他的样子，在胸前划了两下。

王尽美没有画十字，因为他对这个主还没什么感情，他想起了父亲。父亲有一间书房，整整两面墙是黑酸枝做的书架，并且摆满了书。那间屋子有种与众不同的味道，是木头的味道，又夹杂着清凉的香味，有时，案头的青瓷瓶里还会有几枝刚摘下的花朵，比如桂花、茶花、梅花，那房间里就会有好几天淡淡的幽香。

有一天，父亲的案头铺了一大张雪白的纸，纸上放着那块青紫色的石砚。父亲似乎很喜欢它，总将它放在视线之内，也经常用它磨墨。案头很高，王尽美的胸部刚刚与它平齐。这块砚很美，一周围是深紫色，砚堂中间是很浓很重的青色，像黎明时的天色一样纯净广阔，而这青色中间，又有一大片淡白色的砚堂，间或一圈一圈的纹路，像水面的波纹。父亲往砚堂中间浇了几滴房檐下收集雨水，拿出一块油亮的描金老墨，轻轻磨起来。一瞬间，一缕锋利的麝香、冰片味道传来，让人为之心头一震。墨块在砚石上慢慢滑动，像刀刃在猪油上游走一样，寂静无声，不急不躁，又稳如磐石。片刻，那几滴清水渐渐变黑发亮，像油一样稠。父亲又加了几滴雨水，心旷神怡地继续磨。

父亲道，墨是个好东西，写在纸上，几千几万年都不会变，前人叫它万古传真。说完，父亲小心翼翼地找开一只香樟木盒，取出一卷散发着浓郁樟脑味的手卷。父亲微笑着说，你看，这是宋人写的字，一千多年了，墨色还是这么栩栩如生，一笔一画纤毫毕现，仿佛昨天才写完一样。

父亲又道，来，你摸一摸这纸，和我们今天用的宣纸不一样！王尽美伸出手，刚才还在墙角挖蛐蛐，于是，那纸上就留下了一个泥黄色的指头印。王尽美以为父亲会生气，但他竟然开心地笑了笑，指着上面密密麻麻的朱红色印章，道，你知道这是些什么人吗？有皇帝，有大儒，有名臣，还有名将，都是历史上赫赫有名的人物，你小小年纪就在上面留下了痕迹，将来，还不知要费掉那些白胡子考据家们多少心血呢？哈哈。

父亲让王尽美坐在木椅子上，道，柳公权的楷书临得如何了？你来写几笔看看。王尽美战战兢兢地写了几个字，手有些抖。父亲看过，说，别看你的字丑，但用笔还真有些古人的味道，别贪玩，好好写下去吧。

父亲仔细地把王尽美的笔扶正，道，柳公权的字讲究一个骨，这骨可不得了，别看只是这么一笔，可它硬如钢铁，坚不可摧，唐代以来，中华民族世世代代习学楷书，这骨也千古相传，多少人为了它宁愿流血杀头也九死不悔。有骨才有中华，无骨便无中华。

红夜

一只干硬的大手扯住王尽美的衣领，又一只手将他拦腰拎起，扔上了一辆卡车车厢。那人衣领上尖利的金属领花在王尽美的脸上划出一道浅浅的血痕。车厢板上铺满了鞋底掉下来的干土疙瘩，硌得他半天动弹不得。

小子，你过来，让我看看。

你多大了？

十三岁。

不小了，把这套衣服穿上，给我当勤务兵吧。

我不想当兵，我想回家。

日本人要是进了城，哪里还有家？

可是我父亲还不知道呢！

守住了南京，我让你回家见爹娘。记住，你现在是七十二军的人了。

王尽美战战兢兢地把一件衣领袖口油乎乎的草黄色军服套在身上，军服的后背处还有一片干涸的血迹和一根钉子大小的洞眼。几个浑身汗臭味的男人粗鲁地坐在他旁边，随着车子摇摇晃晃，简直要把他的身子骨挤碎了。刚才跟他说话的男人一直盯着他看，满脸灰黑，脸颊处有一道伤痕，显得白亮亮的眼珠子特别大。说也奇怪，王尽美刚才还很怕这个男人，怕他手里那把沾着黄泥的盒子枪，现在，他倒发现这男人眼里有种特别的温情，让你不知不觉地就想跟着他走。猛然间，男人对他笑了笑，眨了下眼，红红的厚嘴唇，白白的眼珠子，让人心里很踏实。

黄昏，长江水拍打着石岸，一片血红。王尽美挨着男人坐在刚挖好的战壕里，男人嘴里衔着一根草棍，望着夕阳，脸红彤彤的。

小子，还想跑吗？

……

我知道你想跑，可是，等炮弹落到你身边，炸死几个人，尿了裤子，你就不想跑了。

为什么？

穿上这身黄皮，肩上有了几颗银花，你就会发现，阵地没了，你到哪里都一样，和没了家的狗差不多。

……

想一想，鬼子若是从这里过去了，南京城会是个什么样子？

……

小子，给我记住，我活着，你不许跑，要跑我枪毙你。我死了，你马上跑，但不要进城找你爹娘，要往长江里游，游到对岸去，或许能留条命。

……

王尽美的记忆，停止在了第一发炮弹落在不远处的那一刻。似乎有号叫声，似乎有身体断成两截的印象，但都不太清晰。是刺刀刺在大腿上的疼痛把他从无知无觉中唤醒。阵地上到处是尸体，一个日本兵提着刺刀，在每个尸体上戳上一下，如果这个尸体动了，就再往它的腹部、颈部戳上一下、两下、三下，直到这个尸体真的死了。王尽美一动不敢动，尽管大腿剧痛，但他庆幸日本人没有发现他，使得这剧痛简直成了一种喜悦。他眯着眼，看见男人站在不远处，还有几个老兵，由日本兵押着，眼光无神地望着战壕这边。

许久，阵地上每个尸体都被重新杀了一遍，一个日本军官吹了哨子。一小队日本兵押着六个战俘，向城里走。王尽美觉得男人似乎看见了他还活着，并且对他眨了眨眼，像是在向他道别。他突然爬了起来，一瘸一拐地追上了队伍，这下，六个俘虏变成了七个。

日本兵不可理喻地看了他一眼，一挥刺刀，让他站在了队尾。男人转过身，他的一条胳膊给炸断了，他用另一只手给了王尽美一个大耳光，道，我不是让你往对岸游吗？王尽美骄傲地望着男人，说，我要一直跟着你！

路边，有无数个大坑，有人正往坑里填土，里面是一片白花花的尸体。王尽美看见一长溜老百姓被铁丝穿着肩胛骨，有气无力地走在江边，他们前面的江水隐隐已变成浓红色。连王尽美都猜到日本人要干什么，可这些老百姓仍然顺从地向前走，或许他们需要一个谎言以维系侥幸活命的幻想，而日本人适逢其时地给了他们这样的谎言。

俘虏经过中华门时，太阳正在紫金山的山腰，像鸡蛋黄一样浓稠黏软，颤颤巍巍，似乎随时都要破掉，又像一个刚刚剪断脐带的婴儿，浑身是血，脆弱无助。阳光仿佛是某种液体，从山上倾泻下来，把世间的万事万物都染成了血红色，波涛汹涌，响声震天。

王尽美排在俘虏的队尾，走在街中央。街两边的门窗都打开着，像戏台上的包房一样，只是这一回，演员在包房里演戏，看客在舞台上看戏。有个日本兵揪住一个白发长衫老人，把他甩在街边，对着他的后脑来了一枪。一扇木窗被踹开，有个襁褓中的婴儿从二楼扔了下来，那哭泣声像只红嘴的小鸟，只叫了一下，便悄无声息。接着，一个浑身赤裸的少妇与日本兵扭打着冲到窗前，疯狂地抓破了日本兵的脸。那张脸突然扭曲得像河蚌肉，抓住女人的腰，将她从窗子里推出来。砰的一声，女人摔死在青石板铺的路上，血灌满了一道道石缝。有三五个破衣烂衫的男人战战兢兢地低头走在街边，生怕成为被注意的对象。突然，一个情绪激动的日本兵冲过来，先是开枪打倒了几个人，又嫌拉枪栓的速度太慢，干脆用刺刀将那些人刺死在街头。日本兵得到了极大的满足，哈哈大笑，摇摇摆摆地回到了队伍里去。

枪炮声、惨叫声、哈哈大笑声、门窗相撞声、尸体倒地声，细细听去，还有刺刀割破皮肤的声音，血液从高处滴落在青石板上的声音，垂死者呻吟的声音，烈火烧炙房屋的声音，所有人世间很难听到的声音，都在此刻怪诞地一齐响起，扯碎了听众们的神经。

日本兵把刺刀一横，俘虏队伍停了下来。军官拔出手枪，来到王尽美的身后。一支硬硬的枪管点在他的后脑勺上，点了一下，又使劲点了一下。王尽美死死闭着眼睛，等待着一颗子弹撕开他的头盖骨，像勺子一样舀出他的脑浆。谁知，就在他把注意力集中在脑袋上的时候，却又发现两腿之间，以至于大腿以下全都又热又湿。

接着，身后传来哈哈大笑，身边猛然传来枪响，离耳朵如此之近，使得王尽美久久听不见声音。站在旁边的老兵李大个子倒下了，像只装满大米的口袋，既无征兆，又力量巨大，差点把王尽美也带倒在地。他一直闭着眼睛，一声接一声微弱的枪响，穿过嗡嗡作响的耳鼓，传到他的脑子里。不知响了几下，有人使劲推了他一把。王尽美睁开眼，发现日本人每隔一个人开了一枪，现在，只剩下四个俘虏了。

路前方，有二十几个日本兵围成了一圈，兴奋地大叫着，好似看着什么有趣的事情。这情形，有点像赶庙会时，一大群人在看西洋景，也有点像过年时，村子里的小孩们聚在屠户的院子中央，看他杀掉一头白猪。

走了几步路，王尽美听见日本兵围成的圈子里传出女人的哭叫声。那是年轻女人的声音，像隔壁家的姐姐一样。然后，是日本兵一浪高过一浪的叫喊和狂笑声，像是为一个卖力地进行杂耍表演的猴子叫好似的。女人的哭叫变成了喊叫，又变成了尖叫，最后变成了惨叫。后来，就不太像个女人的声音，而像是什么垂死的兽类的声音。

当王尽美走近的时候，嘶叫声戛然而止，兴致勃勃的日本兵一哄而散，像是杂耍演完了，又有点意犹未尽。一个年轻的姐姐仰面躺在泥地里，眼睛像死鱼一样瞪着灰白的天空，撕碎的衣服扔在一边。能看得出，她的身体很白，但由于刚才在地上翻滚，浑身沾满了湿泥。她的两腿之间插着一根烧火棍，一摊暗红色的血慢慢流出来，聚成一洼。

王尽美呆住了。这时，日本军官不耐烦地叫了一声，日本兵又横起了刺刀。于是，剩下的四个人站成了一排。王尽美闭上了眼睛。

第一声枪响了，然后是麻袋落地的声音。第二声，第三声枪响了，又是麻袋落地的声音。王尽美数着，看来，这回日本人不是隔一个开一枪，而是要把四个全都枪毙。一只手枪枪管又一次重重地砸在王尽美的后脑勺上。王尽美听到了手枪扳机撞击的声音，于是，他等着子弹从枪管里飞出来，烧焦他的头发，撞开他的脑壳，溅飞他的脑浆，打碎他的脸，彻底结束他的恐惧。但那清脆的声音过后，却什么也没发生，手枪里没子弹了。军官哈哈大笑，拍着王尽美的肩。王尽美回头望了望，后面留了三具尸体。他明白了，杀人是不讲什么规则的。

前面，有一堆尸体叠在一起。日本军官把一颗很冷很重的铁家伙挂在王尽美的后脖领子上，然后重重地推了他一把，用生硬的汉语道，向前走！王尽美听到一个很清晰的金属相撞声，还有火药燃烧的嗞嗞声。他麻木地向前走，等待着那抹去一切的黑暗到来。走过几步，世界似乎更亮了，也更美了，很怪异，有点不可思议，无论什么声响、什么疼痛都没有到来。他又向前走了几步，铁家伙依然撞击着后背，很痛，可世界依然有颜色，有声响。于是，他试着加速跑了几步，周遭依然如常。王尽美下定决心，扔掉后背上的铁家伙，奋力奔跑起来。各种恐怖的景象被抛在后面，也没有鬼怪一样的人来追他，他满心惊喜，两耳是呼呼的风声……

黑笑

夜半，暗蓝色的天空里挂着一轮血红色的月亮，边沿似乎在凝结着什么浓稠的暗红色汁液，一滴接一滴地从天上滴下来。小巷子里的石板路泛着红光，又湿又滑，一旦跌倒了，就会沾上浑身腐蚀性的黏液，带来剧痛。

王尽美小心翼翼地经过隔壁姐姐家的小院门口，里面有浓绿色的灯光，但悄无声息。月光照耀下的地面是紫色的，靠近门槛的地方，倒着一只小巧的红色皮鞋。王尽美慢慢移动身体，接着看到一只笋白色的脚，然后是光裸的纤细小腿。他慌忙闭上眼，跑向自己家的小院子。

院子里横七竖八地躺着尸体，来不及辨认，到处流动着散发着刺鼻酸味的液体，有一只黑色的猫静静地蹲在窗户上，瞪着红色的眼睛，轻轻地叫了一声。父亲趴在宽大的书桌上，身下边铺了一大张雪白的宣纸，上面流满了鲜红色的血，并且正在慢慢向外洇散，形成一个古怪的形状。那只樟木盒打开着，空空如也，系盒子的金色丝带垂在半空，微微飘动。

此刻，万籁俱寂，王尽美不知该去哪里。他特别害怕，于是就像从前那样，钻进父亲的书桌下面，从一道道木板缝中窥视着外面的世界。头顶上一滴滴血流下来，砸在眼前的砖地上，一些更细小的血珠溅在了他的额上、鼻尖上、眼睛里。

所有的一切，尤其是头顶上父亲的尸体，隔壁家姐姐的尸体，还有院子里各式各样惨死的尸体，都格外清晰，折射着光怪陆离的光线。紫色的月光把院子里老槐树的树枝投射在地上，仿佛一个体态残缺的怪物走进屋子里。王尽美屏住呼吸，胆战心惊地倾听着周围各种细小的声音，有微风正抚过房檐的枯草尖，一张破报纸在门厅里随风翻滚，一只蜘蛛从厨房的角落里慢慢吐丝向下爬，院子里某一具尸体的血似乎还没流净，伤口血管里发出汩汩的声音。

王尽美浑身僵硬，每一根神经都敏锐万分。猛然间，他觉得脸颊上有个毛茸茸的东西轻轻抚了一下。他惊恐地转过眼，有个比黑夜还要浓黑的脸正看着他，离他的鼻尖仅有一寸距离。一双焦黄色的眼珠特别亮，透过琥珀色的晶体，看得见绿色的神经，还有深不见底的瞳孔。突然，一张厚厚的红嘴唇张开，发出类似于打嗝的声音，只是这声音连续不断，特别大，又特别尖利。然后，这张脸开始剧烈地颤动，露出狂笑的神情，又是寒光一闪，有刀刃相碰的声音传来。这回，十三岁的王尽美的记忆彻底中断了……

道别

砰的一声枪响，掠过苍茫的雪野，与耀眼的太阳光一道，刺入王尽美的脑海里。他睁开眼，看到周围的战友们趴在战壕上，美国人开始冲锋了。他也挣扎着想站起来，发现腰部以下失去了知觉。于是，他让自己坐得更高一点，尽管看不到高地下面，至少可以看到头顶的一大片天空。趁着美国人还没冲到眼前，他从雪地里拾起几粒子弹，又用双手爬了几米，寻了三五颗手榴弹回来，虽然不多，但也足够。等美国人上来了，你用得上的，可能也就是几粒子弹，拳头，还有牙齿，仅此而已，你的身体就是最后一道屏障。

王尽美抬起枪管，对着天空，头安静地靠在战壕墙上。一个美国兵从头顶上越过，他开了一枪，于是这个美国兵重重地摔了下来，轰的一声倒在他身边。美国兵抽搐着，低声呻吟，王尽美扭头看着他，看见他没有爬起来搏斗的意图，便又安静地头靠战壕墙，费力地拉动枪栓，上了一颗子弹。不远处，有个美国兵正和重机枪手扭在一起，王尽美稍稍偏了偏枪口，一发子弹击穿了美国兵的头盔。王尽美喘了口气，拉动枪栓，发现自己的力气越来越小，似乎很难拉得开它了。

打死了第三个美国兵之后，他觉得自己的死期可能到了，因为按照以往的经验，杀死三个敌人之后自己还能完好无损，这是不可思议的。况且，腰部以下没了知觉，意味着这个皮囊也坏掉了，无论如何是活不成了。王尽美打开手榴弹的拉环，套在小手指上，另一只手抬着枪，让枪口对着上方，如果再有一个美国人撞到枪口上，那说明他的运气实在是太糟了。

王尽美出奇的平静，打量着倒在身旁的几具尸体。他发现，他其实并不恨他们。他很熟悉他们的军服，因为美国人的军服和当年保卫南京城的那群男人们穿的军服是一样的，自己也穿过，并认为穿着这身军服的人都是可尊敬，可信赖的人。虽然南京城丢了，但那不是他们的错。更何况，在与日本人的战争的最后几年，他还穿着这样一身军服，和美国人并肩战斗过，那群美国军人真是好样的。可是，让美国人的皮靴踩在这座高地上，这是不可想象的事情，如果那样，身后就是另一座南京城。高地就是一切，也在一切一切之中划出了一道界线，没有什么道理可言。

一个美国兵发现了王尽美，一支刺刀同时刺穿了王尽美的胸膛，他也开了枪。原本也没有疼痛与恐惧，此时，便更加没有。在刺刀尖越过薄薄的布片，拨开汗毛，割开脆弱的皮肉，直抵跳动的心脏的时候，王尽美感到一阵沉闷，喘不过气来。恍惚之间，他看见白色的天空里，有一张巨大的黑脸，突然狂笑起来，笑得风起云涌，山川动摇。但这黑笑一瞬即逝，消失得无影无踪。此刻，王尽美感到突然解脱了。他本来就不相信那个神父说的，主能拯救他。想来想去，还是父亲说的更有道理。父亲曾说，中华民族等待的是天命，是四季轮回，苦难过后，苍生终将获得幸福。

王尽美仰望天空，天际越来越透明。他忽然着急地把手伸到胸膛处，摸出一张泛黄的照片。隔壁家的姐姐依然是十七岁的样子，美丽如初。他多么想回到许多年前，在下雨的小巷子里与姐姐拥抱的那一刻。可是，眼睛是世上最大的幕布，黑暗袭来，一切跌进了没有时间、空间，且永恒静止的深渊。

第四章　华彩·子弹穿过肉身

三辆坦克呈楔形，从高地下的公路驶来，缓缓地转了个大弯，炮口对着高地，然后发动机发出更加沉重的声音，后部冒出浓浓的黑烟，向高地上方开进。锈涩的钢铁履带在冬季干冷的空气中笨重地摩擦撕扯，把干燥的地面压成坚硬的凹坑，突出的铁尖深深抓进泥土中，一条条糨糊状的雪泥从履带缝隙中挤出来。

坦克缓慢停止，炮膛发出嘎嘎声，逐渐上仰，又微微地左右转动瞄准。嗵的一声，三辆坦克齐射，在狭小的高地上掀出三个深坑。上面一片寂静，仿佛不曾有过人一样。停歇片刻，坦克稍稍降低炮口，重新加大马力，向后顿了顿，又重新向高地顶部爬行。一百多名美国军人低腰举枪，跟在坦克后面，死死地盯着高地上的战壕，他们不相信那里的中国人都已经死了。高地忍受着炮弹的犁翻，安静如常，就像一个死去的人的尸体，任凭刺刀在上面戮割。在半腰处，坦克放慢了速度，加剧的坡度，使得它的爬行越来越吃力。此时，高地上有子弹飞过来，一粒粒打在坦克装甲钢板上，发出微弱的火花。与钢板相比，子弹像指甲一样，仅能刮掉了上面的绿漆，便如同泥巴一样掉在雪里，冒出一丝青烟，冷却，仿佛铜做的花瓣，铅做的花蕊。

一个仅穿单裤，赤裸着肮脏上身的身躯，从正面向坦克冲去，像一条鱼，拼命冲过即将合拢的黑色闸门。他腰间两束手榴弹冒着滚滚浓烟，预示着死亡的到来。坦克高射机枪慌忙扫射，十点零五毫米机枪子弹，在一股气浪推动下，砰地冲出枪膛。子弹发红发烫，脱离了白雾，钻进寒冷的空气里。流线型的弹身像鲨鱼鳍，强有力地将空气向两边推，在尾部形成一团真空，使得它愈加飞得更快。

子弹的前方，是一块上下晃动的肉色赤裸胸膛，无遮无拦，脆弱无依，仿佛鹰嘴前面的鲜肉。转眼间，子弹的尖部撞进松软的皮肉，像插进肥沃土地的犁头。血管、肌肉、骨骼被强大的气流撕开，成了七零八落的碎片，比沙子还要细，四散飞溅，形成一条血色深洞。子弹继续向深处钻，遇到一颗强壮的，跳动的心脏，一股接一股的血流，正从这里被挤压到全身各部。仅一瞬间，红亮的子弹便从一侧心房穿了过去。弹头留下了千钧力量，当他们被锁在铜皮包着的铅丸里时，还只是狰狞的鬼脸，一旦碰见了血肉，便失去了束缚，如同敞开的潘多拉的盒子。他们彻底撕咬扯碎了心脏的筋肉，所到之处，只留下一团粥一样的血浆。

子弹从黑瘦的后背穿出，尾部巨大的真空仿佛强有力的诱惑，使得碗口大的血肉脱离了身躯的约束，发了疯似的涌进了真空地带。这团血肉就像从深海来到海面的鱼，每个细胞都不再承受海水的巨大压强，便在稀薄的空气中炸裂了。躯体的后背上鲜血喷溅，子弹从模糊的血雾中钻出，把死亡的热力留在了躯体里，然后消失得无影无踪。

身躯失掉了向前奔跑的力量，动作僵固着，跌倒在地。接着，响起两声轰天巨响，雪地上留下了大坑，还有散落的雪与土。有关这个躯体的东西被抹得一干二净，没有血迹，没有碎肉，没有牙齿，仿佛这不是一个有温度的血肉生命留下的痕迹。寒风凛冽，世界依然冰冷。

又一个年轻的身躯脱下宝贵的棉衣、棉帽，扔在一边。他拿起两捆手榴弹，对身旁的排长说，如果我活着回来，就重新穿上它，如果回不来，就留给其他的战友穿。

这个半赤裸的消瘦身体从战壕里冲出来。这一回，他没有沿着一条可预测的直线前进，而是如同一只狡猾的野猫，向东窜一下，又向西窜一下，坦克上机枪准星总也瞄不准他的身影。

坦克继续笨重地向前，离高地的前沿战壕越来越近。那个年轻身躯的后背上，溅起一枚巨大的血花。他扑倒在地，无声无息。在履带即将碾过肉身的那一刻，年轻人拉响了手榴弹。片刻之后，那只庞大的钢铁怪物仿佛打了一个饱嗝，浑身一颤，履带掉落下来。接着，又是更巨大的一颤，它肚子里的炮弹被引爆，炮塔像一只风筝，瞬间被拉到空中，翻了几个个，向山下滚落。一个浑身着火的驾驶员，大叫着，从令人窒息的铁屋子里爬出来，挣扎了几下，死在了雪地上。

巨大的惯性仍旧发挥着作用，坦克又向前颠簸了几米，在雪地上留下了两道深深的沟壑。在其中一道沟壑里，是一条压得扁平的土黄色单军裤，嵌进雪地。然后，是一个人形的血肉痕迹，把白雪染红，把黄土染黑。在茫茫雪原上，仿佛一个人趴在那里，看不清面目，辨不清四肢，但你知道那是一个人。

怜爱

魏大骡子坐在空弹药箱上，一只眼瞎了，扎着绷带，垂着头，久久地盯着地面。他掏出一块巴掌大的玉米饼，用手托着，咬下一大口，又连忙把碎渣倒进嘴里，然后又抓起一把干净的雪，往嘴里塞。还剩下一口的时候，他迟疑了一下，将这小块饼子小心地放回兜里，用手拍了拍。他看了看站在旁边的两个排长，突然大吼起来。

你们怎么能让新兵去炸坦克？你们他妈的是人养的吗？

……

让你们当排长，当班长，不是让你们去当大爷，叫那些狗屁不懂的新兵蛋子去送死。谁规定危险的事来了，连长、排长、班长就可以往一边站了？到了该豁命的时候，你们要第一个上！副班长没了班长上，班长没了排长上，你们没了，我和指导员上，这个绝不含糊！

……

三排长怎么还不过来？

三排长炸坦克死了。

……

三排一班长代理三排长。

一班长也死了。

……

那二班长代理三排长。

连长，三排现在就剩下兵了。

……

操（抹了把泪），快轮到我了。

……

现在全连还剩下多少人？

上高地时一百五十六人，现在三十八人，其中重伤六人，俘虏一人。

那个美国佬还没死呢？

没死呢，洋人身体壮，抗冻。

把他和重伤员一起照顾着吧，既然还活着，就不能让他死喽。

连长，实在是没有吃的了。

咱们有一口吃的，就得给他一口，你忍心把一个大活人给饿死？

……

高地后面的山间小路上，慢慢走来几十人的小队伍。上了高地，可以看清楚，他们军装整齐，面容干净，神色镇定，每个人的肩上还扛了很重的粮食袋。魏大骡子一瘸一拐地走过去，用独眼一个接一个打量着这些新补充上来的人，眼光恶狠狠的，仿佛要检验一下他们的胆量怎么样。他从队伍头上看到队伍尾巴，发现了一个娃娃。他走上前去，使劲捏了捏娃娃的脸，一言未发，转身回到队伍正前方。

现在，你们最想知道的，就是这个高地还要守多久。说句实话，我也不知道。一二三师一天没到，我们就得守一天，十天没到就守十天，直到翘辫子了为止。所以大家来了，就不要想回去的事。高地还在手里，这就是大家最后的活路，除此之外，我们没有活路！

……

嘿嘿，怎么样，这回大家心里踏实了吗？

……

一排二排各领走一个班，剩下的都给三排。一排长，你那儿还有没有班长？到三排去，把队伍带起来！

……

好了，大家各就各位吧！

对了，队尾那个小不点，你过来！

多大了？

十四岁。

怕死吗？

不怕死。

扯鸡巴蛋，是人就没有不怕死的。一会儿啊，你肯定尿裤子。不过没事，没人笑话你，等鬼子跑了，你的裤子也干了。那时，你就不怕了。

小东西，你们怎么还都穿着单衣服啊？

团长也穿着单衣服呢。

穿单衣服能他妈打仗吗？

我们来的时候，军需股长说你们这边有。

我操！哪天让我看见那个什么屌股长，先崩了他。

小东西，你就留在我这吧，给我当通信员，记住，炮弹来了，你就躲在我屁股后边，哪儿也不许去！明白了没有？

明白了。

你把我这件棉大衣穿上吧，还有这钢盔，美国鬼子身上扒下来的，暖和。

我不穿。我穿了，你穿啥？

你别管我，我到那边埋死人的地方再扒一件回来。实在没有，待会儿打一仗就有了。

独白

几辆毁掉的坦克扔在雪地里，冒着烟，一股股看不见的火苗从钢铁间的缝隙里钻出来，使光线产生了折射，从这里看过去，一切都在飘动，不太真实。太阳像生的鸡蛋黄浆液，颤颤巍巍，稀稀溜溜的，在发黑的硝烟之中落下去。天空与群山之间，是一线寒冷的冰蓝色，像宝石一样纯净、凝重。渐渐地，天空变淡，变乌，最后彻底无光。

魏大骡子坐在战壕里，穿着件刚从一个死去的美国人身上脱下来的棉大衣，还有一双棉皮靴，感到很舒服。他把大衣的领子树起来，裹住脖子还有脸，隐隐闻到一股这件衣服旧主人的味道，有点羊膻味，似乎还有点香味，反正不是中国人的味道。他在想，曾穿着这件衣服的可怜家伙，此刻正赤裸着上身，躺在不远处的雪地里呢。唉，这仗打的，真他娘的不像话。伙计，你别生气，反正你也不会觉得冷，忍一个晚上，明天一早，你的战友就把你接回去了。

他把两手插进棉大衣的兜子里，发现里面还有东西。一只口袋里装了半包香烟和一只很漂亮的银壳打火机。另一只口袋里装了只扁铝壶，摇一摇，里面还有液体，肯定是酒。魏大骡子连忙拧开盖子，往嘴里倒了一口。带点松油子味的酒，顺着嗓子流到肚子里，使得胸口一下子暖洋洋的，舌头尖甜甜的。那感觉，真是无法用语言形容，如果非要说点什么，娶十个老婆也不过如此吧。

魏大骡子珍惜地把扁铝壶放回口袋，抽出一支香烟，点上，吸了一口，又咳嗽了几声，愤愤不平地往雪地里吐了一口痰。他端详着烟盒上印的那只骆驼，不知这是个什么古怪的动物，背上还长着两个包，也不知它生活在什么鬼地方，那里好像很热的样子。

内衣兜里还有东西，一个小本本，还有一只铜壳的折叠小圆镜子。黑皮小本本上全是外国文字，看不懂，封面上烫着一个金色的小十字，魏大骡子把它扔在身边的弹药箱里。他又用指甲撬开小圆镜子，发现它一面是镜子，另一面是张照片。两个大人，一男一女，抱着一个初生的婴儿。这婴儿头发很淡，肯定不是黑色的，脸胖嘟嘟的，圆圆的大眼睛，和中国的小孩子不一样。那个女人很好看，很健壮，像头母马一样健壮，肩宽宽的，胸脯鼓鼓，领口和袖子镶着许多带皱褶的花边，看起来很洋气。

那个男的，想必就是现在躺在雪地里的可怜伙计了。打仗的时候没时间认真看他们，现在仔细瞧一瞧，倒也很俊的样子，宽宽的下巴，一缕淡色的头色垂在前额，分明是个年轻的后生。现在呢，嘴大张着，眼睛瞪着，面孔扭曲，满脸盖着雪沫和尘土，炸飞了一条胳膊，肚子上还有个血窟窿，裤腿脏兮兮的，碎成一条一条，比个叫花子还不如。

你说你来这里干什么？你在家里不是过得好好的吗？这里穷乡僻壤，

需要你这么个健健康康，白白嫩嫩的小伙儿来送死吗？你们飞机撒的传单我都看过，无非是几个长得妖艳的娘们？可你们不明白，我们现在不需要娘们，就是需要娘们也不需要这样的娘们。你们不懂我们，你们不知道我们想要什么，你们以为有了飞机大炮，有了肉罐头，你们就比我们强，就能打垮我们，就能得了我们的心。你们这回可错了，错得不是一点半点。

你问我们想要什么？肉罐头当然好，可是我们吃不惯，吃多了还恶心。我们吃着自己从地里种出来的谷子，嚼着玉米饼子就觉得很好，吃多少也不伤胃。风骚的娘们当然好，可她们能养得住吗？她们是我们这些穷苦人家的媳妇吗？你们说要给我们带来好生活，这话我爷爷的爷爷那辈儿人就把耳朵听出茧子喽。英国人往中国卖烟土，八国联军火烧皇家园子，日本小鬼子血洗南京城，哪一次不是嘴上挂着蜜一样的话儿？又哪一次不是刺刀见红，老百姓遭了大罪？别再跟我们说这些了，我们听够了，想吐了。我们自己的地，知道该怎么种，要种也是我们自己种。我们自己的女人，知道该怎么养，要养也是我们自己养，你说是不是这个道理呢？

魏大骡子闭上眼，向天空哈了一口酒气，小声道，所以呢，这一仗你们打不赢。

别问我名字

小东西，你过来，跟我唠会儿磕儿。

来，喝口这个，洋酒，暖和暖和。呵呵，没喝过酒？

……

我来问你，在这里什么最重要？

不让鬼子上来最重要。

屁话！保住你这条小命最重要！粮食、子弹、手榴弹没了，还可以运过来，命没了，可就什么都没了。什么是老兵？能拿一颗子弹换条命的，咱就不用两颗，能拿子弹换的，咱就不用手榴弹换，能拿手榴弹换的，咱就不拿自己的命来换。这才是老兵！这不叫怕死，咱们要活下来，要想方设法活到最后，懂吗？

……

都是爹妈生的，都是血肉之躯，谁他妈愿意死啊？有时我就在想，拼死拼活守这么一个鸟高地，这么一个兔子不拉屎的地方，到底是为什么？一个连的人都他妈打光了，死得比一只老鼠还容易，如果过几十年我这条贱命还在，让我再来找这个高地，都不一定能找得着，这到底值得吗？

……

什么东西比死还他妈重要啊？是，你可以说我们这是给一二三师打穿插做准备，我们的牺牲，为更大的胜利做了贡献。可凭什么一二三师不来，我们就得死在这儿啊？一二三师我操你八辈祖宗！好吧，我不为一二三师死，那我为得谁死？为国家死？对了，都他妈新中国了，人民当家作主了，咱们是为新中国壮烈牺牲。我是个庄稼人，国家在哪儿呢？我随九兵团从海南岛一头扎到北朝鲜，一天好日子没过上，连家都没回过一趟，老娘没看上一眼，就死在这荒郊野岭了，你说我能愿意吗？我他妈可没那么崇高！

……

那你说我为啥？我也没想明白。但你让我投降，这事我不干，刀架在我脖子上我也不干。如果谁想投降，那他就去问问咱们连那些已经死了的人，那些光着身子埋在雪窝子里的人，问问他们干不干？我是连长，他们都没投降，我怎么敢投降？死了之后，我怎么去见他们？

……

所以有时我琢磨啊，不要总想为了什么，不为什么，死和这些东西没什么太大关系。我都这个屌样子了，破衣烂衫像条野狗一样，我有那么怕死么？我用得着讲出个一二三四，才能放心蹬腿儿吗？用不着。我就一个念头，我祖辈上逃荒逃了几代人，饿死冻死没数，今天我魏大骡子不跑了。我站在高地上，那鬼子就别想站在这儿。我倒是要和他们比一比，到底谁的命更硬！

……

小东西，你在听吗？可别闭上眼睛啊！来，再喝一口洋酒。

……

对了，小东西，你叫什么？算了，别说了，反正也记不住。

连长，我发现个事儿。

你说吧。

我发现你从来不问我们的名字，也很少跟我们说话，要么就叫什么不长眼、大脑袋、小东西、穿错鞋……其实我有名字的，我叫……

别说了，我不想听。

为，为什么呀？

这阵地守了七天，像你们这样的新兵补了四茬。今天晚上四五十人上了高地，明天上午一顿轰炸，也就剩下十几个人。有的今晚还是大活人，明早就埋了。刚开始时，我还记着他们的名字，可几茬人一换下来，我就记不住了。其实，我就是能记住，我也不记了，心里不好受啊！

怕吗？

不怕。

所以说呢，你别问我名字，我也不问你名字，省得到时揪心。

……

你别看这雪山雪谷横尸遍地，破破烂烂，要多磕碜，有多磕碜。可是明年春天一来，这坦克周围就会长起一人多高的草，我们这些尸首也都要烂成了浆水，渗进土地。到处开着红红黄黄的野花，谁还会想到这里打过恶仗呢？

……

可我不后悔，坦荡而来，坦荡而去，别人记不记得我，又有什么好挂心的呢？

安魂

铁钉子，腿还疼吗？

指导员，腿都没了，早不疼了。现在是肚子冷，拔凉拔凉的。

那是饿了，来，我这有炒面，我喂你吃几口。坚持住，一二三师一来，咱们就可以撤了。你千万别闭上眼睛啊，一闭上可再难睁开了。

咳，咳，咳。指导员，别往我嘴里填炒面了，像砂纸一样，锯得嗓子疼啊！有热乎的水吗？喝一口也行！

你别忙，我把水壶给你捂一捂，等会儿咱再喝。要不，咱俩先聊天，有话儿说就不犯困了。

对了，铁钉子，我家是山东的，你知道我们那儿什么最好吃不？

饺子，好吃不过饺子。

饺子当然好吃，可是啊，我觉得，葱花油饼比饺子更好吃。我给你讲讲这葱花油饼是怎么烙出来的啊。山东大葱有手腕粗，咬一口，甜的！你把这葱白切成花儿，要切得细细的，你就能闻到那刀刃上面，有股香味辣味。然后呢，往小盆里倒上一碗白面，用滚烫的开水烫一下，叫烫面，这样发出来的面才又松又软！

……

这时，锅烧热了，你放上厚厚一层油，猪大油当然最好，烙出来的饼有肉味。油滚了，你撒上葱花，别耽误时间，一闻到葱花味出来了，马上把白面饼放上面。呵呵，白面饼就像打了气一样，鼓出一个一个小泡，过一会儿，小泡瘪了，破了，面香味就出来了。

……

再过上一会儿，葱花给油炸得金黄金黄的，亮亮的，贴在油饼上。油饼呢，稍稍让它烤煳那么一点点，有点糊巴味，那最香了。

指导员，咱歇会儿，让我先好好咽咽口水，好悬呛着了肺管子。我这皮囊啊，现在像只破灯笼，有阵风就能给吹漏喽。

……

你们干啥呢，这口水咽得稀溜稀溜的？

魏连长来了，正好，你给大家讲一讲黑龙江那块儿有什么好吃的。

哈哈，好啊好啊！我老家啊，有一种大黑猪，头头都壮实，二百来斤吧！到过年时，杀一头，再接一盆血，把猪大肠洗干净了，做二十斤血肠。接下来呢，再来十斤五花肉，切成大肥肉片子。这些个东西，就能做白肉氽酸菜，外加大蒜拌血肠！猪头呢，放大锅里一烀，整个的，等熟了之后，猪鼻子、猪耳朵、猪舌头，一样一样切好，码盘子里，沾蒜酱、韭菜花吃。

……

那边冬天下了雪，把门堵得死死的，推都推不开。推不开咱就不推，往热炕头上这么一坐，一洗脸盆炖酸菜，一洗脸盆杀猪菜，再来一盘子猪头肉，就一斤高粱烧，喝得晕头转向的，那他妈日子过得，让我到哈尔滨当皇帝我都不去！

连长，你喝醉了打老婆不？

老婆？我哪来的老婆啊？再说那边的老娘们是好惹的？一个个比男人都他妈壮，火了敢拿菜刀砍你。

哈哈哈

……

小东西，你家是四川的，你来讲一讲。

我们家那边到了冬天要熏腊肉，就是用泥巴拢成一个窑，把上好的猪肉切成一大条，一大条的，挂在土窑里。有五花肉，有猪排骨，有猪脚、猪尾巴，还有熏鸡鸭什么的。不用普通的木头熏，要用山上的老松枝，最好是那种带了许多松油的。这样熏过的肉，带着股松香味，晾上几个月就可以吃了。

……

用香葱一炒，加上麻椒，厚厚地撒上一层辣子，香的很呢！

……

停会儿，停会儿，我的口水流到地上了。

我的肚子又开始冒酸水了。

听你这一说，我都睡不着觉了。

……

大家别说了，铁钉子走了。

第五章　柔板·夜空下

午夜时分，你睁开眼，望着清冷的夜空，还有压在头顶上密密麻麻的星河。心中有一丝惶恐，仿佛把你从一切人世间的牵绊中剥离出来。你意识到，此时此刻，只有你自己在这里。

茫茫的夜空里吹来大风，像透明的巨鸟，从东飞到西，又从西飞到东。你看不到它的形迹，但能感到它的翅膀扫过大地时，留下的呼啸声。宇宙太大了，而你又太小，在这呼呼的风声中，你像一片刚刚从某本书上撕下来的纸屑，随风飘摇，不知去向。

于是，你翻了个身，俯卧在大地上，闭上眼睛，那种眩晕的感觉略有好转。一丝枯草的潮湿味道飘进鼻孔，从这味道里，你可以辨别出泥土、树根、青草、河水、游鱼、奔马等等世间万事万物，你可以闻到尸体、血腥、凶残的味道，当然，你也能在这土地之下找到仁慈、宽恕、友爱等等人世间可珍贵的一切一切。你发现，在这土地里，所有的东西都可感可知，触手可及，可以作为你依伴的对象，你会恨它，也会爱它，但你须臾不能离开它。你从这里来，也终要回到这里，它就是你，你也就是它。

有一枚生锈的子弹硌到了你的身体，你知道它在那里，但你不想去碰它。冬天离去，春天到来，土地上的万事万物会不停生长，而那枚子弹，会安睡在泥土里，慢慢生出铜锈，流出红色的水，越变越小，最终融化在大地中。但谁又会去想，这枚子弹曾经在某一时刻，以巨大的力量从枪管中飞出，浑身通红，在空气中高速前进，打在岩石上，或打进一个血肉之躯，随后是血肉模糊，扯断了一块筋肉，或撕碎了一个心脏。这枚子弹的弹身上沾满了鲜血，也沾满了仇恨，沾满了人世间的一切苦难。可是，唯有大地可以接纳这枚子弹，可以宽恕它，多年以后，在这枚子弹之上，会长出一朵不那么引人注目的小花。

我们这个民族不是喝风才走到了今天，而是靠吃着从土地里艰难种出来的粮食才幸存了几千年。这块高地上也许永远都不会有块碑，永恒的，只有大地本身，立不住的终将倒下。有一天，你会从这里摘下一朵小花，你会莫名的为这朵花而哭泣，你没有做错，因为这里的确睡着一些可尊敬的亡魂。他们之所以值得我们怀念，是因为他们在这个民族的每一次历史选择面前，没有退缩，没有吝惜自己的生命，而是赴汤蹈火去实现它。他们承载了历史前进当中最最刻骨铭心疼痛的那部分，但他们没有面目，没有声音，也不能为自己辩护，他们一次又一次从土地中站立，又在土地上倒下，你一次又一次看见他们，觉得似曾相识，却一次又一次擦肩而过。他们留下了什么，可是你竟然没有合适的思想，也没有合适的语言去表达。

没有沟通的对话

指导员王大心从衣襟上扯下一块布条，仔细地擦拭枪膛。黑暗中，他伸手到弹药箱里，摸出几粒子弹，用手掌摩挲得发亮发烫，然后压进弹匣。

他摸到一本书，巴掌大，黑色的牛皮封面，侧面用红色的液体上了一层薄薄的颜色。他打量封面上烫着的金色十字架，又翻开书页，里面全是洋文，字体非常小，看不懂。但他能发现，做这本书的人一定是怀着很深的感情，而且动足了脑筋，千方百计使得这样一本书显得特别精巧，特别珍贵，既便你不喜欢它的内容，但你肯定也不舍得把它扔掉。

王大心拿起这本书，来到俘虏身边。俘虏坐在坑道里，旁边躺着几个重伤员。他的头深深埋在双腿中，一动不动，不知是死是活。王大心拍了拍他的肩，他困惑而又疲惫地抬起头，像是刚从很沉的睡乡中醒转过来一样。王大心从兜里摸出一团握成球形的玉米饼子，递给俘虏，俘虏瞧了一眼，有那么点抵触，但还是接了过来。王大心又将那本书递了过去，俘虏仔细地打量了他一眼，淡蓝色的眼睛里有种说不出来的陌生感。

这是本什么书？

我的名字叫史密斯，是第一骑兵师三团一营 F 连中士。

……

你的腿怎么样了？

你们在虐待俘虏！我是一个伤员，你们怎么能给伤员吃这东西！你看看，这是什么？你们竟然还在玉米里面掺沙子给我吃！这明明是喂牲口的东西！

……

你是这个地方的指挥官吗？你可真是个凶残的人，你们明明已经没剩下几个战士了，可你还不命令他们投降。你要干什么？你难道要他们都死在这里吗？你没想过他们也有家，也有亲人，也有孩子吗？他们也想活着回去啊！

你别发火嘛，一二三师来了之后，你和我们的伤员就可以到后方医院去了。你这腿呀，我看是轻伤，打上石膏板就没事了。你看看你旁边的那几个伤员，哪个都比你重。因为你是俘虏，如果是我们自己人，这点伤怕是还轮不到躺在这儿休息呢！

……

你们简直就是野蛮人！打仗是为了什么？是为了让你们的人民生活得更好。可是你们的人民生活得好吗？你看看，他们吃的什么？穿的什么？

美国是个自由民主的国家，我们的人民很幸福，愿意为了保卫这个国家而战斗。我们有很多值得你们学习的地方，你们应该做的是，放下武器，与美国成为朋友，努力让自己的国家更加富强才对啊！

你们有飞机，有坦克，有重机枪，有喷火枪，而我们呢，连个像样的重火力都没有。说句心里话，如果你们没有这些个重武器，根本不是对手。拼刺刀的事儿，咱们不是没见过，你们美国大兵呀，离了好装备，熊得很呢！一个连能不能打仗，要看他们的战士有没有决心，那决心是不是响当当的！没来朝鲜之前，我心里是没底的。毕竟是美国大兵嘛，听说德国人、日本人都不是你们的对手。但跟你们打了几个小仗以后，觉得你们也就是那么回事，你们的战士缺少那种打到底的精神。大喊大叫有用么？张牙舞爪有用么？别看我们的战士破衣烂衫，但你瞧瞧他们咬着牙的眼神，你就知道，他们可都是一根一根很硬的铁钉子呢！

……

两百年前，美国创造了一个文明，这个文明影响了欧洲，使欧洲变成了文明社会。亚洲也一样，你们别无出路，必须接受这个文明才行。这是历史发展的潮流，谁也无法阻挡。我们来这里，并不想屠杀你们的人民，而是带来福音。耶稣牺牲自己，拯救了人类，我们也一样，我们是带着善意来了啊！

哦，对了，你们的肉罐头可真不错！有股辣不是辣，酸不是酸的味道，那里面到底放了什么，这么好吃？你们美国人每天都能吃上这个东西吗？这肉罐头在你那儿算得上是好东西吗？可是我就不明白，天下这么大，有这么多国家，为什么我们要打上一仗，没有道理啊？要是两个穷国之间，或是两个富国之间打一仗吧，这都好理解，因为他们要争吃的，争穿的，吃穿不愁之后呢，还要争更多的东西。可美国这么远，隔了那么大一个大洋子，你们来北朝鲜干什么呀？这里有什么？

……

唉！真是他妈的太不走运了。我是个参加过诺曼底登陆的老兵，仅仅才过去了六年，我突然发现我有点不能理解打仗是怎么回事了。那时，我们横扫欧洲大陆，把德国人的军队打得落花流水，我是多么为我是一名美国士兵而自豪啊！我以为战争就是美国人的胜利，就是正义的胜利，就是历史发展潮流的胜利，一切专制的，与人民为敌的制度都将失败。可是到了这里，我发现我们面对的是另一种遭遇，我们要给你们的你们不理解，而你们想要什么，我们也不知道。我们越是拼命地要给你们，你们就越是拼死的抵抗，而你们越是拼死的抵抗，我们就越是觉得有必要来一次更大的战争，彻底使你们屈服。也许就在这一点上出了问题，因为你们偏偏不愿意屈服。你们倔强得像头驴子，宁可蛮干，也不肯认输。

你们说志愿军搞人海战术，是这样吗？那是你们还不了解我们。来，我来教教你，志愿军是怎么打仗的。你看那边，看到没，只有六个人，就守住了一个小山头，为什么？那六个人形成了一个铁三角，你大炮一炸，他们就躲起来，你们步兵来了，他们再爬上去。下边的那个角最重要，如果有人死了，其它角的人再补上去。这样，很灵活，又很管用。这些看不见的东西，可是我们打了无数次仗才琢磨出来的，怎么实用怎么打。你们看不懂，还说我们搞人海战术，真是笑掉大牙。跟你说，我们人民军队最看重的就是保存实力了。长津湖那一仗，虽然把你们一个集团军打得落花流水，逃了几百公里，可是我们的一个兵团也元气大伤，结果怎么样？那个兵团的司令一句表扬没得到，还狠狠地给骂了。老兄啊，别打输了就气哼哼的，这其中可是有道理的。

……

可是我想，即使这一仗我们美国输掉了，那也不意味着正义就失败了。战争也许根本就解决不了什么，但人民终将选择正义，不信咱们可以打个赌。

现在，我们有了一个新的国家，可真不容易啊！一切都将重新开始，不再有饥饿，不再有逃难，不再有穷人，多好啊！

……

对了，你叫什么？

这本书叫圣经，是记录上帝的儿子耶稣拯救人类的故事。

……

真快，天就要亮了，我得走了！也不知能不能活过今天。我这还有块玉米饼子，就留给你吧！希望你能活下来，找到自己的部队。

说了这么多，简直等于白说，你竟然还是这样虐待我！野蛮人！真他妈是野蛮人!

遗言

指导员，今天是第几天了？

第六天了。

这个驴日的一二三师，去他妈哪儿了？爬也爬到这儿了！

魏大骡子，你数没数过，咱们连还剩多少人了？

刚才点了一下，还剩下三十九个，重伤三人，那个鬼子活着呢。

也不知明天能不能补上来新人？

真他妈急啊，这些个人，撑过明天就不错了。你看看这阵地上，美国人扔下的坦克都七八辆啦！这仗打的，熬心！身边人一个一个都没了，还不如让我死了算了。

死？现在这情况，能一死了之倒也是件痛快事儿呢！

对了，王指导员，咱们俩在一起多长时间了？

快五年了，你当班长，我当副班长，你当一排排长，我当二排排长，你当连长，我当副连长，现在又当了指导员。

生生死死过了五年，咱俩这命可够硬的。

那可不是。不过，话可不能说太早，能扛过这一仗，才真的叫命硬呢！

大心，我问你件事，假如我现在逃跑，嘿嘿，你能一枪崩了我不？

你？你要怕死五年前就跑了，还能等到今天？咱俩都是老黄瓜了，贪生怕死这一关，早就过了。

我是说假如，假如我真的跑了，你能开枪不？

我能开枪，我要是不开枪，我就对不起那些已经死了的战友。咱俩为什么是生死兄弟？就是因为咱俩一起顶着子弹向前冲，炸弹扔到了头顶上也不眨眼，就因为咱俩一起从死人堆里爬出来，都没想到要后退！如果有一天，咱们两人中间有一个怕了，逃跑了，还怎么做兄弟啊？我敬你一杯酒，你有脸喝吗？

操！说得可真他妈好。

……

大心，过去恶仗硬仗打过不少，可我从来没想到过死。这回不一样，我估摸，十有八九是过不去了。

不是说了吗？仗还没打完，不要想死的事。

过去，你替我写的遗书还在吗？

临来时，都留在营里面了。

你再替我写一封怎么样？我又想到些个事情，心里有点不踏实。

你就别写了，写了给谁看？你老家不是一个亲人都没了吗？这样，你就在这儿说，对着星星说，对着树说，还可以对着那边的山头说，让他们听见。他们活的年头长，一千年，一万年，还是他们。他们要是记得住，比你写在纸上强多了。

那好吧，我就对着这个高地说他娘的几句。咳，咳，我魏大骡子死在这里，一不为荣华富贵，二不为高官厚禄，三不为因果相报，只为了父老乡亲们从此能过上安稳日子，能吃饱穿暖，能食粮满仓，能子孙满堂，能恩恩爱爱……

大骡子，你别哭啊，来，来，来，继续说。

虽然我魏大骡子这辈子，跟这些个东西一样都没沾上边儿，但我不后悔，只要你们能享上这些福，就跟我也享上福一样。下辈子——，妈的，没下辈子了。没下辈子也没事儿，我埋在这儿，就看得见你们。你们有饱饭吃，我在这里就不饿，你们有衣穿，我在这里就不冷，你们有媳妇搂着，我——，我一个死人，要媳妇也没毬用。你们只要还记得有个魏大骡子死在这儿，我就心满意足了。不过就算我连个名儿也没落下，没关系，我这心，无牵无挂，天地可鉴，日月可鉴，宇宙可鉴！

……

哈哈哈！这下心踏实了，痛快！痛快！

终章　清唱·赴死

一夜饥寒，像黑色的风，把一些脆弱生命的眼帘合上，从此永远留在深夜。

太阳从浓雾中升起，高地被染上了一层厚厚的粉色。战壕上，一支支步枪横放着，枪栓处结了一坨厚冰。散放在雪土中的紫红色子弹，闪烁着刺眼的光芒，光亮如新，仿佛只要压进弹匣，就能在冰冷的空气中拉开一条有力的弧线。一颗一颗手榴弹冻在地上，要使出很大力气，才能将他们掰下来。无人动弹，仿佛这里是很久远以前的某个战场，与现在的你毫无关联。

你在想，死亡是什么颜色？难道它就是一片绝对的黑色吗？如果你闭上眼，突然在你的世界里闪起一片巨大的光亮，你一下子看到了广阔的天空、无边的草原、浩瀚的星空，你发现世界并未中止，依然蓬勃有力地奔涌向前。雪水融化，慢慢打湿你的头发，将你浸泡在肥沃的泥土中。一只翠绿色的螳螂爬上你的额头，它尖利的钳子扒开你刚刚解冻的眼皮，一下子将你的眼珠刺破，然后，用它小小的嘴，吸吮你瞳仁里的汁水。一只蚯蚓无声无息地盘踞在你的脑袋上，从你的耳孔里钻进去，在你糨糊一样的脑壳里蠕动，悄悄将美味的脑浆吸进肚子里。你的身上，长满了茁壮的长杆青草，他们的根扎在你的脸上，你的胸膛，你的肚子，你的大腿上。根越扎越深，最后牢牢地抓住你的骨骼。

夏天来临，这里的野花格外美艳，格外丰茂，你的血肉又养育了这么多生物，你得到了大地的赐予，现在，又还给了它。此时，你能说你在害怕？你能说你无比懊悔？你能说你太过留恋？一切言语都不准确。此时，你把得到的一切都毫无保留地给予了别人，不求回报。你可以说，我曾经从土地里站立起，勇敢地参与了四季轮回，现在，我重归大地。

……

清晨，美军步兵在三辆坦克的带领下，向高地发起了攻击。小东西一直跟在他的连长魏大骡子的身后。小东西叫二斗伢子，其实叫什么已无意义，连长依然叫他小东西。

连长抱起两捆手榴弹，转身对二斗伢子说，你待在这儿，哪也别去，等我回来。二斗伢子微微把头探出战壕，露出半只眼睛。连长硕大的脚掌蹬出大片的黄土，越跑越远。他撅着又硬又大的屁股，左闪一下，右闪一下，像头筋力十足的蛮牛。他将一束手榴弹塞进坦克履带下，一阵浓烟，坦克颤抖着停下来。

连长一个鱼跃，像扎进水里一样跳进战壕。打了几个滚，他爬起来，笑着对二斗伢子说，又他妈捡条命回来！他用嘴扯下一条军装布料，狠狠地将一支断了的胳膊缠起来。二斗伢子向四处张望，高地上活着的人越来越少，重机枪手趴在战壕上，脑袋旁边一大摊血，零星几支枪伸出坑道向高地下面射击，与坦克发动机的轰隆声相比，显得脆弱无力。

魏大骡子又拿起两捆手榴弹，蹲下来，眼睛湿润，对二斗伢子道，小东西，这下我怕是回不来了。我要是回不来，你不要给我逞能，就给我老老实实地趴在这儿，装死也行，好好等着驴日的一二三师来，听清楚了吗？二斗伢子盯着连长的眼睛，轻轻点点头。

当魏大骡子又一次从战壕里站起来时，二斗伢子看见一辆坦克像黑色的墙一样，立在不远的地方，炮口有洗脸盆大小，抖动着，像面镜子，在这黑色的镜子里，你看得见自己弱小的身躯。一阵绝对的白色从炮口向四面八方蔓延，世界变得异常明亮，又异常黯淡，随后是漫长的死寂无声。接下来，二斗伢子什么也没看见，因为连长在最后一刻，将他的头按在了战壕下面。

连长死了。二斗伢子匍匐在坑道里，向前慢慢地爬，想找点什么。战壕里面积满了血水和泥浆，他像是在春天的浅池塘里游泳一样。爬了好一会儿，浑身血红，却什么也没找到。头顶上枪声逐渐寥落，坦克发动机声嘶力竭的吼叫声也停止了，只有一片又一片硬底皮靴踏在雪壳子上的声音，越来越近。好似蝗虫变成的潮水，慢慢向堤岸涌上来，很快就会漫过坝顶。

沙雪

躺在雪里，你能听见沿着地面，传来小声的歌唱，很微弱，很柔软，即不伤感，也不激昂。这是谁在唱？还有谁活着？

一片雪花落在弹药箱盖上，大风吹来，它微微颤动了几下，又一次飞起，落到一张苍白的脸上。这张脸和雪一样白，一样冷，眼睛睁着望着天空，眼眶乌黑，深深下陷。雪花滚过冰冷的鼻尖、额头，又一次在风中高高飞起，打了几个空翻，挂在一杆步枪的刺刀刃上。刺刀满是橙红色的铁锈，像石头上生出的苔藓，形状特别，微微隆起。在这铁锈之上，还覆盖着一缕缕干涸的血迹，翘起一层一层硬皮。

又是一阵风吹来，雪花从指着天空的刺刀上飞起，落到一面倒在地上的红色旗子上。这面旗子似乎经过无数磨难，此时已经碎裂成许多条，沾满了血水，冻得像铁片一样。它从前一定是竖在这里的，有一枚弹片拦腰将旗杆打断。它飞上天空，飘扬了片刻，横躺在一只弹药箱上，又零星落上了飞溅过来的沙土。但是已没有活着人将它竖起，只有一些血水，一些雪片飞过来，落在上面。

漫天雪花以雷霆万钧之势，从天空落下。人世间的一切似乎都将被掩埋，一切苦难都将被遗忘。在死亡面前，人似乎有无限多种可能性来逃避它。作为一名老兵，你无数次与死亡擦肩而过，但你明白，尽管人有那么多的可能性，那么多的希望，可是他终将接受死亡，在死亡的怀抱里看到最后的希望。但最后的时刻不是无边的黑暗，而是光明。世界如常，冬天过后，春天就将来临。枪炮无法阻挡四季轮回，就像子弹不能强迫一朵野花不再盛开一样。

英雄们在寒冬大雪中低唱，没有欢笑，没有眼泪，没有悲伤，没有骄傲。他们很坦然，就像终于可以在舞台上谢幕，从此走到幕后小憩一样。

新生

王大心打光了最后几粒子弹，将步枪狠狠砸在地上，裂成两截。美国军人也许根本就不稀罕这支破旧的步枪，更不会去用它。但这是一支穷惯了的军队，本来就一无所有，从来只从敌人手中夺来武器，还未把武器留给过敌人。王大心的一条腿断了，肚子被弹片打了个豁口，一阵一阵刀绞一样的疼痛。现在，终于不痛了，他想，这下可能真的要见魏大骡子去了。他把最后两枚手榴弹的后盖扭开，将拉环套在小手指上，默默等待着美国人走到自己跟前，然后就跃起身，抱住敌人，与他同归于尽。

这时，远处传来沉重的炮声，公路上有一明一暗的汽车灯火。在黑暗中，王大心看到美国人突然改变了队形，开始无声无息地后退。许久，公路下的坦克也慢慢走远了。天地间一片寂静，仿佛什么都没发生过一样。

……

天快亮了，一队队穿着土黄色军装的队伍从高地下面的公路经过，步伐很快，快得像跑一样。王大心命若游丝，仿佛刚从梦中醒来。他望着下面，感到一阵欣慰，一二三师终于过去了。同时，又是一阵极度的想念袭来，他侧过头，看着散布在整个高地上的战友的尸体。他在想，如果自己活下来，又该如何度过一个又一个漫长的日日夜夜？他曾说过，死亡面前人人平等，可整整一个连的老战友，还有那些补充进来的新战友，都毫不犹豫地践行了自己的诺言，而独独自己却活了下来。虽然自己不是因为贪生怕死而活着，但这锥心的疼痛却越来越强烈。他在心里呼喊着战友们的名字，却愈加感到自己的孤独和寂寞。

一个年轻军官脱离了队伍，向高地上面小跑过来。他惊呆了，看着满地的尸体不知所措。好一会儿，他回过神，在雪野里大喊，还有活着的人吗？还有活着的人吗？

王大心看着离他不远的那个自己人，心想，我要求救吗？可是战友们啊，我多么想你们啊！思虑片刻，他默默垂下头，把脸紧紧贴在冰冻的地面上，闭上眼睛，轻轻道，等等我，我找你们来了！一行泪水从眼角滴下，融化了一小块雪土。

不远处，二斗伢子抬起头，可是他的嗓子和身子好像冻住了一样，想喊喊不出，想动动不了。他拼命地伸出手，抓起倒在地上的红色碎烂的旗子，用尽最后的力气，摇了摇。

又过了一会儿，二斗伢子恢复了知觉。他躺在一个人温暖的怀里，那个人急切地看着他，问道，你们是哪个部队的？

二斗伢子摇摇头。

那个人又问，那你们的连长叫什么？

二斗伢子又是摇摇头。

那个人道，小同志，高地上就剩下你一个人了，跟我们走吧！

尾曲　无名

多年以后的一个夏日午后，有个年轻人去采访参加过那场战争的老战士。他进了小院子，在一棵槐树下，坐着个老人，几缕如剑的阳光打在他身上。老人靠着竹椅背，脸仰着，眼睛半闭，嘴唇颤巍巍地合不拢，几滴口水从嘴角流到白背心的襟子上。老人的皮肤像纸一样薄，蚯蚓一样的血管发黑发紫，轻轻抖动，脸上，脖子上布满了褐色的老人斑。看不出老人在看什么，他盯着槐树上的某处角落，也不知他在想什么。这多半是个痴呆的老人，目光散乱，身体羸弱，如同一盏欲灭的油灯。

这是一场异常艰苦的交流，老人的耳朵几乎听不见声音，也说不出连贯的句子。年轻人没有记录下一个完整的地名、人名和时间，只有一个又一个断断续续，如同在梦中的细节。突然，老人放声大哭，浑身剧烈地颤抖，你不能相信这样一个如同枯草般的老皮囊里，还能爆发出如此大的力量。他一个劲儿地说，我对不起他们呀，我连他们叫什么都不知道，我的连长，我的指导员，那么多人啊，都死了！我真该死！我应该找找他们才对呀！

年轻人隐约猜出，老人在讲述着一个没有留下番号的连队。但他有些困惑，因为半个多世纪以后，他似乎无法想象那支无名连。他们是如此壮烈，如此整齐划一地接受了死亡，在今天，要怎样去理解那些无名无姓的人呢？

老人让家人取来一只红色硬壳本子，指着上面的文字，含混不清地说着。突然，从本子中间掉下来一张泛黄的照片。照片上是一个少女，站在小桥上，手握一束梅花，略带羞涩地看着远方。年轻人一时间呆住了，如今，怕是再也见不到如此风韵的女孩子了。他似乎掉进了一个深渊里，隐隐闻到一阵幽香，却一无所获。

老人耗尽了体力，靠在椅背上睡去，一只手垂在扶手上，像风中的树叶。年轻人站起身，恋恋不舍地看了一眼照片上的女孩子，惆怅地转过脸，离去了。

色·魔

一

科长把一只牛皮纸袋卷宗递给我，神情却不那么心事重重，甚至有点轻描淡写地说，把案子结了吧。在我们刑侦科，这有点不同寻常。我抽出案卷，扫了一眼，好家伙！快七十岁的老头子，有多名妇女告他性侵犯，而且这些人还是有名有姓的，无名无姓的受害者恐怕就更多了。我和科长相视一笑，道，这可是个大魔头！

老家伙姓黄，后来我把他称为黄某某。他是一家生产蓄电池工厂的老板，这种蓄电池有专利，据说还出口到美国。他过去干过不少行当，比如，往北朝鲜卖过过气的家电，开过汽车修理厂，专修公车，还和政府部门合作搞过城市绿化。所以，黄某某其实应该叫黄总，是个有钱人。当然，我觉得，在法律面前，应该只有有罪和无罪的区别，而没有有钱和没钱的区别。

第一次见黄某某是在十一月份，刚下过雪，还没来暖气，空气湿冷湿冷的，浑身冻透了。我去一家医院看他，肿瘤医院。他脑袋里长了一颗瘤子，呈烧饼状，晚期。医生告诉我，他的时间不多了，不出意外的话，还剩下三个月，鲜有例外。我有点松了口气的感觉，又觉得很无趣，明白科长把案子交给我时，为什么没那么大压力了。

我从病房门的玻璃窗望进去，看到一个满头白发，很有精神的瘦老头，腰杆笔直地坐在病床上，出神地呆望着窗外。我突然直觉这是个不好对付的老家伙，而我还远未做好准备。于是，我决定先同受害者们谈一谈。

最先来的是个文化传媒公司的女老板，三十五六岁，身材高挑丰满，腰身和大腿圆圆的，脱掉不大起眼的灰色羽绒服后，里面是一件很低的黑色羊绒毛衣，胸前挂着一颗金黄色水滴形琥珀，白细的手腕上有条很细的镶钻小表。外面，她还带来了两个公司的女孩子，一米七五以上模特一般的身材，高高瘦瘦，叽叽喳喳，很光鲜。

女人不太说话，又让你感到某种力量。她很有吸引力，从脖颈，从下巴，从手腕，从大腿，浑身散发着略带香甜味的，如同冬天里的炉火那样的热力。她对这种吸引力有绝对的自信，并且在与我说话的时候，字里行间都在利用着它。

我问，这件事发生了几次。她反问，上次做笔录时没说清楚吗？我说，刑事案件通常要做多次笔录，只有把细节砸实了，才有把握给嫌疑人定罪。依你过去的笔录，恐怕算不上是刑事犯罪。如果黄某某是公务员，或公众人物，他还可能受到行政或舆论的惩罚，但他仅仅是个公司老板，他会有什么损失呢？

她说，三五次吧，记不清了。我问，最早的那次发生在什么时候？她说，十五六年前吧，那年我十九岁。我问，那时你为什么不报案呢？女人答，那时我没办法反抗。我困惑地问，没办法反抗是什么意思？有人阻止你报案吗？女人说，我那时一无所有，除了失去，还是失去，所以我没报案。

我小心翼翼地问，那么，黄某某是否给了你补偿呢？他的公司很有实力。否则……否则，怎么可能又发生了相同的事情呢？实际上，我现在很有点怀疑女人多年以后报案的动机。女人从心不在焉的状态下认真起来，抬起脸，专注地看着我，道，如果有了补偿就不受惩罚，那么，犯罪不就是有钱人的特权了吗？这个世界会变成什么样子，你想过吗？

我也不自觉地挺起腰板，做出认真的样子，点点头，暗想，这案子恐怕不那么容易了结。我琢磨了一下，又问，不知你是否了解黄某某现在的健康状况？他患了脑癌，已经扩散，三个月……女人打断了我的话，道，我就是要让他进监狱，让他付出代价！女人突然情绪有点失控，眼睛涨红，道，我本来是可以成为诗人的，这个人把我整个地，彻底地给毁了，你看看我成了什么样了？像老鸨一样，带着这群小婊子满世界讨生活，有上顿，没下顿，刚过上点人一样的日子，公司又给查了！

后面的话，我就不记下来了，满篇污言秽语，唯恐刺激了读者们的心境。另外，我当时也觉得女人有点过于冲动，失去了现实感，再纠缠下去，连我也要失去现实感。

第二个女人要年轻一些，三十岁左右。头回来的时候，头发乱蓬蓬的。她又高又瘦，手指细长，有点不太健康的苍白，说话时不直视你的眼睛，瞥一眼你，便看着屋子里的某个角落，自顾自地说起来。第二回做笔录时，她精心打扮了一下，完全变成了另一个人。头发用带小花的手绢扎起来，脸颊由于抹油脂而有了光彩，加上乳白色的宽松毛衣，可以说是个很漂亮的女人。

但我发现这个女人有点怪异。她特别愿意回忆，一回忆起十年前的细节，就很沉迷，留恋，而且滔滔不绝。仿佛过去是一个避难所，或者是一个梦，永远都不愿意醒来。而一谈到现在，一谈到当下的情况，她就变得迟钝起来，不自觉地手捂着胸口，好像呼吸很困难，甚至是要窒息的样子。

她过去是农村小学的教师，在山区待过七八年，几年前才调进城里，在教育局任一个闲差。我试图去了解她，但她的内心有一处极为脆弱而且敏感的地方，好似一根很细的弦，稍一触碰，就像有大病要发作一样，有点吓人。所以，对这个女人我也尽量敬而远之。

还有一个女学生，刚从舞蹈学校毕业两三年，在一家坐落在郊区的服装厂做文秘。这是个不太说话的女孩子，个子不很高，但身材很好，挽着发髻，五官惊人的完美，虽然是化过妆的结果，但刚坐在我对面的时候，还是有那么一瞬间让我莫名其妙地被触动，这种不正常的感觉可是作为一名警察的大忌。

与前两个女人相比，这女孩子还挺沉稳，不那么情绪化。与这个年纪的女孩子相比，她身上有更多与众不同的东西，眼神、话语、坐姿，每个细节都不是随意而为的，而是经过千锤百炼得来的。她似乎不太主动，漫不经心，有点冷漠，你却又觉得她身上有种爆发力，会做出什么让你不能想象的事情来。

至于其他受害者，我就不先一一交代了。总之，她们在各行各业，有各色人等。做警察这种职业，你会从另一面来观察这个世界，会遇到许多常人遇不到的事情，你会看到人性当中更黑暗的一面，你也会比其他人付出更多心血，来重建自己的精神世界。当然，最后你会发现，处在精神世界顶端的那些个东西，比如说善良、正义、宽恕等等东西，都没有变。每个人最终都要走到那里，就像花儿离不开阳光一样，只是每个人走的路不同罢了。有的人一生下来就离那些东西很近，有的人却要走很长的夜路，看过很多可怕的东西才行。

二

　　有天下午，阴天，天空苍灰色，派出所的院子里落了厚厚的杨树叶，干黄黄的一大片，风一吹动，发出咔咔的脆响。学舞蹈的那个女孩子做完一次笔录，我要她带我去实地看一看，留一些照片之类的东西，虽然实际上并无多大用处。院门口停着女孩子的车子，紫红色奥迪 A6，街上不太常有的颜色。派出所的桑塔纳停在光秃的红砖墙下面，购于 20 世纪，和女孩子的车子比起来，显得灰头土脸。

　　再破烂的车也是警车，我们还是开这辆车出发了。女孩子略显拘谨，把她那只很贵的深红色小包捂在肚子上，身体僵硬，少有动作，哪里也不碰。我们走了很远，到了郊区。路两旁的高大杨树掉光了叶子，把灌溉水渠填得满满的，仿佛一条金色的河。更远处的玉米地光光的，只留下尺把高的，尖利的玉米秆，几只塑料袋挂在上面，在寒风里剧烈地抖动。

　　在一处孤零零，无人的公交站牌处，有一条小路向山里面走。车子又行了十几分钟，我看到女孩子上学的那家舞蹈学校。笔录上写，她第一次见到黄某某就在这里。舞蹈学校有红砖墙围着，墙外面是一条排水沟，沟里没有水，堆着方便面袋、碎报纸、卫生纸、枯树叶等杂物。再往远处，是一条小路，小路两侧是拥在一起的平房，好像是一个小村子。过了小村子，就是山脚下了。

　　进了学校大门，里面很寂静，有民国风格的三五层砖楼，有草坪，有小树林，还有林间小路，总体来说不错，是个颇有点艺术气息的学校。不过，围墙内外的差异很大，会让人心里有种惶恐，说不清，道不明。

我们上了一座旧式红砖楼的二层，楼梯是木质的，中间部分磨得凹了进去，踩上去嘎吱嘎吱响。楼道里很暗昏，几米远才有一盏瓦数很小的黄灯，落满了灰尘。

走廊里很冷。女孩子贴在一扇门玻璃上，很痴迷地望着里面。她打了个冷战，转过脸，对我说，看见那群女孩子了吗？几年前，我也是她们的样子。

我凑到玻璃边，玻璃上起了雾气。我擦了擦，里面二十几个女孩子围坐在地板上，圆圈中间是一对男孩子和女孩子在跳拉丁舞一类的舞蹈。两个人像站在舞台上那么专注，每个动作都一丝不苟，在停顿处高高昂起脸，带着很专业的灿烂笑容，仿佛不远处，真的坐着一大群黑压压的观众。两个人手拉着手，或扶住对方的腰身，眼睛偶尔对视，稍稍带点孩子气，天真无邪，心无旁骛。在某一刻，我的心被什么东西触动了。也许是因为我长期以来的职业习惯，一旦某件事涉及了女人和男人，我就必定下意识地想到淫亵的事件，想到犯罪。可眼前的两个少年却与此毫无关系，至少是此时此刻，竟让我有点自惭形秽的感觉。

这对少年舞伴舞毕，以一个柔弱却挺拔的姿势停在那里。女教师带头给他们喝彩，周围的女孩子也鼓掌、尖叫。我转过头，看了一眼身旁的女孩子，不料她脸颊上竟有两行泪水。我不禁想起她刚才说的话，琢磨着，那么，她现在是什么样子呢？

学校不大，不到一个小时，我们就出来了。我们开车向城里走，快到城区时，路过一条河，河岸有大树，大树后面是一片二三层的简易房。女孩子邀请我道，我在这里住过几年，要去看看吗？

我们沿着河岸的小路，走到树林后面。这里是一幅典型的城乡接合部的景象，一簇簇密集的简易楼房挤在一起，中间一条较宽的大路，楼房与楼房之间距离很近，以至于你可以从这幢楼的窗子爬到那幢楼去。这些楼用钢骨架搭成，裹了层保温板，外表还说得过去，但结实不结实就不好说了。幸亏这个北方大城市几百年都没有过大地震的记录，否则，这些房子是绝对经不起风吹草动的。

街两旁是一排排小店，聚集着来自全国各地的打工者。这些小店装修简易，灰头土脸，但很便宜，可以实惠地填饱肚子。一到晚上八九点钟，城里打工的年轻人都回来了，这里热闹起来，不太明亮的黄色电灯泡下，人头攒动。年轻男女挤在一起，吃得热乎乎的。

此刻，街道上空空如也，只有几个女人推着婴儿车慢慢走，或三五个孩子追逐打闹。垃圾箱的盖子开着，不时有包装袋和餐盒被寒风吹出来，几只脏兮兮的小野狗、野猫聚在那里，挑一些食物来吃。

有两座简易楼间隔不到半米，我和女孩子从中间的小土路钻进去，找到了楼梯。楼道里堆满了煤气灶、旧洗衣机、暖水瓶之类的东西，头顶上密密地挂着一长排洗过的衣服。这座楼的女房东是个四十来岁的女人，她的屋子里点着电暖气，看起来很暖和，门玻璃上结着雾气。她正穿着红色的保暖内衣，坐在小凳上，对着一台小电视看节目。

此刻，住在这儿的人都在外工作，楼里空无一人。窄窄的楼道里隐隐传来楼下电视机的声音，很冷，很暗，空荡荡的，显得非常寂静，少有人气，透露着点古怪的感觉。

女孩子带我到一间屋子门口站住。里面是空的，看来还没租出去。屋子很小，床板光着，地上有张旧报纸。紧贴着窗子，是对面简易楼的窗子，那边的粉色窗帘拉着。水泥地板上有很多灰尘，隐约看得见几个脚印。

女孩子对我说，我曾在这里住过三年多时间。

她沉默了许久，又道，像我们这样的女孩子，或早或晚，都要现实起来的。

这时，从旁边的一扇木门里传来几个女孩子的说话声。然后，门咣当一下开了，一个穿着衬衣衬裤，脚上踩棉拖鞋，外面裹着羽绒服大衣的女孩子出来，手里提着只暖水瓶。门里面几个女孩子大声喊道，快点呀，演出要迟到了。提着暖水瓶的女孩子看到我，吃了一惊，蹑手蹑脚地从我身边走过去。

有只手拉了我一下，我和女孩子下了楼。我发现她背对着那几个女孩子，把脸藏在毛领子下面。坐在警车里，女孩子轻声说，等一会儿好吗？她低着头，一直盯着简易楼门。

一会儿，四五个浓妆艳抹的黑衣女孩子叽叽喳喳地出来。不远处，停着一辆破旧的面包车，一个穿旧式军大衣的中年男人站在那儿，嘴里叼着根烟，不耐烦地挥了挥手，示意她们赶快上车。面包车本来不大，里面还堆了些演出用的道具，有个女孩子挤不上去了。中年男人扶住她的屁股，硬生生地把她塞了进去，吐掉烟头，又用足了劲，将车门砰地拉上。

许久，女孩子用指尖擦了擦眼角，小声说，走吧。此时，天也渐渐黑透了。

三

我再一次去医院时，天气很好。天出奇的蓝，阳光如剑，远远近近染上了淡金色，很远处的楼房、大树异常清晰。对于这座终年笼罩在雾霾之下的北方城市，简直是上天的恩赐。

住院楼下停着一辆绛红色的保时捷 Cayenne 越野车。车子后半部挂了厚厚的泥浆，仿佛赶了很远的路。一个四十来岁的男人，迎头将半桶水泼在车子上，又用一把脏兮兮的拖布，在上面胡乱地抹着。男人蓬头垢面，皮夹克穿得窝窝囊囊，腰弓得像个问号。

黄某某的病房门口坐着两个刚从警校毕业的实习生，见我来了，屁股欠了欠，看得出来，两人很疲惫。我吐了口气，走进病房，向愣愣地望着窗外的黄某某打了个招呼。

黄某某的白发一丝不乱，身体很瘦，病人服显得很宽大。他的腰板尽力挺得很直，双手撑在膝盖上。他冷冷地打量了我片刻，道，你放心，最终，我一定会给你想要的东西。

沉默了一会儿，他似乎在观察我内心的波动，又说道，但是，你必须要完完全全地听我讲，不要打断我，即使你很生气，想一枪崩了我，也要让我讲下去，直到把话讲完。好吗？

我点点头。

这时，门外的两个实习生和什么人吵了起来。原来是楼下那个擦车的邋遢男人。黄某某费力地高声喝道，阿三，别闹了。门外一下子安静了，那个叫阿三的男人晃晃悠悠走进来，拎着一只漆质大食盒，将一样一样精致的小菜摆在黄某某的病床前。

黄某某道，阿三跟着我二十多年，我死了，不知他会是个什么样。有时琢磨着，现在想找个和你形影不离二十年的人，还真是不容易。

黄某某不再说话，专心致志地吃起午饭来，旁若无人。他吃得很费力，但还坚持着把食物咽下去，消瘦脸颊上的筋肉，还有喉结一下一下蠕动，让人有种说不出的触动。许久，黄某某放下筷子，抹了抹嘴。阿三胡乱地把碗碟、餐巾纸扔回食盒，出去了。

黄某某把身子向阳光下挪了挪，说道，我是四九年春天生的，具体哪一天，我娘给忘了。我娘记得生我那年，村里枪毙了个地主。别的人手上有点地，政府让交就交了，唯独他，死活不交，结果五花大绑，嘴里塞上破布，在一个小黑屋子里给枪毙了。到了，地还是别人的。

而且啊，我娘当年也不知道新中国成立这码子事儿。她只记得——光复，也就是日本鬼子投降。我老家东北的，呵呵，那些年，满族人走了土匪来，土匪走了日本人来，之后是国民党，最后，国民党也跑了，镇政府的人跟走马灯似的换。

黄某某笑了笑，道，我呀，要死了，就一直在想，我是怎么成了今天的样子的呢？我说这话，可不是像罪犯那样，临要被杀头，得好好悔过。而是说，想一想我小时候的事，还有我年轻时候的事，和现在简直是天壤之别啊！你比如说，我十来岁的时候，流氓罪就能给枪毙喽，现在，你把人强奸了也不过判个三年五年。照理说，世道变化这么大，我们这些人应该掉几层皮才对，但似乎也没有，一年一年的，就这么过来了。

黄某某又道，扯得远了，我简单点说。我生在大兴安岭那儿的山里人家，可不是像许大马棒子那样的土匪，而是老实巴交的屯子户，家里没什么地，靠到山里采木耳、蘑菇、人参为生，冬天打打野鸡、兔子。我脑袋灵，虽然家里边没一个人识字，但我却轻轻松松上了高中。那时，上高中国家给配口粮，和成年人一样多。高中没毕业，我们这一批人响应号召——上山下乡。我在生产队待了一年多，因为思想上进，干活踏实，被推荐上了大学。

就这样，我去了北京，进了哲学系，学习政治经济学。那几年，我就像一只风筝，慢慢从地面上起飞，然后越飞越高，最后飞到了高空，被狂风猛吹了一下。想想，一个山里孩子，一无所有，能进北京，能坐在干净的教室里听课，这是做梦都不敢想的事，这一切都是谁给我的？那几年，我的身体像是要炸裂了一样，热血沸腾，随时准备为中国革命献出一切。那时候的我，没有一，没有二，没有三，只有一切，毫无保留！

政治经济学是个好东西，因为它很纯粹，在这个纯粹的领域里，它没有任何问题，它自圆其说，它铿锵有力，它让人激昂澎湃，我那时真诚地相信，全世界的穷人们，也包括我自己，将因这个学说而得解放！你看，说着说着，我就激动起来了。

三年后，我毕业留了校，二十三岁，成为一名年轻教师。那个时候，我经常会轻念一些个词汇，比如说——穷人，比如说——无产阶级，比如说全人类、全世界、全民族，每当这些词从我的口中轻吐出来时，我的嘴唇都是颤抖着的。我觉得这些词就是我，我就是这些词，他们替我承载着人世间的一切苦难。我的灵魂原来是死去了的，或者说是沉睡着的，而当他们在我口中复活时，我醒了，醒来时浑身血淋淋的。我躺在一具具尸体中间，他们和我一样，是受苦受难的穷人，只是他们再也无法醒来。而我，是他们的儿子，也是他们的先知，他们身上的每一样剧痛我身上都有，他们身上流下的每一滴血，都曾经从我身上流下过！

后来发生了一件事，我的青春就彻底结束了。有天晚上，我们三个年轻教师把一个老教授吊在教室里，后半夜，老教授死了。我被判了八年刑，从监狱里出来时，世道已经大变。另外两个年轻教师没判刑，但有一个在"文革"结束那年上吊死了，吊在宿舍的门框上，挂了一晚上。据说，他没能踢掉身子下面的凳子，于是就半跪着吊死在空中。

我不知道他为什么要上吊，我的意思是说，他上吊的原因有很多，但我不清楚是哪一个。是恐惧？是懊悔？是失望？但有一点我很清楚，当你残酷无情地对待某一些人时，将来有一天，他们也会残酷无情地对待你。

我在想，是我错了吗？我出生那年枪毙的那个地主，他该不该被枪毙？按照政治经济学，他就该被枪毙。那么按照政治经济学，那个老教授也一样该被枪毙。他的理论，本质上就是让穷人们世世代代当牛做马，世世代代做奴隶！别看他满头白发，面目慈祥，可那是伪善！他的内心比魔鬼还可怕，他的内心最最肮脏，他比杀人犯还要罪大恶极！

他不该死吗？如果他该死，就像那个被枪毙的地主一样，那我就不该被判刑，我的那个同事也不该上吊自杀，因为那不是我们的错！想了许多年，这件事我一直想不明白。现在，我倾向于认为，历史本就是本糊涂账，不可能把什么东西都计算得一清二楚。我避免去想这个问题，否则，我非疯掉了不可。

说到这儿的时候，黄某某突然捂住太阳穴，脸涨得通红，面目扭曲，那个脆弱的老皮囊仿佛是一只硬化的气球，马上要炸裂开。尤其是他的眼睛，不知为何，我好似看到一股乌蓝色，那是一种仇恨、刻毒、疯狂，还有迷惘等等复杂情绪鼓动之下才有的眼神。他的上身剧烈地蜷曲着，好像在用全部的力量遏制住疼痛。

过了许久，他的身体慢慢放松，额头上有豆大的汗珠。黄某某仿佛从死亡那里走过一遭似的，脸上如释重负，眼里流出几颗泪珠，说道，今天不行了，你明天来吧，一定要来，我恐怕坚持不了多久。

四

我默默地观察着黄某某，少说话。我猜测他想要说什么，他说这些的目的是什么？他想证明自己是无罪的吗？

我见过不少罪犯，当然也包括死刑犯。在最后的时刻，几乎所有人都只做一件事情，忏悔。人在临死的时候是很无助的。这种无助并不是害怕，也不是脆弱，有点像什么呢？有点像一个人要进一个黑洞洞的浴室，在进去之前，必须把身上所有的衣服脱掉。你不知道那个黑洞洞的所在有什么，是什么样子，但你必须进去，你什么都带不上。

这个时候，一切虚妄的东西都将被放下，除了你的心声。这心声不是从你的脑子里来，而是从那个黑洞洞的所在来。这声音非常简单，简单到不需要任何理由。所有的死刑犯都会承认自己错了，并乞求受害者的原谅，尽管受害者已经死了。

我想，黄某某也接近这种状态吧？他没有必要辩解，也没有必要骗自己。最后，他也会忏悔吗？我不知道，他看起来和别的罪犯不太一样，他有自己对历史的理解，而且很自信。那么，就姑且让他说下去吧。

第二天早晨，黄某某道，我还得说说另一件事，是关于我爱人的。现在没人这么叫了，都叫媳妇、老婆，还有叫太太的。爱人是那个时代特有的词，很单纯，很美，大家叫得也很自然，仿佛男女关系仅仅建立在形而上的基础上，没有什么世俗的、肮脏的羁绊。

第一次见到我爱人是在乡下，那一年我刚留校，学校组织教师到农村劳动半年。像我这样从山里边来的，干惯了重活，拾马粪、挑水桶之类的活儿很轻松。西北方向的山脚下有个破庙，庙附近有个小镇子。有一天黄昏时分，庙门口聚了很多人，和尚们头戴高帽，胸前挂着纸牌，低着头在庙门前青石板地上站了一溜儿。

我远远看着热闹。人群前面站着不少年轻人，十七八岁，高中生的样子。有个男孩子站在条凳上，身穿白衬衣、深蓝色裤子，慷慨激昂地讲着什么。他的嗓音像个年轻的叫驴，有些嫩，喊了几声就哑了。

那时的群众运动，没有什么条条框框，更像是一次战斗，或一次演出，特别需要一些十分有才能的领袖，或者说组织者、演说家。说老实话，那个时代培养了许多优秀的领导者。十七八岁的年轻人，站在几百上千人面前，一点不害怕，说起话来激情澎湃，有股子天不怕地不怕的劲头。

那个高中生不是个好的领导者，看来很快就会被淘汰。人们一点没有群情激愤的样子，有个男孩子拉着母亲的衣襟，吵着要回去吃饭。周围的人非但没有制止，倒有点同情起那个孩子来了。

有那么一瞬间，我特别愤怒，也掺杂着一些委屈、悲观，总之是一股特别扭曲，而且强烈的情绪。我有些恨那个年轻人的无能，也鄙视人群的漠视。我非常想上前去帮助那几个高中生，又觉得这事得靠他们自己，胜利也好，失败也好，他们得在现实中摔打筋骨。

就在我特别焦急的时候，一个女孩子冲到老和尚面前，昂着脸，怒视着他。老和尚面无表情地看了她一眼，垂下眼，瞅着地面。女孩子身体前倾，像是要奋力推倒一面墙一样，当胸推了老和尚一下。老和尚本能地用双手抵住了女孩子的双肩，也许是真的用力推了一把，也许是女孩子太过瘦弱，总之，女孩子摔倒在地。

一个柔弱的女孩子，奋力推倒比她强大得多的人，这个情景给我留下深刻印象，至今历历在目，没有什么比这还充满力量了。同时，这件事也点燃了年轻人们的怒火，老和尚被揪了出来。

后来，我走了，我觉得高中生们是取得了胜利。吃晚饭时，我还听到枪响。

晚饭过后，我心里有了一丝牵挂，与我当时常有的那种激烈、奋不顾身、一切都可以舍弃的情绪相比，显得与众不同。当然，与时下那种软绵绵的，肉欲的，很肮脏的感觉也完全不同。女孩子的眼神里有种令我心碎的东西，但那不是仇恨，而是隐藏着亘古以来天大的秘密。这个秘密只要一诞生，就会存在下去，不需要谁为它辩护。你只要见到过它一回，它就会永远地，活生生地存在于你的心中。

我再次来到庙门前时，人群已经散了，留着一堆篝火，影影绰绰。女孩子蹲在草丛里，我仔细看去，那里扔着老和尚的尸体。我走过去，老和尚仰躺在草上，瞪着眼，额头上有个弹孔，几缕血迹从那个孔里慢慢流出来，染红了鼻梁、脸颊、耳朵。后脑估计被打碎了，有一些红白相间的黏稠液体泼在草丛里。他的衣服破破烂烂，如果不留心，会觉得是一个遭人丢弃的东西扔在那里。

我走近时，看见女孩子拿一块白色手绢，擦拭老和尚脸上的血。她擦得很认真，也擦得很干净。最后，她用很白很纤细的手抚过老和尚的眼睛，将其闭上。火光颤动，女孩子的脸映在浓红色的光里，很清晰，显得眼睛很大，眉目间有种心无旁骛、沉静如水的东西。我注意到，女孩子白衬衣的领口处，有一滴血迹，很醒目。

女孩子抬起头，对我说，我认识你，你是不是某某大学来这里劳动的老师？我是某某中学的高二学生。她站起来，我们聊了几句，后来就聊起了政治经济学。在她身边，我脑子里的东西像涨水一样，源源不断地向外涌，好像永远也不会枯竭。此时，政治经济学就仿佛是一块透明的水晶，又美丽，又纯净，在夜空里散发着柔白色的光芒。

不知不觉，皓月当空，我和她坐在河边的青石上，有股又凉又潮的水气在河面上飘动，味道香甜。我们一点也不知疲倦，时间仿佛在用一种感觉得到的速度流逝，每一次抬眼望月，就发现它升高了几尺。

月亮越过天顶，又向另一侧落下去。我和她站起来，向破庙方向走，其实那里并不是回去的路。可不知为什么，我和她仿佛很默契似的，慢慢地向那里走。半路上，我拉起她的手，她看了我一眼，便把手指摊开，贴在我的手心里。

路过庙门时，老和尚的尸体还在草丛里，夜依然静谧。我和她似乎都没注意到那具尸体，径直向庙门里走去。走到前堂，里面破破烂烂，佛像被砸得面目全非，木梁上挂着厚厚的蛛网，微微飘动。月光特别亮，照进庙堂里，遍地银光。

在佛像下，我俩站了许久，我把她搂进怀里，然后便是亲吻。再然后，我发现身后有张很厚很重的案桌。我便把上面的坛坛罐罐都扫到地上，一把扯下褪了色的黄帷幕，铺在案桌上。

我把女孩子放在厚厚的帷幕上，弯下腰，又一次亲吻她的嘴。她的嘴唇又瘦又烫，而且干裂起皮。几片硬皮翘起，像枯树的叶子。我的嘴唇也一样。于是，我们亲吻的时候，真的像两堆干柴，或者像冬天河床里被大风吹得哗哗响的枯叶。慢慢地，我们两个互相把嘴唇濡湿了，又像在夏季午后的河里洗澡一样，自由自在，温暖光滑。

我接着亲吻她的下巴，并且继续亲吻下去。我看到她白色衬衫上的那滴血迹，在领口的那一颗，此时，它特别红艳，纤毫毕显。我解开她的扣子，那里又露出一粒乳尖，颤巍巍的，像一个没熟的青梅子。

我就把她搂在怀里。说也奇怪，那个时候，我没有特别在意她的身体，比如乳房、屁股、大腿一类的东西。她搂着我，有点瘦弱，但一点也不胆怯。皮肤也不似现在的女人那么白，或许还是黝黑的。但是，当她在我怀里的时候，就仿佛有一道强光在我身体里。我知道，并且我坚信，这世上有种东西是柔弱的，但无坚不摧，值得舍弃一切去赢得它。而这种东西在尘世间的化身，就是和我赤裸相见的女孩子，就是我的爱人。

我只能说，那种爱是无以复加的。后来，有几次，我以为我又遇到了，其实都不是。

没多久，我和我的爱人结婚了，没有任何困难。又过了一年多，我因为斗死了人，被判了八年刑。就在这八年里，我的思想有了变化，具体变化在哪里我不知道。但我的爱人没有变，她一直来监狱看我，一直等着我。在文化大革命结束之后，她依然没有变。

这种没有变，不是她反对报纸上刊登的文章，而是她的气质没有变，那种深入骨髓的东西没有变。她是透明的，而我自己，慢慢开始变得浑浊，最后，完完全全变成了一堆行尸走肉。

出狱之后，我没有工作，彻底失去了生活保障。若是在改革开放前，一个犯人，像我这样的，几乎是没法生存的，给某个单位收垃圾，清粪坑，倒泔水桶，没有工资，没有住的地方，出去要饭都不行。可世道变了，我可以做些小生意养活自己，后来还竟然慢慢做得大了。我真他妈的不知该感谢这世道，还是该恨它。

　　说来可笑，开始做小生意全是让这世道逼的。当别人还有体制可以保障，犹像着该不该一头扎进这个隐隐现身的大潮流中时，我已经被一脚踢了进去，一点选择，一点尊严都没有。最开始时，给人家补车胎、修鞋，刚够一家人糊口。真正赚了些钱的，是在街口卖包子。

　　我卖的是纯肉大包子，咬一口，可以顺着嘴角流出不少油，而且个头很大很白，躺在蒸屉里，比初生的婴儿还鲜嫩。那个时候，没人吃纯肉包子，这是件非常非常奢侈的事情。我战战兢兢地站在街口，在大树旁边摆上一只凳子，再搁上三只笼屉，树上挂起一张报纸糊的纸板，上面写着，天津包子，其实我也不知道天津包子是什么样的。之所以在大树旁边，是因为我很害怕，怕有人抓我，如果真的是这样，包子什么的我就不要了，撒腿就跑。

　　可那天的生意非常好，尽管我的包子很贵，一毛钱，可还是有人买，把我的笼屉围了个严严实实，还有不少人没买到。我就对他们说，我明天还来，你们在这儿等我。那一天，我挣了五块钱，这是笔不小的数目。这钱来得太容易，就像做梦一样。我在想，我只要再使使劲儿，挣个十块二十块简直唾手可得。而这些钱，相当于有些人一个月的工资。

　　当我把一毛钱一毛钱纸币拿在手里时，这些个东西就像烧红的铁片一样，或者像个有电的物件，让我浑身麻酥酥的，好像要晕过去，又仿佛风筝那样要飘起来。我身体里有种很烫又很狂野的东西，正在向世界里流，而世界里也有种类似的东西，从四面八方进入我的身体。我就像颗瘦黄的小苗，落在了极端肥沃的土地上，发了疯似的膨胀、生长。

　　我知道，我再也不透明了，身体里满是粪一样浑浊的浓稠液体。可那滋味特别好，用快乐、欢喜一类的词汇都不足以形容。而且我觉得，我和这个世界都实实在在地改变了，因为一个东西，一个很微不足道的东西。它依靠的不是激昂、愤怒、牺牲、无畏一类的情绪和意志，但是它力大无穷，足可以移山填海，可以天翻地覆。

那天晚上，我拿着钱，往家走。我的家是个砖砌的小房子，只有张床和桌子，厨房是房前搭的木板棚。我把钱给了爱人，当时，我脸上一定是抑制不住的欣喜。可是她一言不发，低着头，把钱收好。那一晚，我们什么都没说。我有种罪恶感，又有种喜悦，两种强烈的情绪折腾了大半夜。

老实说，现在我也没弄明白，这两种情绪哪个对，哪个错。可是，那个时候，整个世界都仿佛在一片大狂喜之中。所有的人和事，好像都在告诉我，我是无罪的。而且，我也想不出我错在了哪里，我没有伤害任何人，包括政治经济学里面的穷人，于是，我也就心安理得地认为，我是无罪的了。

直到有一天，我拿着更多的钱，回到家，发现我的爱人安静地躺在床上，死了。她是自杀的，喝了一种叫六六六的农药。那段时间，她一直没说话，可我竟一点没发现。

有好长一段时间，我的精神都不太正常。震惊、疼痛、悲伤种种情绪压在心头，可这一切我无法解释，我不能给自己理由。此时，我的理性不能给我出路，我的生活也不能给我出路，于是，我只能顺着感觉我指出的通道向前走。这样，我也就彻底地无所顾忌了。

五

黄某某说的这些话，有自相矛盾，前后不一的地方。当然，更多的是让我费解。但出于职业习惯，我也就记下来了。我相信他说的是心里话。我的经验认为，在某种情况下，某些人说的话七零八碎、颠三倒四、不合逻辑、离奇古怪，这些话往往是真的。而有的人把话讲得很圆，并不停地证实前面的话，这个时候，倒很有可能是在说假话。

不过，这些与本案无关的东西实在是有点太多了，我毕竟是警官，而不是听人忏悔的牧师，于是我打断了黄某某。我说，讲讲你与受害者的事情，围绕着案情的核心来讲，我的意思你明白吗？

黄某某有一丝失望，仿佛一个很亢奋的人突然失语了。他生气地沉默了一会儿，好像舍不得这有人倾听的机会。

他问我，一九九五年你多大？我说，我十九岁。他点点头，道，哦，那女人与你一样大。

他说，到了那个时候，这世界已经发生了很多事情，是我从前做梦都想不到的。有群孩子闹腾过一回，可是和过家家一样，而且我觉得意义不大，因为这世道已经朝着一个方向狂奔了十多年，像脱缰的野马，任谁也拉不回来了。那群孩子想要什么呢？恐怕他们自己也说不清楚。

而我呢？快五十岁了，生意越做越大，但这皮囊却大不如前，人也整天疯疯癫癫的。这么说，并不是在外人看来我精神不正常，而是我的心里疯疯癫癫。我依然相信政治经济学，但我却做着与它相反的事情，至少我这么认为。我有种异常仇恨的情绪，我相信在半夜里，眼睛一定放着蓝紫色的光。这仇恨像汪洋大海，既恨我自己，也恨这个世道。有一天，来一场大洪水，淹了这个世界，我是绝对称心的。当然，我这只是打个比喻。

不可思议的是，我越是仇恨，生意便越做得顺手，钱像发了疯一样，向我这边涌。我没有尊严，没有底线，没有顾忌，无所不用其极。说实话，我在签合同的时候，面带微笑，心里却在怒骂，仇恨就像剧毒汁一样，烧蚀着我的心。

我曾经试图让自己正常起来，重新回到对与错，是与非的世界里来，可是不行，我发现我的内心其实很脆弱，我没有力量做到。在疯疯癫癫的状态下，我是正常的，我是真实的，而在对与错的世界里，我一定会被扯碎，就像剪刀剪碎一条破布一样，我忍受不了那样的疼痛，我也不想变得清醒起来，那样的话，我这个人也就死了。

那时，我的大部分时间是在酒宴上打发掉的。我一边疯狂地攫取着这个世界的财富，一边兴高采烈地大讲政治经济学。我就像在泥潭里越陷越深，没到了鼻子，马上快被憋死了，而政治经济学是那头顶上最后的光亮，我死命地伸出手，去抓它。另一方面呢，我就像个复仇的幽灵，游荡在每一个笑逐颜开、满嘴流油、忘乎所以的人的额头上方，伸出手指，对着他们耳朵狂叫，你们这是往阎王路上赶呢！

喝得差不多醉了，我那一套政治经济学大道理也就讲到高潮。我会顺势指着他们的鼻子，说，你们就是一群猪一样的人，马上要进屠宰场而不自知。这个时候，满桌子人都会不可思议地哈哈大笑，完全认同这个比喻，一点也不反感。

我又一次打断了黄某某，说道，你不能再这样没完没了地扯下去，法律不关心这些，法律只需要判断你有罪或无罪。

黄某某正讲得起劲，此时竟有点发蒙。我看见他脸上那种不太正常的神采飞扬慢慢变得黯淡，渐渐恢复到了现实中来。他闭上眼睛，低下头，嘴唇微微颤抖，似乎很痛苦。他看着我，眼睛里有些泪水，说道，当我说这些时，完全不由自主，我不知道是不是因为脑子里有个瘤子的缘故。

我说，你只要围绕着核心内容来讲就行了。

黄某某道，可是，我也在搞清楚自己到底有罪没罪啊？

我说，那是法律的事，你要做的是讲出事实。

黄某某冷笑了一下，用力挺直了腰，望了一眼窗外。有一只乌鸦落在枯树枝上，离我们只有几尺远。它侧过头，瞪圆了眼睛，警惕地望着屋子里的情形，忽然大叫几声，飞走了。

黄某某道，我倒是有点羡慕它呢。好了好了，我继续说，说你们想要听的。

那是一九九五年夏天的某个下午，我记得夕阳斜射进办公室里，很安静。我的身子一半被昏黄浓重的光照着，另一半在阴影里。有那么一小会儿，我有点不知身在何处的感觉。

恰在这时候，女人就进来了，对了，那时还是个小姑娘。她穿着一条白色的过膝长裙，抱着一只很厚的牛皮纸袋，衣着很保守，但有种与众不同的味道。毕竟她那年十九岁，大学一年级刚结束，正在放暑假。

我问她有什么事，她说她写了很多诗，想让我看看。我冷笑了一下，说，我不懂诗，你走吧。她站着不动，固执地看着我。我想认真端详她的脸，但她背对着夕阳，而我满眼是晃眼的光线，只看得见她瘦瘦高高的身体轮廓。

我仿佛是对着一个影子在说话似的。我说，你到底要干什么？她的声音有些颤抖，说道，我想出一本诗集，可是我没有钱。我问道，可是我不认识你，你凭什么觉得我会出钱呢？我的每一分钱都是自己辛辛苦苦挣来的。而且你要知道，我身边不缺女人，我有各种各样的女人。她沉默着，可这沉默很有力量。我知道她看着我，有几缕长发在夕阳里变成红色，微微飘动，还有几粒灰尘在空气中飞舞。

她稍稍弯下腰，凑近我的脸，说道，如果没有我，你活着还有什么意义呢？当时，我着实给吓了一跳。它也许只不过是一个小姑娘不知天高地厚的，或者说是孤注一掷的引诱。但在那一刻，我突然觉得后背冷冷的，好像我的爱人又活了过来，情深意切地对我说了这句话。总之，这是句类似神谕的话，含含糊糊、影影绰绰，你可以从多方面来理解，但它一瞬间就说中你的心事，丝毫不差！

我那股疯疯癫癫的劲儿又上来了，我在心里问道，当年你怎么不吭一声就走了？你好歹给我留下一句话呀！你真的回来了？你在她的身体里，是吗？哎呀！我怎么没发现，你复活了呀！

我用了好一会儿，把半张着的嘴重新闭好，把微微瘫软的身体坐正，努力回到现实中来。我站起身，慢慢走到这个高个子姑娘身边。我把鼻子贴近她的肩膀，有一丝体温，有一丝香水味道，她的长发抚过我的脸，撩拨着我的神经。这似乎并不是我的爱人的味道。我痴迷地伸出手掌，把手背贴在她的脸颊，向下滑行，经过修长的脖子，瘦削的肩头，纤细的手臂，然后是紧绷着的，微微颤抖的腰身。

我把手背若即若离地停在她的髋骨上，疯狂地想，我的爱人，若果真是你，你必会无惧一切折磨。

我在她的耳边轻轻说道，小姑娘，你出生之前曾经有一个旧世界，现在有一个新世界，你知道旧世界和新世界最大的区别是什么吗？

她沉默着，显然，这是一个过于巨大的问题。但这问题不过是折磨的一部分，它蒙骗不了我的爱人。

我说，新世界的基础在于交换，你想得到一些东西，你就得付出另一些东西。

当我说这句话时，我的心里在哈哈大笑，因为我还有半句话没说出口，那就是，这世间最大的罪恶，并且最肮脏的事情，恰恰是，没什么不可以交换，一切一切都可以交换，一切一切！

我笑得是多么邪恶，但我又多么痛快淋漓。我的脑子里突然出现一个古怪的情景，我的爱人坐在一个行刑椅上，正经受严刑拷打，遍体鳞伤。但是，我不知道结局。我想，如果你是我的爱人，那你就在行刑椅上重生吧！

我轻声说道，既然你如此坚决，那我们做一个交易好不好？我不稀罕你的身体，但你可以给我做一年工，一年之后，我给你出十本诗集的钱。怎么样？这个交易是不是很划算？

你是个警察，所以大部分细节我不说，你也猜得到。我就简单说几句。

我那时有个制鞋的小工厂，做出的鞋子很漂亮，从十八元一双到一千八百元一双都有，号称是真皮的，什么小牛皮、鹿皮、鳄鱼皮，其实大部分是人造革的，那些几十元钱的鞋子干脆是纤维纸做成的。看起来很漂亮，但穿不了几天就会掉鞋底子。呵呵，要不然，利润从哪里来啊？中国人的智慧都用来造假了，做的人造革和真皮一模一样，MADE IN CHINA 横扫全世界绝无对手。我这样说，可不是贬义，真的不是。那个时候，我们可真是既卑贱，又疯狂；既苟且，又坚忍；既迟钝，又精明。不过，我觉得这是我们唯一的生存出路，而且越活越有力量，越活越强大，这又有什么不好呢？我一直认为，在当时的情况下，这就是穷人的政治经济学，很实在，很管用。

我把那女孩子安排在厂子里，粘皮革、搬箱子、打杂，每天工作十几个小时。我还叮嘱带他们的班长，怎样对待那些从山里头、从农村来讨生活的女孩子，就怎样对待她，打她骂她，扣她的薪水都可以，总之，所有狠毒的招数都要统统使出来，要让她彻底绝望，彻底屈服，彻底失去尊严。

大约第九个月，我把她从位于郊区的那个寒冷、破旧的小工厂，重新叫回我的办公室。这回，她穿了件样式普通的牛仔裤，上身是件半旧的红色羽绒服，袖口有一圈油渍，和工厂里打工的女孩子一样了。

在她走进我阳光充足、温暖如春的办公室时，我看见她浑身颤抖了一下。我走过去，拉起她的手，反反复复地看了看，又端详了一下她的脸，脸颊上有一片红晕，皮肤粗糙，眼圈发黑。嘴唇呢，干燥发白，裂了几道口子，透着血丝，几片白色硬皮翘起。我不禁心头一颤，想起了我的爱人，那股疯癫劲儿差一点又让我头脑发胀。

我拿起她的手，在她长起了新茧的小手心儿里亲了一下，意味深长地一笑，带着点嘲讽的口气说道，怎么样？挣到了哪怕出版十页诗集的钱没有？呵呵，这回知道自己是多么不知天高地厚了吧？

女孩子抬起头看着我，眼里有一层很薄的泪水，和当年我的爱人被老和尚推倒在地时一模一样。她说，有什么事情吗？没有的话我要回鞋厂去了。

我说，不必回去了，剩下的三个月，你去城南的某某夜总会上班去吧，我已经安排好了。

我以为她会拒绝，或至少也要犹豫一下。但她接过我给她的名片，便转身向外走。我不由自主地轻声道，等等。她回过脸，狠狠地看了我一眼。我无话可说，向外摆了摆手，心里竟有一丝诀别的感觉。我站在窗口，看着她走在初春的街上，抹了一把眼泪。

在接下来的三个月里，我想尽办法来折磨她。我让那里的妈咪、小妹、服务生，还有地头蛇，打她，骂她，当然也少不了男人对女人各种各样的侮辱，夜总会嘛。我还找来各色人等，俊的、丑的，老的、少的，每晚上一个两个、三个五个，去夜总会找她陪酒，后半夜带回去睡觉。

她再来我办公室时，又是夏天了。她化着浓妆，穿着薄薄的黑纱上衣，连胸罩的花纹都看得见，黑色皮短裙，黑丝袜，厚底松糕鞋，肩上搭了一只艳红发亮的金链子小皮包。她的脸上有丝冷笑，既是怨恨，也是嘲笑。

我看见她走路有点一瘸一拐，便问道，怎么了？她放荡地大笑了一下，说，得病了，在打吊瓶呢！她看见我有点困惑，又道，放心，不是艾滋，老娘我命大，是淋病，过个把月就能好。怎么样，要不要看看，现在烂得像朵花一样，哈哈。

我走到她身边，认真端详她的脸，在厚厚的白粉后面，我看不到什么真实的表情。她的嘴唇此时棱角分明，涂着绛红色的油亮口红，涂得很仔细，线条清晰，很精致，很老练，很世故，却有股刻薄、冷酷无情的味道。

我轻轻地在她铅丝一样笔直的头发上嗅了嗅，有股浓重的化学品香气。她一动不动，侧着脸让我闻。

她问道，一年了，这回该把钱给我了吧？

我说，你再陪我一个星期。

她冷笑了一下，道，你他妈不会骗老娘吧？我告诉你，我现在可是什么都没有了！姓黄的，你要是敢骗我，老娘就死在这门口！

我说，你看，支票我都开好了，一个星期之后，我告诉你密码。

她又道，你可别指望和我睡觉，我那里连自己都他妈不敢看了，哈哈。

六

黄某某那张疲惫焦黄的脸上，突然流露出一丝得意。他说，其实有时，我觉得自己还是很有慈悲心的，以后你就明白了。

我默不作声，面无表情地盯着他的脸，对这个人没什么好感。黄某某又问我，你知道在我们这个行当里，什么人最好对付吗？

我仍然默不作声。他仰起脸，道，是那些信点什么东西的人。呵呵，比如说这个女人吧，她就信她的那些诗，所以，任由我怎么折磨她，她都心甘情愿。

我呢？我信政治经济学，但我不会为它所累，否则我活不到今天。别看我一喝醉了就大讲特讲政治经济学，可谁要是想在这上面坑我一把，那他可就打错算盘了。比如说，如果某一天，某个人领着二三十个老弱病残到我面前来，说，他们都是穷人，请你行行好，留下他们给你做工吧。我会怎么办呢？我会毫不犹豫地把他们赶走，因为今天我收留了他们，明天，我的小工厂就可能不堪重负而倒闭，我就可能因为还不起贷款，从楼顶上跳下去。

你说这世道奇怪不奇怪，信点什么东西的人都没好下场，那些什么都不信的人，只算计你给我多少，我给你多少的人，反倒活得好好的。信点什么东西的人死绝了，什么都不信的人反倒胜出了。如果按照优胜劣汰的法则，这世界将变成什么样子啊！

我用签字笔的末端敲打着记录本，他倒是非常敏感的人，马上道，好，好，这些没用的东西我不讲了。

那个小姑娘告诉我，她被学校开除了。而且，经过这一年，她也看透了，在学校里浪费四年时间实在是不值得。

我没说什么，带她去了专卖奢侈品的地方，给她换了一身行头，还给她买了首饰、手表、皮包等等大多数女人做梦都想要的东西。那种地方的灯光很刺眼，我看见她有些局促不安，浑身僵硬。到底还是小姑娘，不久前放浪不羁的神情飞到了九霄云外，就像赤身裸体站在那里一样。

我花了一大笔钱，然后，又带着她去了北欧的某个山区。每天洗温泉、游泳、晒太阳，坐在木头窗子前望着茫茫无际的群山。晚上，我们在烛光下一起喝红酒、吃西餐，餐厅的中央是架钢琴，有金发女人在弹琴。

下午，阳光特别好，我们睡到自然醒，有种恍如隔世的感觉。我给她讲我年轻时候的事情，当然，也会讲政治经济学。她长发披肩，穿着棉睡衣，入神地望着远方。我就一直给她讲，一点也不累，也一边观察着她。这一年里在她身上留下的痕迹在慢慢被洗去，她如同婴儿一样，具有异常顽强的修复力，正在变成从前的样子。当然，也不完全一样，她更有神采了，好像浴火重生了似的。

她很沉默了，甚至有点抑郁，好像什么东西走进了死胡同，就和我的爱人当年一样。有那么一刻，我觉得，我和我的爱人前所未有过得那么接近。

有一天黄昏，橙红色的夕阳又浓又大，一点也不刺眼，从远处的山峰落下。那山峰很高，虽然是夏天，尖顶上还覆盖着白雪。我和女孩子坐在露台上，凉风仿佛把我们吹透了，稍有些冷。女孩子失神地望着远方，脸和夕阳一样是橙红色，好似与天地融为一体，无彼无此。

我喃喃地说，一切都结束了。不知为何，我竟有种很绝望的情绪。黑夜即将来临，没有光，漆黑一团，让我惶惶不安。我有一丝困惑，我问自己，你整天大讲特讲政治经济学来自我麻醉，可你找到出路了么？

当我发现我竟然处在这样一个可怕的境地时，那恐惧感更无以复加。我轻声地问女孩子，你在想什么？

女孩子一动未动，像一只橙红色的大理石像。许久，从她的眼里流出一滴泪水，呈血的颜色。我的心因恐惧而颤抖。我仿佛是在给自己壮胆，又好像是个卑鄙的人在引诱一个少女，让她堕落。我说道，你看，这一切不是很美吗？这世界难道不值得我们去爱吗？

我又道，你的诗带给你什么了？难道是与这个世界为敌吗？看看吧，好好看看这个世界，这不是一件很可笑的事情吗？

女孩子狠狠地瞪着我。眼里的情绪在慢慢变化，开始是仇恨，然后是困惑，再然后是迷惘，最后，竟有一丝温情。

我接着问道，一个人，追求幸福也有错么？

那一刻，黑夜在降临。我仿佛听见远处群山里，有数以亿计的幽灵在嚎叫。但我极力不去听这震耳欲聋的声音。我对自己说，我所要的幸福只是一点点，此时此刻，我不要政治经济学，我只要我的爱人，我只想她的灵魂留在我这里！

不久之后，我们回来了，仿佛回到了尘世间。我给了她一张支票，一笔不小的数目。我对她说，答应我，把出版的诗集送我一本。可是，快二十年过去，她消失得无影无踪。对于我来说，黑夜里那一盏微弱的小灯也就熄灭了。

七

本来是应该马上找这个文化传媒公司的女老板的，可她去南方的某个小城市，承包了那里一个文化节开幕式。这样，我只好先联系了在市教育局做着闲差的女人。但我没有在那里见到她，而是在城郊的一所安定医院，说得通俗点，就是精神病院。

精神病院位于一条叫清河的河边树林里。树林中有一条很长的小路，很窄。远远望去，在一排排杨树光秃秃的枝丫顶端，隐隐看得见几幢老旧的红砖楼。

医院的医生告诉我，女人得的并不是精神分裂症，而是心境障碍，也就是说，前者是精神病，是疯子，而后者，是抑郁症。对于现代人来说，精神抑郁像感冒一样，人人都可能得上。全国每年因严重抑郁症自杀的有上百万人，相当于一个中小城市的人口。

比如说吧，可能你身边有这么一个人，不怎么爱说话，很沉默，对你来说，似有似无，没留下任何深刻的印象。可是突然有一天，他或她就自杀了，一点征兆都没有。他们或许留下了一张遗书，上面写着一些离奇怪诞的话，通过这些话，你无法感到死者有多么痛苦，以至于必须来个了断。

你特别震惊，但你又不能理解。于是，死者成了一个古怪的人，迅速被遗忘，或者当成一个脆弱的人，成为别人的谈资。这就是抑郁症。

那天，女人正在某个病室里接受治疗。病室很旧，有点像我高中时代的那种大教室，前后有木头门，里面很大，挂着几盏日光灯，在冬日里，显得有点冷冰冰的。我透过不太大的玻璃窗，向里望去。十几个病人坐在小马扎上，围了一圈，专心地听着一个病人倾诉。

医生对我说，这是一种倾诉疗法，这十几个病人都是一个治疗小组的，他们自己笑称为"互助组"。两扇木门中间有条很宽的门缝，有冷风吹过，隐约听得见病人说话。他们的话很是不可思议，用我们正常人的话来讲，就是白日做梦。比如，一个刚被企业辞退的五十来岁的中年男人，说自己写起了小说，而且国内某大导演已经联系他了，准备投资几个亿去拍成电影。这个中年男人越说越兴奋，腿剧烈地抖着，手指头一下一下划拉着裤子，一脸神采飞扬的表情，眼里透露着诡异的光芒。用我这个警察的观点来看，此人是个很危险的家伙，一旦失控，能做出极为恐怖的事情。

还有一个公务员，长得挺端正。他竟然说，单位有一个很大的项目等着他回去做规划，还有一个岗位空缺着，准备提拔他。他一脸认真的样子，完完全全相信自己的话。那谦和、自信的神态，还真像某一级别的领导干部。

我在医院的办公楼坐了个把小时。等我再回去的时候，互助组的座谈会已经结束。病人们很愉快地站在病室外的走廊里，好像一节很紧张的课刚结束似的。那女人和公务员面对面站着，有说有笑。公务员从兜里摸出一包红色的烟，拍了拍盒底，递给女人一支。女人接过看了一眼，做出惊讶的神情，道，好烟啊！男人尴尬地笑了笑，摇摇头。那男人看上去还算是个不坏的人。

女人穿着病人服，头上戴着一朵紫红色的玫瑰花，看上去既漂亮又怪异。我注意到她罩在宽大的病人服下面的手腕上，有许多道很深的抓痕，结着长长的暗紫色痂。

怎么说呢，她一见到我就突然很忧郁，仿佛一个正玩得很高兴的孩子，突然被冷酷严厉的父亲叫到面前去背经书。

女人坐在我对面，摆弄着又白又细长的手指，默想了片刻，道，我是个农村姑娘，三流师范毕业，没什么背景，能走到今天这样子，应该是很不错的了。可不知为什么，日子却越过越糟。

我问道，你什么时候来这里的？女人道，有半个月了吧。我又问，为什么？出了什么事吗？女人道，没有，可是跟你谈过几次话之后，我的脑子好像出了毛病，或许过去就有问题，只是没发作。

快五点钟了，窗外是一片橙红色。女人叹了口气，望了望窗外，说道，对我来说，只有过去是活的，你看见窗台上的那片叶子了么？我顺着她的目光看过去，有一片很大的干枯杨树叶子，落在窗台上，枯黄了，像拳头一样卷着。一阵风吹来，它在粗糙的水泥窗台上慢慢地抖动着，发出嚓嚓的声音，几欲翻滚，又差一点被风吹下去。

女人说，没事的时候，我就盯着这窗台看，看这红砖，还有砖缝里刺刺啦啦的水泥疙瘩。红砖楼有四五十年了吧，风吹雨打都经历过，却没什么变化，而这叶子呢，只活一个夏天，就死了在窗台上。我觉得我很像这叶子，风一吹，就没影了。每一天不知怎么开始，不知怎么结束，万事万物在向前奔跑，只有我在向后，越来越远。这感觉和死了差不多。

没有希望，只有绝望；没有呼吸，只有窒息；没有幸福，只有空虚。有时，我的思绪猛然间来了个加速度，像脱缰的野马一样，没有方向地狂奔，完全不受我的控制，有的时候是一阵短暂的大狂喜，而随之而来的是持久的大空虚。

于是我整日整夜的失眠，神经又疲劳，又酸楚，又脆弱，又战栗，既想休息，又隐隐听到大恐惧响在耳边，真想一死了之，那可真是大解脱啊！

你知道吗？当我来到这里，发现这里的人都在说一些很怪诞的事情，我特别的舒服。我竟然在想，如果永远生活在这里也不错！

我有点困惑地打量着眼前的女人，幸好我记起来，她只是心境障碍，而不是真的疯了。我说道，你别担心，精神抑郁像感冒一样，是种病，但能治好。

女人轻轻一笑，叹了口气，道，这些话是医生告诉你的吧？可我觉得这不是病，只是突然间发现不能理解这个世界了。他们不能给一个令我信服的解释，就给我贴上个脑子有病的标签，然后扔进精神病院，这办法和监狱有什么两样？呵呵。

我又道，我们不讨论这个问题，你说说这个案子的细节好吗？

女人点着一支烟，道，那好吧。

你知道，我在山区小学待了七八年，生活倒不辛苦，那小学是县城的重点学校。我刚去的时候，只是一个临时教师，一直盼着有个正式编制。但正式编制每年只有几个，而且谁转谁不转也不公示，只是在某个时候突然发现某某某已经成为正式编制的教师了。刚开始几年，我是不敢奢望的，心里只想着好好干，给领导和同事留下个好印象。可四五年之后，年龄慢慢地大了，就开始着急起来。比如某某某，明明比我晚来两年，可她就转了正式编。还比如某某某，中专毕业，对待学生比后妈还狠，能糊弄过去就糊弄过去，把孩子们都毁了，可她也转了正式编。

那几年，我特别焦虑，我想，校领导一定是有什么标准的，比如说年龄啊，人品啊，学历啊，还有家庭困难啊，对学校的贡献啊，等等等等。每当我发现一些人转了正式编，我就暗暗算计，校领导到底按什么标准来决定的呢？

可是，一年一年过去了，我转眼快三十岁，却仍然还是临时教师，校领导每每安慰我，可依然是临时的。我就特别焦虑，认真端详校领导们的脸，在那笑吟吟的脸背后，试图发现点什么，比如告诉我，我还缺什么，我还有什么让他们不满意的地方。可是呢，除了夸奖，我什么也听不到。

我就像踩在棉花里，或者像落在水里一样，云里雾里地被折腾着，最脏最累的活儿都推给我，因为我是临时教师。我觉得快要被淹死了，却没有一个实实在在的东西能救我。

可到底什么才是实实在在的呢？那时，我也听过一些老娘们一样的老教师说过，像村妇开粗野玩笑那样说出来。比如，他们会半真半假地问，喂，某某某，你刚刚被评为优秀教师，是不是和谁谁谁睡过觉啊？谁谁谁比你的老头怎么样啊？那人就会嘿嘿嘿地回答，去你表弟的，老娘我是干工作干出来的。开玩笑的那人就会说，哈哈哈，是被谁谁谁干出来的吧？

听着这些话，我又脸红，又害怕。有时，我也偷偷盘算过，比如走到某个校领导的办公室，把一个装满钱的信封放在他桌上，或者，咬咬牙，一屁股坐在他怀里，亲他那张满是烟臭味的嘴，任他那只被烟熏黄了指头的手，抓我的乳房，或伸进我的裤子里。

可那时，我比一个黄花大闺女还胆小，也不是胆小，而是不敢相信，那层窗户纸，始终是不能捅破。打量着那些男人，我没办法把他们从正襟危坐在主席台上讲话的情形，一下子就转换成我刚才说的那样场景。我一见他们，依然是特别紧张，浑身发抖，一根筋一样地一个劲儿谈工作，谈孩子们的事情。

直到有一天，我碰到了黄某某。我也不知道他来那个县城干什么，但一个初中时候的要好女朋友和他吃饭，把我也叫上了。我的这个朋友学习很差，高中都没上，在外面晃荡了几年，却一下子有了钱。不过，她对我特别好，无话不说。从她那里，我知道了一点这世上的肮脏事，可我胆子小，也不是什么资质很好的人。

那一回，她对我说黄某某认识一些人，看能不能请他帮忙。在那次饭桌上，我喝了点酒，有点晕，但不紧张了，浑身很舒服。不知什么时候，黄某某开始讲一些大道理，显得很特别。比如，他说这世界就是想方设法把穷人变成奴隶的世界，把男人变成牛马，把女人变成妓女。还比如，他指着我的那个好朋友的鼻子，带着点淫亵的神情道，比如你，你就是个被侮辱和被损害的人，可你还洋洋得意，自以为得了大便宜，哈哈，殊不知，活得还不如一条母猪。

我这朋友也没生气，八成喝得有点醉，红着眼，又往嘴里倒了半杯酒，说，老王八蛋，你说得太他妈对了！

这样的情景，逗得我们直笑，很开心。

有一刻，我觉得黄某某倒不是坏人，竟有点心生亲近之感，怎么说呢，他没有坐在主席台上的那副面孔。对我来说，那副面孔特别让我恐惧，因为我捉摸不透它。就像黑屋子的一扇门，我不敢打开它，去看看里面的样子。

那晚酒宴结束后，我偷偷跑到黄某某住的地方，想请他帮忙。那时，我有老公，另外一所小学的教师，没什么本事，也没什么野心。

我甚至想，如果黄某某要对我怎么样，我就从了他。我既不讨厌他，也不害怕他，这感觉似乎很好。可是那晚，黄某某冷若冰霜地听我语无伦次地说了几句，便打断了我，问道，你想要什么？我脑子里一片空白，只好说道，我只想转成正式教师。

黄某某冷笑了一声，道，你回去吧。我不知道他这话什么意思，心灰意冷地回去了。一路上，特别的绝望，心想，再没人肯帮我了。我看见路边树下生着几棵小植物，不知道名字，觉得他们生存得特别艰难，永远见不到阳光，永远在挣扎，而且没有哪怕一条出路，没有任何一种办法改变自己的命运。

我觉得自己特别可怜。可我是个非常软弱的女人，逆来顺受惯了。我只掉了几滴泪，就回家睡觉去了。第二天天没亮，便早早到了学校。

八

女人道，我一直在想，那时的我和现在的我有什么区别？想来想去，那时的我觉得一切都是真实的，硬邦邦的，像只小老鼠，为眼前一粒粮食，就非常着急、害怕、难过，坐立不安，睡不着觉，把一切都当真。现在看来，那时的我挺可笑的。但是，活在一个真实的世界里，人不会疯掉。

现在呢，那些蝇头小利对我来说都不算什么了，我整个人好似漂浮在一个滚烫的汪洋大海里，浑身黏糊糊的，虽然觉得恶心，有点脏，却莫名其妙地很兴奋，那种在污泥浊水浪尖上的感觉，比性高潮还强烈，让我直想尖叫。那一刻，我觉得我抓住了什么坚硬的东西，可高潮一过，却发现什么也没有，两手空空。

那天早晨一到学校，就发现两个男孩子打闹，其中一个一头摔在煤堆上，脸磕出血了。两个人怯生生地进了门，像两只没人管的小野狗一样。当时，我简直气疯了，真想像隔壁班的老娘们那样，一人给几个大耳光，把他们扇出门去。

也就在同时，我眼睛一酸，有种同病相怜的感觉，便打来了一盆水，给其中一个洗了脸，还涂了消毒水。我按着其中一个男孩子的脖子，心想，把他淹死在洗脸盆里算了，这种又野又没心没肺的孩子，不管你费多少心力也是教育不好的，这穷县城里的孩子，哪个能有出息？多一个少一个能有什么两样？念头一转，又想道，孩子有什么错？你怎么可以这样对待他呢？你的心黑了吗？可同时，我几乎大叫出来，别人的心都黑了，我的心为什么就不能黑？

想着想着，就有几滴泪流了出来。恰在这时，黄某某和校长就进来了。我装作擦汗一样，抹了一把眼角。黄某某冷冷地扫了我一眼，仿佛什么也没看到。他四处打量着教室，不时对校长说点什么。校长似乎也很热情，精明的小眼睛里闪着微微亮光，一个劲儿地夸奖我，让人有点害怕。

那天晚上，黄某某请校长吃饭，让我那个风骚的女同学把我叫去了。

我不知道他为什么还要叫我去，有点怕去，又隐隐觉得他会做点什么。

我喝了点红酒，只是一小口一小口抿，很少言语，听着他们胡扯一些不着无际的话。屋子里很热，我们那个校长的胖脸上出了一层油汗，但小眼睛依然眯着，像钢圈箍起来的一样硬。

他们喝了不少酒，黄某某讲了一些生意上稀奇古怪的事情，愈加神采飞扬。而校长呢，厚厚的脸皮有些发红，一个劲儿用餐巾纸擦他长着黑毛，且粗胖的手掌。我的女同学则不时尖叫，好像对黄某某说的话感到十分吃惊，对他的风采佩服得五体投地。

我呢，想说点什么，可嘴像锈住了似的，一句话也说不出。偶尔有话题涉及我，便是校长如同嚼蜡一般的褒奖，说得天花乱坠，却不带任何感情，当然也不必指望任何结果。

黄某某给在座的敬酒，最后一个轮到我。他把我拉到房间一角，背对着大家，给我的酒杯倒满了酒。然后，他摸出一颗橙色的菱形药片，啪的一下，扔进了我的杯子里。杯子里冒出一阵泡沫，又复归平静。他握住我的手腕，把杯子举向灯光，有些光怪陆离的灯光从浓红色的液体中透穿过来。

他冷笑着说，你看这酒，一切都没有变。

我不知该说什么，幸好，当时房间里很吵。我那个女同学正大喊着，引得旁人一阵不太正常的哄笑。

他又道，喝吧，一切都将如你所愿。

那时，我觉得特别无助，仿佛世界变成了一个三角形，前方的路就是那个窄窄的尖角，而顶端就是那杯酒，没有任何出路供我选择。而黄某某呢，那一刻我竟然很信任他，那冷笑中透露出一丝温情。

我在他的注视下喝了一大口，心里陡然生出一丝感激。这世界呢，什么也没发生。

酒宴仍在继续。黄某某又开始讲有关穷人的一通道理，我那个女同学竟然无师自通地也跟着说起一些道听途说，且骇人听闻的事情。我记得她说了这样一件事，很多年前，有一个和她一起出去谋生的女孩子，在夜总会做小姐，有天晚上和两个男人出去之后就再也没回来。一周以后，女孩子的尸体在河边找到了，被捅了几十刀，快成了蜂窝，身体里被塞了石块、布头、啤酒瓶盖等等东西，像个垃圾桶一样。

女同学有点晕了，眼睛红红的，竟然把手中的酒杯摔个粉碎，道，你们看看，这世界是怎么对待穷人家的女儿的？

说也奇怪，我仿佛看到了那个躺在河边，浑身伤口，惨白发胀的女孩子。我一下子很热，脸发烫，身体湿滑，像在春天的浅池塘里游泳一样。一股悲伤、委屈，还有终于解脱了的浓烈情绪，混杂在一起。我好像疯了，想道，这世界怎样对待我，我就怎样对待这世界，你们想要，好吧，我全都给你们，但是，我要从你们那里加倍地拿回来！

慢慢地，那杯酒喝完了。周遭灯影迷幻，热气腾腾，仿佛在很热的温泉里一样。这下子，我一点都不紧张，也不害怕了，好像全世界都成了我的家，我随便躺在哪里，随便干点什么都可以。

那晚，黄某某用他的奔驰车送校长和我回家，除了那个傻乎乎，连话都说不利索的司机，就我们两个人。我俩坐在后座上，校长仍然不厌其烦地夸着我。而我，在那亮亮的小眼睛里，却仿佛看到一扇铁闸，闸门外面，死寂一片，无声无息，像一张从死尸身上扒下来的画皮，而里面，从那黑洞洞的地方却好似有狼要蹿出来一样，是恨不得把我吃了的欲望。

路灯像一大块一大块光斑，从我的眼前流过。我望着车窗外，县城里最好的宾馆从视野里越来越近。我的心在胸腔里狂跳，像有什么东西推着我的后背一样。我使尽全身力气，小声道，今晚我不回家了。

校长没作声。我大喊一声，停车！然后，猛地拉开车门，站到车外，又一次轻声说，今晚我不回家了。校长静静地坐了几秒钟，微微动了动腿，又慢慢挪动屁股，把脸凑到车门处，面无表情地看了我一眼。片刻，他悄无声息地下了车。

我向宾馆里走去，他原地不动，也没有走掉的意思。我有点迷惑不解，但知道他一定会来的。我便先进去开了个房间，在我打开门的一刻，他不知从哪里悄无声息地来到我的身后，一下子把我扑倒在床上，粗鲁地扒我的衣服。

那一刻，我的身上冰冷，不知他要怎样对待我。从前，我完全没有这样的经验。他特别凶狠，像某种猛兽一样。我吓得闭上眼，像一只兔子，面对着一张血盆大口。

我特别慌张，手和腿不知放在哪里才好，浑身已不是颤抖，而是痉挛。他一声不吭，狠狠地进入了我的身体。

我突然心里踏实了，心想，身上的这个人要了我了，看来，我的身体是有价值的，它可以换点什么东西，还好，我不是一无所有。

这个念头是那样强烈，让我生出莫名其妙的幸福感，以至于不舍得失去。我一遍又一遍在心里念叨着，幸福感便越强烈，身体也便越兴奋。我看着身体上面的黑胖男人，感觉一只狗熊在咬我身上的肉，但我却幻想他正在把一件实实在在的东西塞给我，不要都不行。这下好了，我七年八年的等待终于结束了，我什么都有了。

这样，我就高潮了，而且很强烈。我像死里逃生了一样，嘴上抽泣，默默地流了两行眼泪。身上的黑胖男人以为弄疼我了，结结巴巴地抚慰我，其实不是，我是真的以为自己得救了，这幸福感真是世间少有。

男人匆匆穿好衣服，而我还颤抖着，赤裸躺在床上，不知所措，等待着赏赐。他冷冷地说道，这周五，你找人事股的王股长办理转正手续。

九

护士送来一只塑料杯，里面有几片粉色的药。女人吃下，道，吃药之前，世界上所有可怕的秘密对我是敞开着的，我必须不停地说点什么，才能让自己安稳。吃了这药之后，那扇门就关闭了，我不痛不痒，浑身像涂了蜜糖一样，倒头就睡，身体发胖，像猪一样。

明天你还来吗？我有好多话要讲。

可我第二天却没去安定医院，那个在郊区服装厂工作的年轻女孩来找我。

我就这样在几个女人中间打转，听着她们的奇闻逸事，对案子没有太大的帮助，基本是在浪费时间。我有点麻木了，似乎只在等一件事，就是等黄某某在病床上咽气，仿佛那样，一切就都可以了结了。

这回，我坐上她的紫红色 A6，也没穿警服，一心想着让这段日子平平安安地过去，不再左右案子的发展。

向北出城的高速路旁有大片的旷野，冬季里一片枯黄，一望无际。从高速路下来，顺着小路向旷野深处走，穿过防风林，是个小镇子。小柏油路边立着一块石碑，上面刻着某某镇政府某某年立。一阵风刮来，黄尘漫天。

路尽头正对着一扇大门，门口一座玻璃岗亭斜歪着，挂了半张发黄破碎的旧报纸，落满了灰尘，还有经年累月雨水打湿过的痕迹。铁门大敞四开，车子径直而入，里面是一排蓝顶简易厂房，更远处有一座白色三层小楼。整个院子里空无一人，塑料袋、枯树叶、碎布条在冷硬的大风中翻滚，一条黄色的瘦野狗在路中央看了我们一眼，就扭身飞快地逃掉了。

我问女孩子，你就在这里上班？女孩子点头。我又问，可这里倒闭了呀。她说，不过是夏天的事情，服装突然卖不出去了，老板就跑了路。

我问，你想告诉我什么？她说，待会你就明白了。

她领我来到简易厂房前，拉开木门，走进去。里面是一排排工作台，现在上面空无一物，胡乱丢着各色各样的碎布条。有二层楼高的厂房顶上的窗户破碎洞开，一道道水桶粗的阳光射进来，照在凌乱而又空旷的厂房里。在厂房一角，堆积着报废的边角料，顶端几乎碰到天棚，巨大如矿山一般。

我站在一个工作台旁，这上面还贴着张纸条，记着某个女孩子的名字、工种、定额等等内容。我仿佛听见这里开工时发出的轰轰隆隆声，看到几百个年轻男女穿梭在工作台间的情景。

一瞬间，我觉得和这个巨大的厂房相比，自己特别渺小，小得可以忽略不计。想必，每个站在这里的人都会有相同的感受。

女孩子把我领到一个工作台前，撕去印有名字的纸条。还有一张相同格式的叠在下面，印着她的名字。女孩子道，你看，我曾在这张台子上工作过，不过时间很短，不到三个月。

我问，后来呢。她答，后来就到小白楼去了。

她领着我去了远处的三层矮楼，门上方镶着三个铜字——办公楼。门上的玻璃同样是破碎的，举目望去，楼上的玻璃也都碎掉了。女孩子说，老板跑路后，工人们把这栋楼给砸了。

楼梯上是厚厚的灰尘，留着几串动物脚印。墙上挂着产品介绍、工厂机构、生产流程一类的塑料板，有的脱落了，倾斜在墙上。

顶层过道里刮着很大的穿堂风，使得挂在门上方的金属牌哗哗啦啦作响。这些牌子分别是总经理办公室、副总经理办公室、秘书办公室、财务总监办公室等等。总经理办公室特别大，足有四五十平方米，有六扇窗子。从这里望出去，是无边无际的枯黄色平原，斑斑块块的厂房，村子里的红砖房，还有一条条的防风林带。

屋子里大部分东西都留着，靠近窗户的沙发和大办公桌落满泥水和雨水，呈扩散状。地面上铺了一层枯树叶，一只麻雀落在窗台上，吱吱叫。

女孩子背对着我，望着窗外，说，你能想象得到吗？在这间办公室里，半年前还讨论着上亿元的订单，而我，当时就坐在这张椅子上。

沉默许久，女孩子转过身，鼻尖发红，身体微微颤抖，有点楚楚惹人怜爱的感觉。她说，在派出所里，有些话我说不出口，并不因我是个小姑娘，害羞的缘故，而是，你们那里有股让人害怕的东西，仿佛对的就是对的，错的就是错的，让我不知该怎样讲那件事。

现在好了，如果你愿意听，我就在这里讲给你。

说着，她从包里拿出药瓶，将一粒粉色药片放在嘴里，又拿出一只比拳头大不了多少的精致保温杯，喝了口水。她又走出去，找了块抹布回来，轻车熟路地将两张椅子，半张桌子擦干净，透着股干练劲儿，让人意识到，她的确曾经属于这里。

女孩子看了我一眼，轻轻一笑，有点伤感，道，现在，就好像在跟我那个跑路的老板说话，好像他又回来了，一切又有了着落，一下子有好多话要讲。

我皱了皱眉，表示不太能理解。

女孩子说，半年前，这个院子里还住着上千人，乱乱哄哄的。那天早晨，是夏天，很热，很潮，有点喘不过气来，女工们正在进厂房，还有几十个男人在东边的角落里挖水池，那里要建一个凉亭。现在想来，那个早晨有点怪，只是当时没发现。

我独自在办公室坐到九点，没什么事，老板去南方了，走了一个来月，平时他很少这样长时间离开厂子。我应该察觉这其中的不正常，我有点太相信他了。你看，他没对我说实话，可见，他不那么在乎我。

我从这句话里听出了点特别的东西，女孩子对我苦笑了一下。

那天九点刚过，外面突然特别嘈杂，仿佛一下子有几百人聚集在一起，大声吼叫，墙壁都在抖动。然后，传来门窗破碎的声音。我吓坏了，趴在门框上向过道里看，走廊里竟空无一人，副总经理、财务、总务、保卫等等不知什么时候一起消失了，像鬼见了阳光似的。

那一刻，我本能地想躲起来，可腿完全瘫软了，差点跪在地上。然后，楼下的人冲了上来，我后退几步，他们就进了办公室。

他们自然是什么也找不到，老板把有用的东西都带走了。于是，他们把我围在角落里，怒火冲天地问我老板哪里去了，把我的手机也砸碎了。我浑身颤抖，像只站在寒风里的雏鸡一样。

突然，有个老娘们喊道，扒了她，她是狗日的某某某的姘头！然后，十几个人扑上来，有男有女，把我的衣服扒了个精光。

老娘们的那句话，像硝酸一样，把我的脑子洗得一片空白。我当时想，还真是这样，我就是老板的姘头，从前竟然一点都没意识到！

那是夏天，我身上的衣服本来就少，而且也没什么力气，就算是有力气，又怎么能抵得过他们呢？几个老娘们拽着我的手，我的腿，我四仰八叉地被他们拎着，像头待宰的白猪，被抬到楼下，那里聚集着几百上千人。那时，我的恐惧超过了羞耻，特别劳累，不想为自己辩解，也不想乞求饶命。

一楼和二楼之间的那段楼梯上有面大镜子，从前经过那里时，我都会整理一下面容。这回，我在狂乱人群中，看见了赤条条的我。

极度的恐惧之后，似乎就不那么恐惧了。我麻木地被一群人拖着，浑身蹭了不少灰土，黑一块，白一块。我发现镜子中的身体已经变形，丰乳肥臀的，或许在男人眼中很诱人，但在我眼中，我知道，我再也没法跳舞，更没法站在舞台上，我的身体坏掉了，这种烂肉一般的身体就算是减肥也没法修补。这个发现真的是太可怕！

我流了泪，不是从眼里流出来，而是流进了心里，谁也看不到。过去，我没发现我的身体其实是我最后的依靠，它在我的心中一直很完美，虽然很脆弱，但它可以承载一些人世间没有的东西。可现在，这最后一点珍贵的东西也没有了。

他们抬着我，在厂子里转了一大圈，然后把我扔在草丛里。我瞪着眼睛，看灰蒙蒙潮乎乎的天空，整个人像个石膏像，彻底给砸碎了。有个当年和我一个工作台干活的小妹，偷偷把一套工作服扔在我身边。我默默爬起来，穿上，竟有点莫名的安全感。

十

屋子里很冷，一丝寒风从破碎的窗玻璃中间钻进来，在空中打几个转儿，又扩散到角角落落。女孩子双手捂着那只小保温杯，眼中带着点感激。她说，我只能从后向前讲，否则我就一句话也说不出来。这件事发生之前，世界虽然也好不到哪里去，但怎么说呢，它却像我的家一样，还可以勉强住在其中，慢慢地，也就不觉得其中有什么不对的地方。这件事之后，世界还是那个世界，却在这风景画上砸出了许多裂缝，从这裂缝里，我看到了更加可怕的事情，仿佛有无数鬼怪在缝隙后面狂吼，哭号、痛叫、惨嚎声不绝于耳。

过去，我就像在一个不见光的泥塘里打滚的老鼠，虽然活得并不太好，却有种变态的快活劲儿，身体也不可思议地肥壮油亮。突然间，就有了炙热的强光，让我看清了我生活的世界。可这光太强了，像刀子一样，一下子晒得我皮开肉绽，我反倒不知该怎么活下去了。我甚至在想，如果没有这些光，我恐怕还会过得好一些。

呵呵，这下好了，通向过去的那扇门被打开，我可以进去了。

其实，做秘书与妓女差不多。大家都听过妓女在身下面叫唤，却没听过秘书在床上叫唤，实际上，妓女干过的事情，我都干过，只不过大家看不到，只有少数活在世界顶端里的人可以看到。

但你要说我干的事都很下贱，那倒也未必。比如说吧，去年公司与某个政府部门签了个上亿元的合同。我们自然是做了空前的公关，也经历了长期的煎熬。有一次，老板私下对我说，厂子欠了别人很多钱，如果这个单子再抓不到手里，他就只有跳楼的份儿了。

自然，那公关里面包括钱，包括人际关系，还包括身体。你不要以为只要长得漂亮，有个好身材，你的身体就有用。你所有与众不同的东西，比如味道，比如嗓音，比如眼神，甚至说手指头，都是你的武器。有个官员，是个中年男人，他就特别喜欢我的小腿，因为我会跳舞，在他宽敞的卧室里跳芭蕾舞，光着身子跳的。

签下单子的那个晚上，我们和政府部门的人狠狠喝了一场，自然还有其他节目。等这一切都搞完，已经后半夜两点，几乎所有人都吐了。但厂里的高层谁都没走，又找了一家饭店，重新开酒，这才算是我们的庆功宴。

老板先倒了满满一杯白酒，不是高脚杯，而是普通的喝水杯，一杯能装三四两酒的那种。他说，他特别感谢大家的齐心协力，没有这股劲儿，单子肯定拿不下来。他接着又说，他要特别感谢一个人，就是我。他什么都没再说，而是一口气把酒干了。其他人好似有股默契一样，用一种感激的眼神看着我，也都把酒干了。

那一刻，我已经醉了，呕吐过好几回，但听到老板的这句话，我却哭了。自然，在这场你死我活的较量中，我一没钱，二没经验，我投入的是我的身体。老板是个退伍兵，他对我说，你的任务只有一个，那就是睡在某某某的床上。你攻克了这个高地，这仗就打赢了，我和大家都记着你的大恩大德。

我做到了，就像一个弱女子走在漆黑一团的山路上一样，没有人指路，也不能走回头路，前方只有那张床。于是，我就不顾一切地爬上那张床。当那个老男人进入我的身体时，我在想，这下好了，我的老板不用跳楼了，我的公司有救了，我呢，又可以继续坐在办公室里，不用在寒风瑟瑟的街头四处投简历找工作了。

当老男人一下一下撞击着我时，我的心里涌起一阵感激之情，感谢这世界还给了我一条活路。他可能满嘴酒气，也可能一嘴烟臭味，可我什么也闻不到，因为我也喝了酒，浑身滚烫。

我想，我和在流水线上工作的女工们没什么区别，其实我们在干相同的工作。她们无非是把一块又一块布料缝在一起，组成一件件衣服，而我，无非是从一张床下来，又爬上另一张床，把我的身体给一个个男人。她们离不开流水线，离开那里，她们就得回村子里，回山沟里，就得生孩子，被男人打，就得流落街头。而我也离不开床，离开了床，我没有勇气像我的姐妹们那样混夜场，日复一日地在酒吧里跳艳舞，唱艳歌，在苟延残喘当中等待点什么。可等待什么呢？我也不知道，看不到未来。

那晚，老板使劲地抱了我一下，像男人和男人之间的拥抱一样，纯粹是感激，没有一点肮脏的味道，于是，我就在他怀里哭起来。与其说是哭，不如说是嚎叫，饭店的服务员都在包房门口向里面看热闹。

男人，在我脑子里仿佛是一个很虚幻的词，没有实实在在的东西。它就像一扇扇门，我要做的，就是不顾一切地撞开它，不择手段，我不管里面有什么，也不管该不该打开它。我既害怕它，又离不开它，它像一束强光，每一次接近都要鼓起万分的勇气，直到那束强光进入我的身体，然后，我就浑身炸裂一般，仿佛得到了世上少有的幸福。而这一切结束之后，便又一次跌入寒冷的虚无之中。

比如，对于身材健美，面貌英俊的男孩子，我就一点感觉都没有。他们是灰色的，不被我归入男人之列。某些时刻，男人这个词突然就和某个实实在在的人结合在一起，于是，又恐惧，又疯狂的事情便发生了。这些男人通常身材很差，也很丑，可在这些脏乎乎的躯体上，却仿佛附着一股巨大的魔力。这魔力不仅仅是金钱、权势，还有一种变态的安全感，一种不可思议的仁慈，仿佛要把我彻底地摧毁，然后再给我温暖，再给我活路。

我就在被这些油腻、肥胖、恶臭、强悍的身体压在下面，在酒味、烟味、呕吐味、唾液味、体液味包裹着的时候，忽然感到了生活的意义。你说这是多么奇怪的事情？如果说有什么东西，世上所有的人都不能理解，只有我一个人能理解，那恐怕就是它了。

那天晚上，公司高层全部喝醉了，丑态百出。但他们对我却很尊重，哪怕醉得破口大骂老板，也没碰我一根手指头。有个副总还跪在地上，一个劲儿给我磕头，说我是人间的活菩萨，逗得大家哈哈大笑。怎么说呢，我觉得我和他们之间，不再是一种男人和女人的关系，而是狼群里的狼与狼之间的关系，很单纯，很功利，很明确，有时又很值得怀念。我觉得，这种狼与狼的关系，胜过男人与女人的关系。

女孩子望了眼窗外，窗外特别亮，显得屋子里很黯淡。她说，夏天的时候，这里郁郁葱葱，很有生机，可现在，它一片荒凉。过去的一切一切都给抹去了。冬天过去，夏天还会来临，我也要重新开始，可是，我该怎样开始呢？这真是可怕的事情。

十一

　　仅仅十天没见到黄某某，他就瘦得不成了样子。这种皮包骨一样的瘦，很震撼，仿佛一具骨骼摆在病床上，面容还是黄某某，你却分明看到了一个骷髅的轮廓。我面对着他，想到过个把月再见他时，就可能是在太平间的不锈钢铁床上，他就可能闭着眼睛，脸色灰黑，鼻孔堵着团棉花，成为一具真正的死尸，我就觉得我正在做的事情，真是古怪至极。

　　黄某某挣扎着坐起来，没有一丝恐惧和软弱，仿佛故意要让我看到，他还没被击倒，好像在他眼里，死很重要，也最不重要。

　　他指了指自己的脑袋，上面戴了只毛线帽，隐约露出一截塑料网，不见了头发。他说，他们要打开我的脑壳。我问，如果这样，能多活多久？他们说，如果手术不成功，也没什么损失，如果成功了，没准还能再活上一年半载的。我说，那你们就切开吧。

　　我问，你还记得那个舞蹈学校毕业的女孩子吗？

　　他说，那是个天使一样的姑娘。

　　我困惑地看了他一眼，又问，还记得第一次见到她的情形吗？

　　他答道，是四五年前吧，在舞蹈学校的门口。学校周围很荒凉，在山脚下。

　　一束方形的阳光晒到了病床上，黄某某坐在床沿，上身如弓，脸和地面平行。他的双手用力，想要把后背撑直，可几次努力，都渐渐如故。

　　他挥了一下手，眼睛绝望地看了一下我，问道，你来这么多回，都是我在讲，却没听你说过什么。据我观察，你好像不是个笨蛋，咱们可以谈一谈。

　　我说，你脑子里想一套东西，现实中做的是另一套东西，可这两个世界完全不相干，这让你很痛苦。

　　黄某某的眼睛轻轻眯了一下，流露出一丝感激。

　　我又说，我只是个警察，我上警察学校学的是法理学、刑侦学、法医学、格斗术等等，你说的政治经济学一类的东西我不太理解。但是，我看得到，这些女人现在过得并不好。

黄某某大声说，那是她们不够坚强，我倾其所有来帮助她们，可是她们当了逃兵！如果她们坚持下去，结果不是这个样子！

我说，恕我真言，你骨子里有个东西却让人难以接受，你改变了它的皮相，但你没有真正地改变它。

黄某某惊讶万分地抬起头，眼瞪得大大的，问，是什么？

我答道，说某某人不够坚强，就意味着你手里拿着一根鞭子，就意味着你可以去抽打她，但是，你不能这样做。

黄某某想了一会儿，用一种温柔的语气说，在这个世上，除了坚强，你没有别的出路，你没有做弱者的权力。弱者永远只会被牺牲，被遗忘，被伤害！这就是世界的本来面目。我多么希望她们浴火重生啊！

我说道，但是，我看不到她们有任何重生的希望。

黄某某突然异常尖利地叫道，不想走回头路就得坚强下去！

说完，他一捂脑袋，大叫了一声，然后靠在被子上，垂着头，胸口一鼓一鼓的，用一种仇恨的眼神看着我。那眼神飘忽不定，似笑非笑，似哭非哭，好像怒火冲天，又好像很软弱。这副老皮囊仿佛马上就要坏掉。

那一刻，我真怕他死了。医生跑了进来。黄某某向外摆摆手，道，我没事，让我歇会儿。

他就一直躺在那儿，闭着眼，一声不发。

我站起身，他小声道，你别走，我的话还没说完。

他又道，我的时间不多了，来，你帮我把枕头垫高一点。这些话，虽然我没搞懂，你也没搞懂，但至少它留下来了，或许将来有人搞得懂。

我第一次见到那个女孩子时，她十七岁。有一天晚上，刚从酒宴上回来，我微醉，坐在车后座上。阿三突然对我说，他要找女人去。阿三，就是我的司机，虽然糊涂，但他不离开我，我也离不开他。我问他要去哪里找，他傻乎乎地说，要去找个学生妹。我哈哈大笑，说道，我来开车，你坐到后面去。

那时，我的车子还是奔驰 S600。后来因为在一个小城市干着个房地产的项目，经常跑高速，出了回车祸，车子报废了，万幸捡了条命回来。打那以后，我再没坐过小车，撞了车很吃亏。Cayenne 这车子就很好，很重，让人坐着放心。

真是阴差阳错，那晚我们正路过山脚下，车子一拐就到了那所舞蹈学校。我把车子停在大门口很显眼的地方，几乎把门口挡住了，然后将车内的后排小灯打开。那天月光很好，九点多钟，学生们下课，正涌出学校，到周边的小吃店填肚子。

我摇下车窗，头靠车椅，微醉地欣赏着一张张少男少女的脸。他们的眼神很有趣，艳羡、惊讶、恐慌、厌恶，林林总总，仿佛是个万花筒。我认真地观察那些女孩子的神情，有的毫不掩饰地尖叫一声，手指向车子，双脚一跳，神采飞扬地说了些什么。有的似乎并未留意这边，但在一甩头，或手指尖撩动头发的一瞬间，就会与你的目光相碰。所有这些女孩子，都没给我留下什么印象。

有个女孩子垂着脸，眼睛僵硬地直视前方，努力回避着这个方向，紧皱着眉，眼睛里满是憎恨。她慢慢地经过车窗前，在某一刻，突然重重地向里面看一眼，有股很执拗的力量，一下子就洞穿了我的脑袋。

我从后视镜里看着女孩子的背影。她似乎将要消失在远处的夜色中，却停住了。许久，她慢慢回过头，望了这边一眼，又缓缓转过身。只是这一次，她经过车窗前时却再没向里面看。她的步子很慢，似乎在等待什么。

我轻轻拍了一下喇叭，她没有站住。于是，我又拍了一下，她停下来，犹豫了几秒，迅速转过身，走回来，拉开车门，坐进车子里。她紧张地想屏住呼吸，又抑制不住地喘着粗气，一动不动，一言不发。片刻，我发动了车子，给她和阿三找了家酒店。那晚，我没听见她说过一句话。

那段时间，阿三一直很快乐，像新郎一样，每天和女孩子在一起，听说那女孩子也不在学校住了。阿三经常向我要钱，数目不少，车子也很少开了，我只能自己开车。这样的情形持续了大约半年光景。

我相信我没看错人。这女孩子心中有种尘世间没有的东西，比钻石还透明，还纯净，这种人简直是万里挑一。你看，她站在一大群女孩子当中，是那么显眼。别的人叽叽喳喳，麻木不仁，行尸走肉，只有她对这个世界的疼痛那么敏锐。她这种人，就是神迹在人世间的化身，只是她们自己并不知道。

我想要做的，不是把她们隔绝在人世之外，纵容她们面对尘世畏缩不前，而是玷污她们，把她们拉下泥塘，让她们去挣扎，去磨炼，终有一天，她们会光芒四射，给这世间带来春天。

我的意思是说，如果她们永远透明，这世界就没有温暖，只有她们牺牲自己，才能让世人幡然悔悟。

直到有一天，阿三向我要一大笔钱，说是要结婚，要买房子。我掏出一张银行卡，对他说，这里有足够的钱让你成家，但这之前你就不想考验一下这个女孩子吗？你们才认识半年啊，而且你忘了？你们是怎么认识的？

阿三问我要怎样考验她，我说，你只要说你没有一分钱，你的钱都是借来的，看一看那个女孩子还肯不肯跟你结婚。阿三说，我去试一试。自然，没过几天，阿三垂头丧气地对我说，那个女孩子不见了，学校里也找不到。

不久，女孩子给我打了个电话，说她没钱了，住在一个很荒凉的地方，学校也回不去了。我说，我给你一些钱，你可以再回学校，我保证阿三不会找你。她说，并不是因为没钱才不回学校，而是觉得学校很可笑，看着男孩女孩们那股傻乎乎的劲头，就觉得一天都待不下去，真奇怪过去为什么要那么拼命地练习跳舞。而且，那一晚之后，她和学校里的好几个男孩子睡过觉，像疯了一样。有个男孩总缠着她，她就躲出来了。

我问女孩子今后怎么办？她说不知道，要去一笔钱之后，就再没联系了。

十二

三天过后，我又去了医院。医生告诉我，黄某某的病情没有控制住，内脏开始出血，免疫系统崩溃，无法进食，现在全靠各种管子维持性命。我情不自禁地有些难过，这种恻隐之心很简单，不针对任何复杂的事情。我问医生他还能坚持几天，医生说五天七天吧。

我在脚上套了两只淡蓝色的塑料袋，坐在他的床前。他更瘦了，皮肤薄脆、透明，根根血管都很清楚。他的脸上显出一种浓黑色，简单说就是太平间里才有的颜色。我想，这也是一种死。被枪毙的罪犯、出了车祸的无辜者、跳楼的自杀者，他们前一刻还是活生生的，身强体壮，和死没什么关系。一瞬间，死就来了，他们就血淋淋的，肢体残缺地倒在那儿。

黄某某是在渐渐地死，你能预见到那一刻，可是你不愿意面对，不愿意认真去想那一刻，一直很忐忑，直到他真的死了，你的心才不惶恐。我甚至在胡思乱想，他能否把这一切带走，什么都不要留下来？

黄某某暂时还没插什么管子。护士走进来，揭开被子。他的上半身穿着病人服，下半身赤裸着，干黑色的皮紧紧裹着骨骼，仿佛几节竹竿摆在那儿。护士拨开他的双腿，一股酸臭味传来。然后，护士从他的身下拽出白色被单，上面有一片黏稠的、焦黄色液体。

护士折腾了一小会儿，出去了。黄某某微微睁开眼睛，道，从前听人说，一辈子的荣华富贵都不重要，重要的是你临死前是什么样子。过去觉得挺可笑，如今看来，还真是有些见识的人才说得出来。

他又说，死这个东西真是无坚不摧，一辈子七十来年，仿佛这一刻才是真实的，这一刻自己才是自己。你这个人几斤几两，也只在这一刻，才算是明白了。

他笑了笑，道，你今天来得不巧，我待会儿得去化疗室。不过呢，也可能来得正巧，因为我可能这一进去就出不来了。

阿三走进来，与护士一道给黄某某穿上裤子。阿三抱起他，放在一张小一点的带滑轮的不锈钢病床上。黄某某身体显得特别轻，四肢在空中无力地摇晃，像一种叫竹节蛇的小孩子玩具。

快过春节了，能回家的病人都走了，医院有些冷清。从无菌病房到化疗室有一段很长的走廊，是民国时代的旧式建筑，棚顶很高，空荡荡的，很暗。外面天气却很好，每隔几米，便有一道刺眼的光柱照在木地板上。黄某某的病床在一道道光柱里经过，一会儿黯淡，一会儿明亮。他虚弱得已经完全看不到几个月前的样子，早就没了本来的面目，仿佛不是他。

黄某某突然挣扎着说了句，停下来！阿三扶住床，呆呆地看着他。黄某某小声说，向后移一点，把床放在窗口，让我晒会儿太阳。

黄某某张开薄薄的眼皮，向窗外的天空望了一眼。他的眼珠昏黄，被很强的阳光一照，仿佛透明了，好像被风干的胶水。他又闭上眼，眼皮明显地剧烈抖动着。

好一会儿，黄某某的面容才松弛下来，像是焦渴的人，慢慢地喝饱了水一样。他张开嘴，大口呼吸着，胸腔一起一伏。光束中的灰尘在他嘴上方，形成一道形态怪异的漩涡，一会儿涌进他的口鼻，一会儿又像爆炸一样向四周扩散。

等一切都平复下来，黄某某用一种坚决的口气道，我好了，推我进去吧。

化疗室在一楼的角落里，没有窗子，自然也没有光。淡绿色的油漆墙裙上是一片一片经年累月留下的污渍，擦也擦不掉。一盏灯在头顶发着冷光，还有墙上贴着一张强辐射危险的黑黄色标志，上面一个骷髅甚为让人触动。

最外面，是个尺把厚的铁门，估计炸弹也炸不开。护士倾尽全力拉开门，里面有个小厅，也很暗。小厅有个很大的玻璃窗，透过玻璃窗，看得到里面还有一个小屋子。小屋子一团漆黑，隐约可以看见一扇窗子。

我跟着黄某某的病床走了进去，这个小屋子中间有台大机器，有两块方形的装置，病床就放在中间。一会儿，这里将产生剧烈的辐射。除此之外，小屋子里空无一物。我四下看了一眼，黑洞洞的，房间很小，却仿佛置身于一个广袤无底的深渊里一样。

医生低低地对黄某某说，只有十五分钟，很快就结束。

灌满铅的厚门重重关闭，我们退到两道门外。周围一片寂静，医生扳动某个开关，周围依然寂静，仿佛什么也没发生。小屋子里正被强辐射笼罩着，可以致任何生命于死地。可是，外面却什么也看不到，听不到，一团漆黑之中，没有哪怕一点点微弱的光，也没传出哪怕一点点声音，倒是头顶的冷光灯发出很小的嗞嗞声。

此时，我听得见自己心跳的砰砰声，血液从脑部血管涌出来的颤动声，还有纸片划过衣服表面发出刺耳的嚓嚓声。短短几分钟，我不禁有些不自在，有点想走动一下的愿望。可小厅里很局促，四周又很昏暗，模模糊糊不太真实，人仿佛悬浮着，没有方向，不辨上下，呼吸不知不觉间有点费力。

忽然，从里面的小屋子传来啊的一声。本来完全听不到，可这里实在是太寂静了，我甚至听得清那一声之中所显露出来的惊慌、恐惧和焦急。医生连忙打开话筒，小声问道，情况还好吗？话筒沉默了一小会儿，传来黄某某无力的声音，没事。这两句对答显得很刺耳，简直像有人在耳边大喊大叫一样。

十五分钟到了，黄某某被推了出来。他闭着眼睛，在黑暗中似乎看不出什么情绪变化。当病床又一次穿过阳光充沛的窗子时，我才看清他的额头上有一串汗珠，反射着光芒，格外醒目。他的眼睛虽然闭着，却在剧烈地抖动。

他小声说，知道吗，我从前特别喜欢很黑暗的地方，比如说在深夜里，你站在郊外的大地上，听得见世间万事万物的声响，一切都广大无边，有种东西在涌动，这种东西也在你的体内，让你生气勃勃。你发现，在夜色里，你把一切都看得清清楚楚，没有偏执，没有仇恨，自然而然，你是那么的坦然，那么的幸福，这幸福真是尘世间少有啊！

我的爱人，你还记得她吗？我觉得她所以没有活下来，是因为她不喜欢黑夜，不能真正理解存在于黑暗中的幸福。

我帮助过的女人都不能理解我。她们恨我，想要报复我。可你要知道，我早就在她们身上看到了我的爱人的影子。她们统统活不过白天，她们必须理解黑夜，必须试着在夜色里生存！说到底，这是个属于黑夜的时代，她们别无选择，别无出路！

警察先生，我知道你要说什么，你想要说，她们并没过得更幸福。可是我要问你，整天生活在白昼里是什么样子，你体验过吗？你知道那是多么恐怖吗？白天的光线太强了，人身上的一个小污点都是那么的刺眼，那么的不能容忍。记得我斗死的那个老教授了吗？如果我那时理解了黑夜中的真理，想必我就不会置他于死地了。

想想吧，人怎么能总是活在白天呢，如果人总是一本正经，正襟危坐，满嘴大道理，那他们活着是为什么呢？人活着如果不是因为有那么一点小小的快乐，那活着还有什么意义呢？人不是疯了吗？

总也不睡觉的人，想必是非常疯狂的。他明明需要休息，可他睡不着，于是就疯了，干出特别残忍的事情。想一想，有个几千度的白炽灯，明晃晃地在你的头顶上照着，不分昼夜，你发现自己是那么的丑陋，那么的残缺，你就会特别自卑，就会发了疯一样想变得更完美。可是你做不到，于是你的想象力就特别扭曲，你使劲残害自己，也残害别人，只在这一刻，你才好受一点。

鱼肉横陈的宴席，迷离摇晃的灯火，妖娆发烫的红唇，淌满酒浆的躯体，油腻松软的床笫，华而不实的谎言，这些其实都不脏，脏的是你那颗永远不能理解黑夜的心。那些女人在这里把自己玷污，同时就是把自己解放。她们把强加在她们身上的苦难，变成了最强有力的复仇武器，来砸碎这世上钢铁般坚硬的囚笼。如果她们足够勇敢，足够坚定，足够智慧，不再被对与错的枷锁所束缚，那她们终将获得幸福。所有的，所有的穷人都应该像她们那样才行！

哎呀，临死了，我才发现属于咱们这个时代的政治经济学！

说到这儿，黄某某剧烈地咳嗽了几下，半分钟不曾喘过气来，差点没死掉了。只听他的喉咙里咕噜一声，好像什么东西咽下了肚，又长嘶了一下，他才出了口气，很痛苦，很有疑虑地问，我说得对么？如果对的话，刚才我又为何那么慌张呢？

十三

我只是把黄某某的话完整地记录下来，可我完全不能理解，当然更不认同。黄某某自知时日无多，恳请我为他做件事情，他想见见这些女人。我知道这个愿望有些怪诞，但对于一个将死者的请求，我也只能抱着试试看的心态了。

在精神病院接受心理疗救的女人似乎状态不太好。她想试着靠自己的精神力量走出困境，可是，现在还看不到一点希望，度日如年，每天都在挣扎之中，生死只在一线，稍不坚持，就可能来了断。我把黄某某的愿望对她说了一下，女人呆呆地想了片刻，道，所有过去的事，对我来说都不重要了，恍如隔世一样。我不恨他，也不恨这个世界，我只想活下去，活过这个冬天。

自然，我觉得这女人不要说去看望黄某某，就连走出精神病院都很困难。于是，我便去找那个文化传媒公司的女老板，顺便也瞧瞧她的情况。

她似乎瘦了一些，原来身上那股油腻丰润的味道仿佛给洗掉了，皮肤苍白。她的公司倒显得很红火，在某个大厦十五层，二十几个年轻男女在走廊排成两队，正做着韵律操。

我说黄某某的情况很不好，医院已经下了病危通知书。女人漫不经心地问，老家伙还没死呢？说完，她拉开办公桌抽屉，拿出一支针管，拉开毛衣，对着腰部便来了一针，一点尴尬的神色都没有。她放下毛衣，对我笑了笑，道，警察同志，这是胰岛素，可不是毒品。

女人又道，早就知道自己有病了，血糖一测就二十多个。这回去南方给镇政府办文化节，算是挣着点钱，心里踏实了，也不想死了。最近刚想明白，还是多活几年好，所以，开始打针吃药，酒也不喝，肉也不吃，烟也不抽了。

女人开朗地笑一下，说，我信佛了。你看，这是我刚买的红珊瑚佛珠，怎么样？大不大？和慈禧脖子上的有一拼，花一百来万呢。

我把珠子拿在手里，认真端详一下，自然是看不懂。我只是个小警官，平时接触不上这些个东西，而且和生意场上的人打交道嘛，也当不得真。

女人得意地把珠子拿在手里，一颗一颗摩挲，道，最近开始爱惜身体，也和信佛有关系。

我开玩笑地说，是和钱有关系吧，挣了这么多钱，怎么舍得撒手呢？

女人哈哈大笑，道，你不说，我还真没发现。不过，说老实话，还是佛讲得有道理。比如佛说，世间万事万物都是色相，虽有万般好处，可都不是你的，你想留也留不住，这会儿家财万贯、高朋满座、金碧辉煌，那会儿便一分不明、如鸟兽散、客死他乡。我这种人，是在刀尖上过日子，今天挣一大笔钱，明天就可能赔得一干二净。把房子抵出去借高利贷的事情都不知干过多少回了，如果还不了钱，不说被人宰了，流落街头当乞丐肯定是要有的。大起大落，大喜大悲的事情看得多了，对佛说的话就特别能理解。

我说，你这是要四大皆空了？

她不耐烦地说，空个屁呀，就我这样子的人，怎么空啊？你以为是倒尿盆，说倒掉就倒掉了？呵呵，我说话粗，你可别介意啊。

她很张扬地笑了一下，说，把这一切都看破之后，剩下的倒是些实实在在的东西。是什么，我说不清，但肯定不是什么对与错、善与恶之类的屁话。我这个人，什么没见过？那些话都是骗鬼的。但这实实在在的东西我信，有它我就能活下去。

她说的话我不感兴趣，便转移了话题。我说，黄某某想见见你，他的情况很差，可能就在这几天了。

女人低下头，想了想，道，那老家伙其实对我不错，可就是特别恨他，半夜里能把人惊醒的那种恨，我从来没有这样恨过一个人。这样吧，一会儿有个饭局，你和我一块儿去。对了，不要说你是警察，那可都是些半人半鬼的人。也让我有工夫想想，如果不恨了，吃完饭我就去看他。

这酒宴也真够乱的。包房很大，灯却很暗，到处装饰着金银、花朵，好似富贵堂皇，却不知为何显得特别古怪。来的人个个仪态万方，却都有点神神秘秘，不着边际。女人倒是个主角，这场酒宴好像是为了搞某个文化项目而弄的，是个大买卖，从他们嘴里冒出来的都是几千万的大数字。

喝了一会儿，人人微醺，说话大笑的调子就越来越尖厉，又怪诞，又刺耳。只听女人神采飞扬地对一个满脸油光的男人说，你那几百万投进来，可就别想拿回去了。这项目真的也好，假的也好，咱们都是一个贼船上的人。你现在唯一的活路，就是再拉几个人进来，咱们把这局儿越做越大。哈哈哈，你说是不是这个理儿？

男人腰很粗，眼睛浮肿，脖子根通红，一副不太健康的外表。他眯着小眼睛，弯腰对女人作揖，道，姑奶奶你神通广大，有你在，我们那些血汗钱就跟存进银行是一样一样的。

女人拍了拍他的肩，轻蔑又略带嘲讽地笑了笑，道，我知道，你一个包工头出身，黑得都是民工的辛苦钱，你放心，项目成了，你那几百万就变成上千万了！

总之，这一类的话，真真假假，虚虚实实，天花乱坠，好像有形一样，如同气流一般在包房里四处狂涌，使得本来就很暗的光线更加光怪陆离。我一滴酒也没沾，有几个人试图和我搭讪，我说我只是女人的助理，便再没人理我，仿佛我根本就不存在一样。

我不喜欢这种不太真实的环境。我所接触的都是些很确定的东西，比如，无论你这个人如何妖艳诡异，可在我眼里，你都是一串身份证号码。比如，无论你嘴里如何天花乱坠，可是刑侦部门一查你的银行账户，你几斤几两就立刻真相大白。还比如，你可能自觉来无影，去无踪，殊不知，无所不能的数字技术早就把你搞得一清二楚，你做过什么，说过什么，在哪里，和谁在一起，像放电影一样。在我们眼里，你实在是赤条条的，根本没有什么秘密可言。只是这些很确定的东西，像一座外形奇特的大建筑物内里的钢筋，并不露在外面。

我静静地听他们说话，默默地挑一两样中意的菜肴细细咀嚼，耐心地等待着这戏一样的酒宴结束。

酒宴终于结束，我拉开包房门，来到有巨大玻璃门窗的大厅。一瞬间，阳光如汹涌的海水，猛灌过来，刺得脑袋、眼睛剧痛。我转身打量着陆续从包房里走出来的食客们，觉得他们一下子就被阳光晒得很干瘪，像画皮一样，真如女人所说，半人半鬼的。

我跟着女人来到她车旁，她对司机说，走，去机场。我问，不去看看黄某某了吗？女人低头想了一会儿，道，不去了，我现在见不得死人。另外，你回去，如果他还没死，就告诉他，我饶了他了。

我沉默片刻，又问，什么时候回来？她咬咬牙道，不回来了。我问，跑路了？她说，算是吧。我问，你不是信佛了么？她拍了拍我的肩，冷笑道，我是信了佛，可我不是还没成佛呢吗？

十四

最终，只有那个曾在倒闭的服装厂工作的女孩子愿意来看黄某某。我坐着她的紫红色奥迪 A6，打量着她精致的脸庞。我在思量，这些女人其实并不真的想报复黄某某，或者非要让他坐牢，甚至也不真正恨黄某某。可是她们心里有种说不清、道不明的东西，这东西是什么呢？

再到医院时，黄某某发了一夜高烧，半闭着眼，嘴张着，枕边流了一摊口水。病房里有股又闷又热又刺鼻的气味，说不好其中掺杂了什么，其实就是死人的味道。医生轻描淡写地看了一眼黄某某如塑料一般苍白发脆的脸，悄声说，现在，这副皮囊里灌满了各种药水，没希望了。

女孩子从小包里掏出一瓶香水，包装粗劣，街边地摊常见的那种。她在手背上喷了几下，放在黄某某的鼻尖。我也闻到了这股香味，怎么说呢，扫黄的时候，在歌厅、宾馆，乃至地下室、出租房经常会闻到，很浓烈，很熟悉。一闻到它，就会想起那些半赤裸坐在床头，面对警察羞臊万分的男男女女。

过了许久，黄某某的鼻翼微微动了一下，嘴唇撬开，像向外哈气一样，问道，是你吗？女孩子小声地嗯了一声。黄某某道，那一晚，你上了车子之后，满车子都是这个味道。

他又说，我的眼睛瞎了，耳朵也快完蛋了，但这味道是有颜色的，我好像看到了你，你现在是一团紫红色的光。

让我再来回忆那一夜：你是透明的，紫红色身躯，赤裸着，走在黑夜里。你是那么孤单，那么无助，也无家可归。而我，自然是配不上你。我是一团烂泥，一个池塘，几堆败叶，一片丛林，但是，我可以容留你休憩片刻，且对你并无伤害。你伤痕累累，但你自己无法治愈，树林里有温暖，有湿气，有沃土，你留在这里，一定可以生出黄金一般的花朵。

孩子，我知道你现在过得不好。

……

可是别害怕，这不好，正是希望所在。

……

对了，警察先生，过去你总是打断我，说法律不关心我疯疯癫癫的想法，只关心事实，只关心我有罪或无罪。好吧，现在，如果你是法官，会怎样判决我呢？

黄某某，讲老实话，你说的我并不真正理解，现在我想再问一次，你确实相信这些东西和人世间有关系吗？

……

让我来想一想。

……

有关系，而且性命攸关。

好吧，如果是有关系的话，那么按照世间法律，你就是有罪的，必须接受惩罚。

……

警察先生，我现在瞎了，但刚才，我却感到一束刺眼的光照在我眼睛上，有那么一点光亮，也有那么一点疼痛。我一直坚信我不惧怕黑暗，可是那天在化疗室，我还是害怕了。我发现，那个黑暗是真正永恒的，而之前我所说的黑夜，其实有光亮。

……

我前半辈子只相信光明，后半辈子只相信黑暗，临死之时，我发现我错了。

……

姑娘，对不起，对不起，我害得你无家可归，虽然你们本已无家可归，可还是请原谅我吧！

……

如果还能为自己辩解一句的话，我只想说，有个老人曾经深爱过你们。这种深爱，并不因世间有多少苦难而变得虚妄。

……

黄某某休息几分钟，攒足了气力，然后说出一句话，如此反复。后来，便再也不出声了。医生小声说，他的力量已耗尽，你们不要待在这里了。

我离开了医院，搭女孩子的车，去黄某某的蓄电池厂看一看，以便估量一下，黄某某死后，还有多少东西可作为赔偿之用。

这个厂子坐落在郊区，已经倒闭，从外貌上看，和之前去过的那个服装厂没有太大的区别。红砖墙内空无一人，厂房很低矮，作坊一样，房顶上长着矮草。冬季的寒风吹过，无处不在的长杆枯草丛中发出呜呜的响声。太阳在半空中，显得也很低矮，淡白色，在沙尘很重的天空中，有点朦朦胧胧的。

除了几只野狗，再无人迹。我和女孩子从一排排厂房之间穿过，红砖房子里积满灰尘，零星扔下一些废旧的机床和装配线，屋角丢着一只只橡胶桶，里面有些锈红色的不明液体。有一只桶里还漂着瘦弱的死老鼠。

在院子的某个角落里，堆着几百块蓄电池，塑料壳子大多爆裂开了，流出浓黄色液体，此时已经干涸，变成一大块一大块鳞片一样的东西。下面枯草地上灌满了这种液体，把黄色土地染成一块红、一块绿、一块黑、一块紫、一块白，五彩斑斓，散发出强烈的刺鼻气味。

我站在厂子门口，回头望去，一片片厂房笼罩在浓红色的夕阳里，如同偌大的墓地一样。我一时无语，心中空荡荡的。

正在此时，我的手机接到一条短信，医生发来的，道，黄某某已病亡……我把手机放在女孩子眼前，她看了一眼，沉默地望着在地平线上方一尺高处抖动着的夕阳，嘴角翘了一下，露出一丝笑意，又用小手指尖抹了一下眼角。

十五

　　每处理完一个这样的案件，我的心都会不舒服一段时间，需要认真恢复才行。干我这行，其实早就明白，这些事与我无关，可他们还是像某种腐蚀性极强的液体，损害着我的身心健康。多年来，我已习惯用很有确定性的方式来面对这些事，来理解这个世界，可是，总有一些暧昧、模糊、情绪化的，总之是一些不确定的东西，超越了我的理解能力。就好比，你可以铸起一道胳膊粗的铁栅栏把自己保护起来，可你还是会闻到一缕诡异的花香。

　　不过，我不想了，答案也许就在某个人说过的某句话里面，就算我不明白，或许别的人也会明白。我不是个聪明人，指明答案不是我的责任，只会弄巧成拙。

　　我做的最后一件事，是去看望精神病院里的那个女人，把黄某某病亡的消息告诉她，也算是一个交代和了结。

　　那是三月末的一天，天气还有凉意，但在某一刻，风中却带来柔暖的，令人浑身轻松发胀的气息。

　　这个女人和其他女人一样，黄某某的死似乎并未对她们产生什么触动，悲伤也好，沉重也好，欣喜也好，快慰也好，这些都没有，仿佛一段时光很漠然地就过去了。

　　女人说，这种淡漠其实是一种对恐惧的回避，因为每个人都无法面对它。她还说，过去，她就像某种胶冻一样的液体，有形状，可以颤颤巍巍地直立着，体内有无数颗闪着光的晶体，在热气腾腾、绚烂迷幻、令人窒息的夏夜里，散发着诱人的芳香，拥有撩人的神采。虽然这一切令人无法理解，可它是活生生的，给她生的意义、生的快乐和生的愿望，使她暂且忘掉害怕、痛苦和绝望。

　　而现在，就像来到一个冰冷的早晨，阳光直射在透明柔弱的身上，人一下子如同鼻涕一样瘫倒在水泥路边，随着太阳的暴晒，越来越干瘪，最后只剩下几片肮脏的渣子。这时，人再也不是活生生的了，它意味着死亡。

　　女人最后说，不过，近来我突然有了种很新鲜的感觉，可能是因为春天来了吧？这世上还有种好似春风的东西，不知从哪个缝隙里吹进来。它不同于我在黑夜里看到的，你抬头看，那杨树的枝头，可不是冒出几棵嫩绿的小芽吗？这风里头有让人活的东西。

我想象不出，当我重新变得活生生的时候会是个什么样子。可是我知道，我曾死在夜色中，但我将复活在春光里。